■河南评论家文丛

归鸿集

鲁枢元 著

河南大学出版社
HENAN UNIVERSITY PRESS
·郑州·

图书在版编目(CIP)数据

归鸿集/鲁枢元著.-- 郑州:河南大学出版社,2023.5

ISBN 978-7-5649-5552-6

Ⅰ.①归…　Ⅱ.①鲁…　Ⅲ.①文艺评论－中国－当代－文集　Ⅳ.①I206.7－53

中国国家版本馆 CIP 数据核字(2023)第 135259 号

责任编辑　侯若愚
责任校对　李　云
封面设计　翟森森
出版发行　河南大学出版社
地址:郑州市郑东新区商务外环中华大厦 2401 号　邮编:450046
电话:0371-86059701(营销部)　网址:www.hupress.com
排　　版　河南大学出版社设计排版中心
印　　刷　河南瑞之光印刷股份有限公司

版　　次	2023 年 5 月第 1 版	**印　　次**	2023 年 5 月第 1 次印刷
开　　本	890 mm×1240 mm　1/32	**印　　张**	10.25
字　　数	200 千字	**定　　价**	39.00 元

序

东坡诗云:“两两归鸿欲破群,依依还似北归人。遥知朔漠多风雪,更待江南半月春。”诗中写大雁北归,却仍然眷恋着江南韶光,这大约与东坡本南人而时在北方仕宦有关。而我本北人,在海南、江南驻留二十余年,三年前方由桨声灯影的姑苏回到热风吹雨的中原,反倒有种“倦鸟归林”的感觉。

北归后,黄河科技学院的创始人胡大白先生便为我成立了生态文化研究中心,为我搭建了一个良好的工作平台。而长年阔别的故交仍然不弃旧情,进而引来新知,我在郑州紫荆山南路的寓所也就“谈笑有寒儒,来往多草根”了!

在这经济决定上层建筑的年头,老家河南经济长期落后,于是文化也总是落在广东、江浙等经济发达地区的后边。就如同当年郑州确立为河南的经济政治中心后,开封的文化遂渐渐失落一样。这并不公平,也不是社会历史发展的必然,仍不过是事在人为。且看日本的京都、俄国的彼得堡，至今仍然以它的文化优势傲视着东京、莫斯科。年初，我到美国西部一个叫作“克莱蒙”的小城开会，小城坐落在洛杉矶的荒漠砂砾之中，却绿云叆叇，种满各种奇花异树。不足十万人的城镇却拥有全美排名前列的七座高校，其生态文化研究与神学研究在世界独树一帜！美国的历史不长，小城的文化史却大有可圈可点之处，比如，中国学术界大师胡适、戏曲表演大师梅兰芳，都曾在此获得博士头衔。

我一直认为，文学，包括小说、诗歌、散文、戏曲等不同题材的文学，是一个地区、一个民族文化的精气神儿。阔别二十年，河南的文化事业蒸蒸日上，看看郑州新区高大上的现代化展演设施，对于我这个从小坐在白衣阁戏园子的条凳上听戏的老开封人来说，做梦也想不到。

然而，河南的文坛与学界和国内某些省份相比，还是有一定的差距。

文学并不总是受制于经济。“文学是人学”，文学是以文学人的人格、品行、学养、精神境界、肺腑肝胆为底蕴的文化现象。文学的核心是做人与写人，文学人才是文学的根本。周氏二兄弟，“树人”树得好，文学百年流芳；“作人”做得差了些，文学的功绩也就打了折扣。

此书书名中的“归鸿”，最早该是出自魏晋时代的文化人嵇康的手笔："目送归鸿，手挥五弦。俯仰自得，游心太玄。"嵇先生是一位懂音乐、善抚琴、工书画，还会打铁的文化内涵极为丰蕴的诗人。诗歌写得好自不必说了，其胸襟与人格也历来为人称道。日常生活中他无视礼教的清规戒律，傲视权贵，洁身自好，嫉恶如仇，刚直不阿。美学追求上他主张"越名教而任自然"，就很有些生态文艺学的意味。世人往往叹息其锋芒过露因此不能自保，终为专制者司马昭杀害。然而，嵇康若是善于自保，委屈以求全，那还是嵇康吗？文学史上还会有"目送归鸿"的名篇吗？

"文学是人学"。本书中写到的几位属于我的父辈的文学人的行止、德操，如：苏金伞的本真朴拙，赵以文的柔弱善良，青勃的隐忍宽厚，钱谷融的散淡闲适，张长弓的专心致学、心无旁骛，姚拓的家国情怀、生死不渝……其中除了钱先生，其他五位都是我们河南本土文学界的先贤。他们的文学成就有大有小，但他们都代表了一种真正的文学精神，足以成为我们的楷模。我对他们心向往之，学习却不到位，这在我书中是已经有所检讨的。但我仍然希望家乡河南的文坛新秀不要忘记这些老人，不要忘记他们的情怀与精神，从而为自己涵泳出良好的文学创作心境，为河南营造一种健康的精神文化生态。

这也是我欣然同意出版这本芜杂如野草蔓生般的文集的初衷。

目　　录

乡土的意义与生态批评

——在中原作家群论坛上的发言

非常地惭愧，我对河南文坛一直怀有愧疚之情，尤其是看到广举兄一直留守河南，为河南文学界的繁荣发展作出了巨大的贡献，像我和鸿生、占春、艾云、继会、知常、士林、春景一个个都跑了出去。尤其是我，跑出去之后混得也不好，头八年是自我流放到了海南，后八年又是自我封闭在苏州。再加上近年来读当代作品很少，对许多新秀作家不熟悉，所以一直为这次发言犯难。对于这次盛会我当然是非常重视的，来之前还做了一些文案上的准备，突击看了一些书，但是临到讲的时候脑子里还是一片混乱。

近些年我在从事生态批评理论方面的研究，生态批评说得好一点是一门颠覆性的学科，说得不好听就是“乌鸦叫”，到处说一些晦气的、不吉利的话，让人听了不舒服。这段时间，我一直对农村问题比较关注，可以说是忧患重重，所以我想从乡土这个角度切入论坛的主题，谈一点我自己的困惑，以就教于各位作家、评论家。

不管是在中国还是在河南，乡土文学在文学史上都占有非常重要的地位，可以说中国的多半现当代作家都可以算是乡土文学作家，多半作品都是乡土文学作品，乡土是中国现当代文学创作中占压倒优势的题材。那么什么是乡土？乡土的含义何在？乡土与我所关注的生态批评之间有什么联系？简单地说，乡土就是一个人出生、成长的故乡、家园，由于中国是一个历史悠久的农业社会，绝大多数人来自农村，于是在中国，“乡土”这个语汇就与农村结下不解之缘，乡土常常就是乡村、田园。生态学在英文里面叫“ecology”，前面这个词头“eco”其拉丁文的原意就是家园、栖居地，因此也含有乡土的意思。所以我就想，乡土文学实际也是生态文学，而生态批评更应该关注乡土文学这一领域。我们河南作家许多都是书写乡土的高手，老一代的有徐玉诺、师陀、苏金伞；新中国成立后有李凖；改革开放后有张一弓、乔典运、段荃法、周同宾、王绶青、李佩甫、张宇、田中禾、杨东明、郑彦英、李洱、王遂河、孙方友、墨白，以及这次鲁迅奖拔得头筹的乔叶姑娘；离开河南到省外发展的有刘震云、周大新、刘庆邦、阎连科等。这些作家风格不一，手法多变，但长期以来都在书写着中原乡土这一壮阔、悠长的画卷。鉴此，我今天谈一谈关于乡土文学的一些想法，也不算离题太远。

对于乡土文学的走向，我最近有一些忧虑，觉得现实社会生活已经不允许我们再沿袭着老路子走下去了。好像从鲁迅起，乡土文学就侧重于对国民性的批判，尤其是批农民的落后、保守、自私、愚昧这些方面。实际上我觉得，中国的国民性很大程度上就是农民性，或者说也就是乡土性。长期以来批国民性、批乡土性、批农民性，它的尺度是什么？人们凭仗的尺度显然是一种启蒙理性，或者说是一种工业时代的世界观，一种西方现代性的思维方式。如果说这种批判当初还是具有积极意义的话，近百年过去，现代性、现代理念也早已经成了一种僵硬的、漏洞百出的元叙事，成为人们反思的对象。尤其是面对日益严峻的生态困境，更不难看出现代性也好、现代化也好，本身就是一堆问题，其中有困惑、有迷阵、有陷阱、有噩梦，甚至还不乏血腥。从刚刚过去的20世纪看，在世界范围内，现代性、现代化给人类带来的灾难与祸端并不比福祉与享乐少，那么，为什么还偏偏要用启蒙理性和现代性的思维方式批判我们的国民性、农民性呢？我觉得斧子不能总是这样一面砍下去，记得著名历史学家许倬云先生曾经说过，在清末民初，中国思想界面对的启示是两座已经僵化的思想樊笼，一是绵延五千年之久的中国传统文化亟须变革；一是西方的工业理性主义思潮也已经老化蜕化。而当时中国最革命的思想家们却仅仅看到自己家中的问题，对于西方现代化思想只是一味地膜拜。实际情况是，无论是西方还是中国，凡是在进军现代化的地方，率先作出沉重牺牲和巨大贡献的都是农村、农民。可以说资本的原始积累、现代化、市场化、城市化一步步推进，都是由农村、农民首先付出的牺牲为代价的。

回郑州之前我读了一本书，叫《农民主体论》，我看了以后觉得不够意思，作者明于知彼，暗于知己。书中开始讲农村、农民为现代工业化付出了极大的牺牲，这个命题是不错的，他讲到欧洲的例子，讲到苏联的例子，也切合了我前边说的意思。但是当说到中国问题的时候，他认为中国这个问题还解决得不错，甚至比其他国家还好。这就不太尊重事实了。在农村、农民、农业问题上，长期以来我们中国其实也没有解决好。合作化、大跃进、人民公社，都没有解决好，留下的教训很多。当下方兴未艾的“城市化”运动，也让人忧虑重重。因为这不仅仅是中国、欧洲或者苏联的问题，也是工业化、现代化本身存在的问题，现代社会面对的有它的共同问题。这本书里有一段话揭露英国14世纪圈地运动给农民造成的损失，说那个时候为了养羊把农民的地圈走，损伤了农民的利益。我觉得，如果把其中的“毛纺产业”替换成现在的“房地产业”，差不多就可以用到中国的现实当中来。书中写道：14世纪末由于羊毛纺织业的发展，养羊业变得有利可图，一部分封建主就开始用暴力把农民从土地上赶走，然后圈围起来做牧场，并改用资本主义的方式经营，起初他们圈占的还是森林、荒地和沼泽公有地，后来连农民世代用的养家糊口的宅基地也给圈走了。然后就是工业发展，“羊蹄”可以把泥土变成黄金，就拼命地发展养羊业，经过这样的洗劫，英国的农村一片荒凉，真可谓“千村薜荔，万户萧疏”，农民被逐出熟悉的土地，找不到安置住所，他们游荡到身无分文的时候，就开始偷窃，沦为犯罪分子，反而遭到法律的严厉惩罚，当年莫尔把这种悲惨的景象比喻为“羊吃人”。如果套到我们当前在某些农村正在接连发生的情形，那就是“房吃人”，由于“房地产业变得有利可图”，“挖掘机”可以把泥土变成黄金，在高利润的驱使下，强力拆迁使得我们的城市化进程中问题层出！

现代化、工业化、市场化、城市化进程，在不同的国度往往会带来同样的问题，对此，我们似乎并没有充分的思想准备，甚至还总是认为我们的社会制度远远优越于西方社会，我们的现代化只会推动社会进步，而不存在西方资本主义的弊端。结果，只能使我们被纠结到更深矛盾之中。

“工业社会比农业社会进步，工业文明比农业文明更美好。”近年来，对于这种进步论我是越来越怀疑了。农业文明和工业文明不能一个替代一个，一个吃掉一个，更不能把这种替代看作历史的绝对进步，这种进步实际上是很值得反思的。只要更多地接触些史料就会发现，在这种“进步论”思想指导下，我们往往会不由自主地对农业文明、农业社会（即所谓的“旧社会”）进行许多贬低、丑化，甚至妖魔化。所谓悠久的中华文明五千年，这五千年是什么文明？这五千年实际上就是农业文明，怎么能把农业文明一笔抹掉呢？

现在又有人提出了“后现代”，关于后现代，目前谁也说不准是怎样一个社会，后现代是不是现代社会的照直发展？是不是比工业时代还要工业、还要科学、还要技术、还要物质丰富、还要生活奢侈？我表示怀疑。我觉得后现代不该是个“超级现代社会”，而应该是一个更富有生态精神的时代，后现代应该倡导的是一种生态文明，如果这样说可以成立的话，那么后现代就应该向前现代借鉴很多东西。换一个角度，如果从生态学的尺度看，农业文明比工业文明总是要更亲近自然，以生态文明为导向的“后现代”是可以向“前现代”的农业文明借鉴很多东西的，而不应当像工业文明那样把农业文明整个遗弃、否定掉。这样讲，恰恰符合了马克思主义哲学中“否定之否定”的说法。

我们喜欢讲超越，我觉得要超越必须首先反思，只有反思了才能够超越。超越也并非一往直前，就像跳高一样，有时候还需要退后一步。

这里我们不妨挖一挖现代化的老底。工业化、现代化、市场化、城市化依赖的是科学技术的进步，科学技术的发展依赖的是一种理性主义的思维，理性主义的思维是一种逻辑概念的思维，它追求的是共同的本质与唯一的真理。一旦本质和真理成了唯一的，这时候的本质和真理就不但拥有了普世性内涵，而且也就具备了强权主义、霸权主义的色彩。这种现代化在西方有它根深蒂固的文化传统，这个文化传统是由柏拉图、亚里士多德奠定的，从根子上说是西方的，世界上其他民族国家的现代化从根本上说都是从这个根子上移植过来的。西方哲学界的"现代性反思"，不仅仅反思工业化的三百年，也不仅是反思文艺复兴以来的五六百年，而是要反思到柏拉图、亚里士多德，甚至从他们的老师苏格拉底的哲学开始。中国古代没有亚里士多德的这套哲学，因此西方哲学界甚至霸道地不承认中国古代有"哲学"，只不过我们的哲学与他们的哲学不是一条道上跑的车！如果说西方的哲学必然导致西方走向工业化社会，我们的哲学——即孔子的儒与老庄的道，则是一种朴素意义上的自然哲学，是在朝着另一个方向，即生态养护与生态平衡的方向演进的。我们的这种哲学在与西方的理性主义哲学交锋时，差不多是彻底失败了；但是，在后一轮的较量中，即工业时代与生态时代的较量中，你敢保证不会有另一种结局吗？

中国有没有新路可走？中国社会的发展模式究竟是个什么样的模式？中国人也还在摸着石头过河，有时候摸到了石头，有时候也摸不到。我坚信，绝对的工业化、市场化、城市化，让工业文明彻底取代农业文明，在中国这个拥有五千年（从仰韶文化算起还要长久一些）农业文明史、如今仍还拥有近十亿农业人口的国家是难以实行的。一味地这样走下去将会引发更多难以收拾的问题。根据国家发展规划到2050年的时候，城市化的比例将达到72.9%，也就是说要有十亿多中国人住到城市里面去，城市能够负担得了吗？如果不转变发展思路，忽略生态平衡，绿色发展在人类长久和平发展中的重要作用，那地球终有承载不了的那天。人类文明终有消亡的那天。

再来说说乡土文学。

在中国的乡土文学传统中，主流似乎是立足于国民性改造的“针砭派”，代表人物是曾经学过医学的鲁迅；田园诗则属于乡土文学中的“抚慰派”，代表作家是废名与沈从文，这一派在国内文坛多年来并没有得到公正的评价。近些年来田园诗更是受尽嘲弄，甚至让人羞于启口。中国田园诗派的老祖宗陶渊明，曾被称作中国文学史上最伟大的诗人。就是这样一个诗人，我认为在中国当代社会里面已经死去了，不但作为人死去，不但他的诗文已经死去，我觉得陶渊明作为一种精神性的存在也已经死去，因为这个伟大诗人与我们当下的时代精神几乎是格格不入的。陶渊明讲"回归"，"归去来兮"！归到什么地方？归到乡村田园去，现代人都拼命往外走，走到哪儿？走到城市、大都市去。陶渊明讲返乡，我们是讲进城。陶渊明讲"桃花源"，我们讲"楼市"；陶渊明讲"不为五斗米折腰"，我的学生们无论硕士、博士，做梦都想当公务员（也就是小官吏）。对于这种现象如何解释？答案无外乎两个：要么是我们这个时代出了偏差，要么就是说陶渊明该死！

假设是时代出了问题和偏差的话，我觉得那还是应该看一看，能否从中华民族古老的生存智慧、农业文明的生存智慧里面找到一些可以借鉴的东西。或许还是让我们回到中原这块古老的土地上，请教一下我们河南省鹿邑县的老子。这位中国古代首席哲学家曾经讲过的许多精妙的道理，这里我给大家介绍八个字，这八个字我已经思考了很久，前面四个字是"负阴抱阳"，后面四个字是"知白守黑"。八个字实际上讲了两方面的关系，阴和阳、柔和刚、弱和强、退和进、隐与显、暗和明的关系，在中国古老的生存智慧里面，二者之间是相辅相成、相依相生的，而不是相互对立的，更不是水火不容的。我认为这也可以引申到农业和工业的关系、乡村和城市的关系，如果没有一个好的乡村生态，也不会有一个好的城市生态，这就叫负阴抱阳。如果把启蒙理性，把现代化、工业化、市场化比作一种白的东西，或光亮的东西，那么农村、农民、农业也不妨说是一种潜隐在土地里的暗的东西，你说它是黑的也可以，旧时中原农民的服装就是以黑色为主的。以前在我们的意识中，“光明”好，“黑暗”不好。但在实际的生活中，我们总不能只要白不要黑，只要光明不要黑暗吧？现在大都市都成了“不夜城”，只要光明不要黑暗，要把黑夜也变成白天，这是违背自然的，害处很多。城市里昼夜通明的灯火不能替代乡村的星空与月夜，由钢筋水泥构筑的城市不能取代溪流环绕、草木繁茂的乡村。母性是蕴涵在内敛温柔之中的（子宫），奥秘是潜隐在幽暗深邃之处的（宇宙），城市文明不但不应该取缔乡村文明，良好的城市生态反而应当依附、守护在良好的乡村生态之中的，这也就是“负阴抱阳”“知白守黑”的道理。

在如今这个全球化时代，我认为地球人都不应忽略中华民族农业文明中的生存大智慧，而在这个领域，我们中原大地恰恰拥有非常雄厚的资源。因此我也期待着，在我们这块土地上，最终将会诞生世界级的乡土文学大师。

2010年11月23日郑州

苏老,苏金伞

今年一月九日,中国现代文学馆新年伊始的第一场讲座,邀我演讲,讲陶渊明。散场后,顺便参观馆内的新中国文学60年展览,馆内三位志愿者热情陪伴。一块块精心设计的展板上,作家、诗人、评论家如星河灿烂,让我想起苏老,苏金伞。问三位志愿者,竟都不知有这位诗人。最终在一块标示"乡土文学"的版面上,寻到了关于苏金伞的肖像,那张在我记忆中时时浮现的豫东老农般的面孔。

苏老去世不过20年,就已经在中国当下的文学界淡出,我不禁感到一片苍凉。不过,即使中华民族的首席诗人陶渊明,在这文学一再被边缘化的时代,不也已经淡之又淡了吗?何况苏金伞,更何况"河南的"苏金伞!

然而,苏金伞无疑是中国现当代文学中一位分量凝重、独树一帜的诗人,一位真正的诗人,一位纯粹的诗人,一位为诗歌而生，用生命写诗的人。这并非我这个后生晚辈的妄评，而是与他同时代的许多诗人一致的评价。

还是在苏金伞活着的时候，诗人牛汉说他想起苏金伞，就忍不住老泪纵横。他说苏金伞的人和诗歌的最大特色是自然和清白，他与大地和农民是不可分的血亲，这种气质与诗歌的高度统一，在中国诗人中是罕见的，他质朴的情趣如艾青，他的诚挚与高洁亦如法国伟大的作家纪德。

诗人兼诗评家谢冕在读了他的《埋葬了的爱情》一诗后，赞誉为"古今第一等文字""率性而发""发自童心""浑朴天成之中凝聚了诗人毕生的艺术经验"。

诗人周良沛说，他在台湾时，亲眼看到许多诗名很大的诗人，至今很珍贵地保存着年轻时苏金伞诗歌的手抄本。可以佐证的是，20 世纪 80 年代后期海峡两岸刚刚开放时，台湾诗人痖弦回大陆省亲，苏金伞到机场迎接，由于两人从未谋面，"接头"时的"信物"，就是痖弦随身携带的苏金伞早年的一本诗集《窗外》，那还是当年痖弦随军败退台湾仓皇之际买下的。

苏老苏金伞出生于 1906 年，整整比我年长 40 岁。不久前我在网上查阅关于河南文坛的资料，偶尔发现一位作家回忆苏老的文章，其中提到苏老说过，在河南文坛他是把怀让、广举（孙荪）以及我当儿子看的。看到这里，我忍不住泪流满面。我知道，苏老没有儿子，只有五位女儿，对于河南文坛上当年的几位“新秀”，他总是流露出慈父般的亲情。而我当时却忙着自己的事，很少到老人那里去，如今后悔已晚矣。

苏金伞自20世纪20年代发表诗作，30年代已在文坛负有盛名。我与老人的接触只能是80年代以后了，具体说来是苏老发表在1980年的一首诗《寻找》，寻找的是他在古城开封流逝的岁月，这一下子就引起我的强烈共鸣。苏老与我都算是豫东人。我出生在开封，老人出生在睢县，但他已经把开封看作他的故乡。他有一篇题为《开封是我的故乡》的散文，文章开头就说：“开封也是我的故乡。我住在开封，比住在家乡的时间长，我熟悉开封，就像熟悉我的村庄一样，我怀念开封，就像怀念我的家乡一样。”文章中写到的铁塔、繁塔、龙亭湖、相国寺、柳园口、朱仙镇也都是我魂牵梦绕的地方。在另一篇题为《何时重回开封》的文章中，他更深情地写道：“一提起开封，我就沉浸在往事的溶液之中，难以自拔。说不出是什么滋味，苦辣酸甜都有，但已融合在一起，加以蒸发升华，只剩下甜蜜”，“开封，我太熟悉了，我闭着眼睛也能知道走到哪条街上了，连开封的大风沙也觉得是美好的。”老人晚年还有一个愿望，盼着能“告老还乡，定居开封”，终究未能如愿。

对于开封，我与苏老更多了一份因缘，是因为他曾在开封一高教过书，作家师陀曾是他教过的学生。我到一高读书，已是苏老离开那里30年后的事了。但更深一层的，却是由于河南大学。苏老教书时间最长的，是在河南大学，第一次，从1939年到1943年；第二次，从1945年到1948年，前后约十年。他说，两次在河南大学教书时期，是他诗歌创作的最旺盛时期，诗艺也渐渐走向精湛，先后出版诗集《地层下》《窗外》，并结识了牛汉、萧乾、艾青、曹禺、臧克家和姚雪垠等诗人作家。苏老在回忆文章中还曾写道，抗战胜利后，他第二次回到河大教书，开封作为河南省的省会，也正是文人荟萃、文坛兴旺的时期，他在河大创办了文学刊物《春潮》，河南大学中文系的教授于赓虞、万曼以及刘溶池都曾参与这些文学活动。于赓虞先生因长期受极左政治路线的折磨，不幸于1963年早逝。万曼先生，我曾有幸听他讲诗歌理论，至于刘溶池先生，我不但听过他的课，而且在1965年的“社教”运动中，和他一块生活了一段时间，在此后的文章中我还会写到他。而这时，也许正是苏金伞在他河大的寓舍中构思他的诗作《台阶上》的时候，我在与河南大学隔水相望的那条小街上才刚刚出生。待到1963年我考上河南大学，十号楼后边的操场上，也许还留有当年作为体育教师的苏金伞留下的身影，不过那时他已历经“右派”“摘帽右派”，以戴罪之身蛰伏在河南省文联的大院里了。直到新时期到来，我与这位河南大学的前辈师长、卓有成就的前辈诗人才有缘结识。

我自认为我也算是一个崇尚诗歌的人，对诗人从来不乏敬意，但自己却缺乏诗思，更缺少诗艺、诗技，所以一生中几乎从不写诗。80年代中期，《诗刊》的吴家瑾老师约我写一篇关于诗歌的评论，我努着劲儿写了一篇《诗与人俱在》的随笔，很快就在1986年的《诗刊》第二期发表。这篇颇有些不伦不类的东西，竟受到苏老的关注，他在随后写给我的信中说："你这篇文章我看了三遍"，"初看一遍，觉得有些摸不清脉络，但看过数遍之后，你的论点是很清楚的。"老人在信中夸我的文章写得好，说我"用诗的语言，诗的意境写论诗的文章，富有暗示性，耐人寻味"。同时也指出我的文章的不足，指出真正的好诗不仅仅是有"形式"，有"意味"，还有高于此的"风骨"与"神髓"，有"骨"才能有"风"，有"髓"才能有"神"，那也是他自己一生的创作体会。信的最后，老人说"有时间我想跟你一块探讨这些问题"。我收信后即刻给老人写了回信，大约也就是从这封信后，我与苏老有了更直接的接触，这一年，苏老80岁，我40岁。

1990年冬季，苏老苏金伞的《小轿和村庄》一诗发表，我捧读之际直感到浑身禁不住地震颤。那天，我正在陪同钱谷融先生在郑州北郊的黄河滩上散步，晚半天又在家中接待老诗人曾卓，与曾老同行的有《现代摄影》主编李媚，以及当时还在《文艺报》工作的潘凯雄和他新婚的妻子曾莉。我将苏老的诗拿给曾卓看，他看了后也激动不已，赞不绝口。后来，我就以《震颤》为题写了一篇短评，真诚地写出苏老这首诗歌对我的“震颤”：

儿时的震颤，是天地间最美妙的震颤。裸露的村庄和鲜艳的小轿，冰冷的田野与温馨的母体，静寂的天空与轰鸣的铜锣，万古洪荒的大自然与实时更新着的人……这样一个世界在收缩着，在膨胀着，在敛聚着，在拓展着。收缩的同时也膨胀，拓展的同时又敛聚。这种诗的境界与当代天体物理学家们描述的宇宙模式是一致的。是人的眼睛放大了，还是田野突然变得空阔，是村路缩短了距离，还是人的感觉失去了阻碍，是小轿在上下耸动还是村庄在上下耸动，诗句中似乎又传递出爱因斯坦广义相对论的时空观。锣棰敲在天空上，锣声在天地间轰响。在苏老的笔下，天、地、人相交感，成为一个宇宙全息的整体。或许，这位老眼昏花的诗人并不曾读过那些现代物理学的书本，他凭借的是一种超越了知识和理论的大彻大悟，一种“化一而成氤氲”的本心，这大约也就是最高意义上的“真”。

苏老写这首诗时已经85岁，此前我曾登门看望过这位老人，疾病的折磨加上生活中的不幸，使他高大的身躯显得虚弱而憔悴，话语出口已经有些若断若续。我暗自慨叹：诗人老矣。

而今，我在诗的震颤中却又真切感到诗人依然年轻。何止年轻，而且更加风骨遒劲、神采飞扬、生机蓬勃、活力充盈。物质决定精神吗？肉体决定心灵吗？形质决定情性吗？我倒是有些迷惘了。

通常人们总说，诗是属于青年人的。似乎已成定论，而苏金伞的诗却是愈到老年愈好，由此我想到古书里的许多记载，一些经久历年的生灵是可以成精成怪的。比如，百年的老猿会获致上天入地、腾挪变化的魔法，千年的古树能生出呼风唤雨、半星移斗转的神力。莫非上了年纪的老诗人也会“老”得成了精灵？这首《小轿和村庄》令我如此震颤不已，不能不使我怀疑它出自一种神功和魔力。或许，倒是这新月、寒星、晨曦、晓雾一般清新自然的诗的精神，在支撑着世人正步向黄昏的生命。这是生命的一幅何等奇妙的情景！

苏老，苏金伞辞世已经多年了，中国当下诗坛的境况日渐萧疏，我自己也已渐渐步入老年，但我对苏老的思念却与日俱增。

1994年后，我自我流放到了海南岛，当时经济拮据乘不起飞机，回一趟河南不容易，往往是先乘船过海到海安，再乘长途汽车到湛江，由湛江上火车到柳州，再转车到郑州，渐渐与苏老的联系也少了。听说我的朋友李铁成正四下奔波筹备为苏老编文集，我很为老人高兴一阵。文集尚未印出，老人却在1997年一病不起，离开了他一往情深的人寰，终也没有看到自己的文集面世。那时，我正一个人待在海口白沙门一个叫作“邦墩里”的渔村里，终日与绿野海天相伴，与外界几乎断绝了一切联系，自然也没有得到关于苏老的音讯，心中已是多了一份歉疚。

日前翻检往昔书信，竟又看到苏老晚年写给我的一封长信，河南省文联的稿纸，齐齐地写满3页。老人在信中说他因患脑血栓住院治疗三日有余，且已基本好转。大病之后，总是坐在那里遐想，回忆往事，想念相随相依60余年的老伴，想起两年前在少儿游泳训练班溺水身亡的小外孙女，更使他心如刀割。老人在信中诉说，这小女孩活泼聪慧，丝毫没有独生子女的骄横，小小年纪就知道宽容别人，体贴别人，平时爱坐在外公身边绘声绘色、滔滔不绝地讲故事，还会画一幅幅想象丰富的图画，然而，这么一个可爱的生命，说消失就消失了，老人无论如何不能接受这个残酷的现实。更使老人愁肠百结的是，这小外孙女的母亲，他的小女儿苏萌，多年前与移情别恋的丈夫分了手，如今丧女后只剩下孤身一人。当着老父亲的面，小女儿总是让自己表现得坚强、达观，而老人却总可以看到女儿背着自己偷偷哭泣……

也许，苏萌现在已经完全走出生活中的阴影，过上宁静、安逸的生活,苏老的在天之灵完全可以欣慰了。但我每读此信,仍旧不能自持地伤心落泪,可怜天下父母心!何况是一位86岁的慈父之心!一颗至善、至真、至美的诗心。

真正的诗人被一个时代埋没,多半不是诗人的错,而往往是这个时代在哪个地方出了毛病。古代许多这样的事例,现代文学史上也不乏这样的例子。狂沙淘尽是真金,我还是相信那一句话:诗与人俱在,只要诗意在人间一息尚存,诗人就永不会逝去。

钱谷融先生的师生情缘

中国人的尊师重教，应该是从孔夫子开始倡导的。孔夫子首先自己做出楷模，千百年来的中国的读书人都把他当作老师，看得与自己的父母一样重要。中国传统文化中的师生关系并非只是知识与技能的传授，同时还有生活的关心、人格的培育、性情的陶冶、道德的熏染，这就蕴含了更多的伦理学的意味，在师道之外多了许多亲情。所以就有了"一日为师，终身为父"的说法。这是古人的说法，但即使在古代也不是谁都能做到的，何况今天，父子关系也已经在不断淡化。

"一日为师，终身为父"，我在钱谷融先生这里却看到一个现代版的真真切切的实例，那就是先生与他的老师伍叔傥先生的关系。钱先生不太动笔属文，在他并不是很多的著述中，可以看到他时时会说起他的老师伍叔傥先生。如：

“我经常深切怀念着我的老师伍叔傥先生,他是一生中给我影响最大的一个人。”“他对我的影响刻骨铭心、根深蒂固,成了我不可改变的性格的一部分!”

“缅怀伍先生的言行风采,仿佛重又沐浴在伍先生的音容笑貌之中,感到温暖,但一想到如今他已永远离开了我们,不免又为之怅然。”

“记得我初识伍先生时还不满 20 岁。伍先生对待学生的亲切关爱态度,使我感到特别温暖,忘却了不少飘零异乡的思亲之苦。大学毕业后,也是由他介绍我到交通大学去任教的。多少年来我一直生活在对他的思慕之中。”

“我的大学时代离开如今已经有 60 年了,还常常十分令我怀恋。而我每一次对它的怀恋,总是与对伍叔傥先生的怀恋紧紧地纠结在一起的。伍叔傥先生向往魏晋风度,襟怀坦荡,独立不羁,时时处处都能率性而行,不事矫饰,对于一切追逐名利、沽名钓誉之徒夷然不屑。如今伍先生早已经离开了这个世界,那令我万分怀恋的大学时代的生活,也随着伍先生的去世而愈益显得遥远渺茫了!”

“现在回忆起七十多年前在柏溪与伍先生共同度过的那些岁月，真像神仙生活一样。即使今天已经时隔六十多年了，我每一回首，一切都仍然仿佛历历在目。”“尽管偶尔也听到个别师辈中人对他有一些不同的议论，但我对伍先生所怀的美好感情却始终如一。我今年已经92岁了，却仍能有这种美好的感情陪伴着我，我感到无比欣幸。伍先生精神永在！”

不只从先生的文章中，在我和先生的接触中，也时常听他谈到他的伍先生。最近一次，是去年我陪钱先生在无锡的风景游览区拈花湾小住，荷花池前不知说什么又说到伍叔傥老师，那一时刻，这位百岁老人似乎一下子又回到当年的嘉陵江畔，脸上顿时泛起孩子般天真的笑容！我禁不住感慨：他们的这种师生关系是一辈子的！

伍叔傥先生的家乡浙江温州为他精心编纂出版了一部文集，印刷精美，前面是钱谷融先生撰写的序言。我在钱先生家里看到这部书，就让先生当场送我，并亲笔题了字。现在想来，那时先生已经将藏书散尽，留下的少数书籍都是他最珍惜的，我的行径真是有些“强取豪夺”了。我生也晚，对于伍叔傥先生好奇却知之甚少。从钱先生这里得到这部文集后，几乎是一口气读完，这才多少了解伍先生的为人、为文，才得以明白钱先生为什么如此敬重、热爱伍先生！

方东美评价伍叔傥，谓其一生风流倜傥、特立独行，乃魏晋间人。当下人们对于钱谷融先生的心仪，也多是对他那“魏晋风度”的景仰。钱先生自己也说过，“作为伍先生的弟子，我别的没学到，独独对于他懒散、随便、不以世务经心的无所作为的态度刻骨铭心，终于成为我性格中的一部分”。钱先生的这些自谦之词，恰恰说明他从伍先生那里学到的正是魏晋间人的风神。他们之间的师生关系远不只是知识的传承，更多的还是心灵深处的交融，而这些却往往是嫡亲父子之间也不易做到的。也正是“魏晋间人”，把钱先生与伍先生这对师生的血脉贯通、融合在了一起。

1979 年夏天，在我的学术生涯刚刚起步时，我读钱先生的文章，向钱先生请教问题，得到他细心周到的关怀与指导。那时，钱先生到河南讲学，我追随着从开封到郑州又到洛阳，一个话题听了三遍，真是如醍醐灌顶！经过整个 80 年代，到如今将近四十年过去，我与钱先生的关系始终没有间断。

我说我是钱先生的学生，钱先生笑着说：“你不是我的学生。”这让我很有些惶惑。我的确不是华东师大出身，也没有在课堂上听过先生的课，比起先生门下的那些翘楚与天骄，我更是自惭形秽。

在先生的小书房里，先生眯起眼睛对我说：“枢元啊，我有一点你是一辈子也学不到了。”我问哪一点，先生说了一个字：

"懒。"先生的这个"懒",实际上是"散淡""旷放""宁静""悠远",是"魏晋间人"的精髓。近四十年来在我的治学道路上得益于先生的简直太多了,而相比先生治学、做人的尺度,我自忖相差还是太远。做先生的学生,或许我还不够格。

但我是真心把先生看作我一辈子的老师。"一日为师,终身为父",我向先生请教已将近四十年了,四十年来先生对我的言传身教从未间断,又该如何评点?况且,钱先生与我父亲同年,他们都是1919年五四运动那年出生的。也许,钱先生不说我是他的学生另有别意。因为不单是我,包括我身边的人都会感觉到钱先生实际上对我的偏爱。前年秋天,我来看望先生,先生执意带我到长风公园一家饭店吃饭,那是先生最喜爱的一个饭馆。先生拄着拐杖在绿树丛中绕来绕去就是找不到这家饭店,最后先生忽然想起上次女儿从美国回来时,这家饭店就已经搬迁了!先生将近百岁了,对早年的事情记忆如新,而对不久前发生的事就不容易记住。但他希望请我吃顿可口饭菜的心情却是千真万确的,当时,我看着先生寻寻觅觅、恍恍惚惚的眼神,禁不住眼圈红了。就在一个月前,我来上海办事,先到先生家里看望。先生见我就说:"中午在一起吃饭,你在这里玩上一天,好吧?"

先生对我在学问上每每取得的些许进步,也总是给予鼓励。当我的《精神守望》一书刚刚出版,先生看了之后就在《文汇读书周报》发表专文热情举荐。我偶尔发现，先生在为我的《创作心理研究》撰写的序言里曾写下这样一段话："当他坦率地把他在探索途程中的所见、所感和所想，把他的一些经验体会毫无保留地告诉我们的时候，就使我们感到很实在，很引人入胜。"而这段话与先生回忆伍叔傥老师的讲课风格时说过的话竟有些相似："他从来没有以教育者自居、一本正经地板起脸孔来进行说教，而只是像和朋友聊天一样，把他所知道的、所想到的，带着自己当时的真切的感受向学生们和盘托出而已。"我顿时感到，我或许真的在某些方面还是继承了从伍叔傥先生到钱谷融先生的一脉香火的。

论及师生关系，何炳棣先生在《读史阅世 60 年》里写下这样一段话："与 1949 年以后中国大陆的学人相比，旧大学确是重趣味、重性情而轻利害，道德水准较高。"新中国成立以来，历次残酷的政治运动严重地破坏了人与人之间真诚善良的关系，也破坏了师生之间亲密、洁净乃至崇高的关系。看陈凯歌导演的《霸王别姬》，传统的师生关系伴随着解放区战斗进行曲顿时土崩瓦解，戏中的"小四儿"成为新社会政治正确的学生典型，这个当年被师傅好心收留的弃婴，为了自己的"进步"，恩将仇报，不惜把自己的恩师往死里整。戏里的小四儿被饰演成一个下流坯子，其实现实生活中的许多或自觉自愿或在政治高压下百般无奈扮演了"小四儿"角色的多如牛毛。

当然并不都是坏人，像罗尔纲、吴晗对待他们的胡适老师，像汪篯对待他的陈寅恪老师，像当年大批判年代的戴厚英对于她的钱谷融老师。那是时代的导向，是那个时代不再讲伦理道德，甚至不再讲做人的底线、基本的人性，而个人在时代浪潮面前总是显得如此软弱。

在新中国看来，伍叔傥算是一个社会关系十分复杂的旧文人，他本人是国民党员，与朱家骅是亲戚，朱任浙江省政府主席时，他担任秘书长，1949 年出走台湾。他的留在大陆的友人纷纷与他划清界限，所有这些，钱谷融不是不知道，却并不因此“倒戈”，也不因此消减对于乃师的热爱与敬仰。究其原因，该是钱谷融先生“重趣味、重性情而轻利害”的师生道德标准并没有随着时代的改变而改变。

改革开放以来，市场原则也被我们引进教育领域。原先的政治斗争的血迹尚未清理干净，又沾染上市场买卖的铜臭，利益交换成为师生之间交往的基调。不但学生在变，为师者也在变，教师变成“老板”，学生为老板打工，学位到手，一把一清。

我认识的一位戏曲界的老人告诉我，现在的年轻人与老师的关系，从称呼的变化上形色毕现：“一年师傅二年哥，三年变成那家伙！”

回头再看看钱谷融老师与他的老师伍叔傥先生的师生情

谊，现行的师生关系显得多么苍白、空洞、枯燥、贫瘠。殊不知，过往的那种师生关系也是一笔精神的财富、情感的宝藏，一辈子的财富与宝藏！

2017 年 4 月 12 日，宜兴龙背山

张长弓教授一家在苏州

1948年，国立河南大学南迁苏州，至1949年夏新政权建国前夕返回开封。虽然只有一年的时间，却是一段处于大转折的历史关头，留下种种历史疑案与情绪记忆，至今难以解析、难以排遣。

冥冥之中有许多被人世间称作“命运”的“定数”。我的母校河南大学在1948年南迁苏州，而我在54年之后也鬼使神差地迁来苏州，并且在这座民国时代叫作东吴大学的文学院任教，在苏州大学的文学课堂上讲述我的河南大学的前辈学人，为曾留驻苏州的河南大学赓续一份香火。

我的母校河南大学在筹划百年校庆活动时，曾委托《大河报》著名记者姚伟先生偕校方宣传部王宏宇君率河南省电视台的摄影记者来苏州找我，并希望我能对澄清国立河南大学南迁苏州这段历史提供帮助。我生也晚，对母校的历史只限于自己的见闻与感受，从未下功夫研究，便无从置喙。我自2002年由海南大学调进苏州大学以来，自我封闭于斗室之中，几乎不与江苏地面有任何交往。当时我并没有能够为河南来的媒体提供什么有价值的东西。

事后我才知道，关于过往岁月的评价，在河南大学“官方”的校史之外，还活跃着一支“民间”史述、史评群体，二者之间，始终存在着难以弥合的裂隙与冲突。著名河大校友、河南大学南迁苏州后的中共地下党员、学生自治会秘书长杨泽海先生在他主编的《国立河南大学1948—1949纪实》一书中（时代教育出版社，2012年8月版），表示“一定要在有生之年，把国立河南大学在苏州这段被肆意践踏、颠倒的历史昭彰于世”。接下来的事情更为奇妙，我发现杨泽海先生的女儿杨华女士与我家竟同住一个小区，两楼相距不到百米，可惜此时的杨老先生已经驾鹤西归。杨华女士任职苏州大学招生办，与我的内人苏州大学音乐学院教授张平过从甚密。杨华的丈夫邱克是苏州第四人民医院的办公室主任，也是我的熟人。

于是，“河南大学在苏州”这一历史事件，便渐渐引发了我的浓厚兴趣。

在我的友人圈子里，不乏当年随父辈南迁苏州的河大子弟，如年长于我的熊振璜先生（已故河南大学总务处长），同龄的刘浙莹女士，随父母南下苏州时住怡园北侧年仅3岁的仓米巷。新近去世的新时期著名作家张一弓，是我多年的老朋友，他的父亲张长弓先生是南下苏州的河南大学文学院教授。

一弓兄生前曾从他弟弟张橜弓（中国社会科学院历史研究所资深研究员）那里寻得一张照片，照片久经岁月已经发黄发暗，拍摄的时间是 1949 年 1 月，地点是苏州十梓街 74 号。照片上的“人物”是六位髫龄儿童，三位男孩子是河南大学文学院教授张长弓先生的三个儿子檍弓（即后来的大作家张一弓）、橜弓、桔弓；两个女孩是房东家的女儿庆云、庆星，一位男孩是她们的小弟毛头。

关于河南大学张长弓教授一家的这段“南迁史”，学养丰赡的历史学家张橜弓在杨泽海先生主编的《国立河南大学1948—1949 纪实》一书中，有着真切生动记述，且让我作一次“文抄公”。

关于“出逃”开封：

1948 年 6 月 21 日，干娘（我对保姆的称呼）照例带着我和四弟桔弓，躲进洞里。22 日凌晨，飞机又来轰炸，防空洞震塌，三个人携带棉被钻出洞外。原想回后院家中躲避，但是望见后院烟火升腾，也已被炸，不知家人死活。手足无措之时，邻居们在倒塌的防空洞外七嘴八舌地说：“老蒋（介石）说了，三天炸开封城！”“曹门（开封东门）打开了，人都往城外跑呢！”

我们三人无暇细想，便跟随人流涌向曹门方向。穿街巷，绕水塘，尸体随处可见，都是便装百姓。塘中漂浮的尸体肿胀、发白，死非一日了。接近曹门时，“青天白日”飞机再度飞临上空，冲着奔逃的人群扫射。当日阴天，飞机喷出火舌，清晰可见。有人中弹跌入水塘。干娘急忙撑起被子，蒙上我和四弟的头顶，沿着水塘之间的小径，跌跌撞撞地跑，终于出了曹门，来到郊外。东郊无战事。我们随着逃出来的人群继续往东走。人们觉得离城越远越安全。中午，来到解放军为难民设立的一处接待站。一位战士用搪瓷碗盛了一碗漂着葱油花的汤面条。吃饱肚子，一老带二小，继续在东郊的旷野上盲目游走。在东郊各村庄流浪到第四天（6 月 25 日）下午，西边的枪声似乎停止了。干娘说：“走吧孩儿，咱回家。”我和四弟终于等来这句话，别提有多高兴了。

容我在这里插上几句话：碰巧的是，那时我也正在随着人流从开封的东门（曹门）往城外出逃。不同的是那一年我还不足三岁，而檿弓已经十岁。檿弓跟随的是他的干娘，我跟随的是自己的亲妈。在我 2001 年由海燕出版社出版的《蓝瓦松》一书中曾有如下记述，作为历史的印证，也一并抄来：

瓦蓝瓦蓝的天空中突然出现几只大鸟，与此同时传来可怕的“呜呜”声。母亲抱着我，像一匹惊恐的豹子迅捷从板车上跳下，躲进城墙下一个黑黝黝的洞穴中，我紧贴在母亲汗淋淋的怀里，听见了母亲那“扑通、扑通”的心跳。紧接着便是一阵“轰隆隆”的巨响，城里头蹿起一股股黑色的烟柱。

城边惠济河里倒卧着肢体残缺的士兵，河水里浸泡着鼓胀胀的四蹄朝天的战马。阳光亮得刺眼，殷红的水面上泛着肮脏的白沫。飞机过后，妈妈又抱着我坐上板车，车轮左拧右拐，绕过死人、伤兵，沿河走了一段路，出了城门，向着一条乡间土路奔去。

这是日寇投降之后，共产党的部队与国民党部队之间的一场血战。战场是当时河南省会开封，一方守城，一方攻城，时间是公元一九四八年六月十九日。

当时的“新华社豫皖苏三十日电讯”还曾报道：“当蒋机狂炸开封城时，市民纷纷离城下乡躲避，开封周围各县民主政府已特设招待站予以收容。”

不过，我一点也记不得我到过什么招待站或收容所。至今留在我记忆中的是一家农舍门前的棚架上堆满了干枯的豆角秧，淡褐颜色，参差披拂。有人抱着我往上举，我伸着手努力去够那叶蔓，指尖已经触碰到了，将要够着，终没有够着。

接着，张麋弓讲述了张长弓教授一家随校南迁的原因：

“上边”要河南大学从开封迁往苏州，要求河大师生在七、八月间南下，秋后在苏州复课。这时我们已经无“家”可归，父母又都是河大职工。双亲于是决定，听从学校安排，尽早启程，自汴赴苏。我们这个家庭，那时已经习惯于乱离时代变动不居的生活。父母是把这次南迁，当作不久前之“千里迁徙”的续篇来对待。后来我们知道王毅斋伯伯、罗绳武叔叔等几位我从小熟悉的爸爸的同事，并没有随河大迁苏，而是离开了开封城投奔解放区了。我的父母那时却没有这样高的“觉悟”。“河大到哪儿，家就在哪儿”，爸妈南迁的动机很单纯，因为父母视教书为天职，给学生上课是本分。何况他们都是自由职业者，当时毫无积蓄，家无隔月之粮，五个 8 岁至 18 岁的儿女必须养活。那时父亲对河大，在感情上又有一份特殊缘分。父亲应聘来校那年，恰逢河大由省立升为国立，直属教育部。著名史学家姚从吾为河大校长，带来蔡元培的办校理念，人事上广揽人才，学术上兼容并蓄。饱经离乱摧残的河大，一时呈现复兴气象。也就是在这一年暑假，父亲喜获部颁聘书，晋升教授。我们这个六年来与河大患难与共的教工家庭，对河大的认同感益发强烈。所以当 1948 年夏启程南下时，如同以往多次随校迁徙那样，全家大小一起上路。

关于在苏州的一年里的生活，麇弓在他的文章里写道：

抵苏州，学校分配我家住在十梓街74号。房东是位卖小百货的商人，也姓张。临街二层小楼，坐南朝北，住着房东一家人；楼后一个穿廊连通二间平房，租给我家住。两间房各约$20m^2$，原为仓库。母亲安排里间做父母、我和四弟的卧室，外间做会客室兼大哥柘弓和二哥的卧室(打地铺)。两间房各有一北窗开向楼后小天井，无南窗，所以室内极暗，有时白天也要点灯。无厕，一只红漆马桶置于内室角落。无厨房，妈妈在外屋窗下用一只煤油炉做饭。外屋南墙有一后门，下濒苏州河。十梓街路南各家民房后山墙皆临河。妈妈和各家主妇一样，每每从后门缘石阶下至河面，上午可洗米、洗菜，下午可洗衣服，刷马桶必须在晚上。河中经常有行船经过，船家用长长的竹篙撑船，唱着号子从各家后门前穿过。走下石头阶，跳进河中游泳，是哥几个最惬意的乐事，二哥檍弓游得最好。房东四个孩子，二男二女，与“江北四兄弟”年龄相当，很快成为朋友。

河大国文系所在的沧浪亭，乃是宋代文学家严羽故园，位于十梓街东面，从家里步行可达，甚方便。河大迁苏后，一个大学三千余人，同时千里大转移，涌进一个不大的城市，要住，要吃，要办公上课，安置的难度可以想见。在家中，父亲同母亲说起几位校领导伯伯，为使河大绝地重生，千方百计，呕心沥血，总是充满敬意。在家室粗得安顿之后，父亲便投入紧张的工作。他的《中国小说史》和《中国戏曲史》两部书稿，在开封未写完，如今着手续写。卧室成了工作室。两张大床占去室内大半空间，一副桌椅局促一隅。父亲在早饭后照例在桌上摊开稿纸，将书和资料堆在床上，伏案读写，直至中午。

父亲是在后门时时传来的船工号子声中，完成了这两部书稿。后来父亲又忙于备课。我和桔弓放学回家，常见到桌上摆着一摞讲稿，许多参考书：钱基博的《中国文学史》、郑振铎的《插图本中国文学史》、陆侃如、冯沅君的《中国诗史》等；也有父亲写的两本书：《中国文学史新编》《文学新论》。我猜想父亲是在准备给学生开文学史和文学理论方面的课。

国文系复课较晚，大约在1948年10月底，那时我和桔弓分别在城厢小学四年级和二年级，已经度过半个学期了。我们两兄弟早上去学校，又是会同父亲一道出门。他身着长衫，戴一副黑色圆框眼镜，手提一个黑色皮包，向沧浪亭匆匆走去，就像以往住在嵩县、潭头、宝鸡、开封时出门上课一样。在我童年和少年时期的记忆中，父亲似乎没有任何嗜好，同孩子的交流也不多，总是处在一种思考与工作的状态。长期置身于战乱动荡的环境中，他始终秉持着恪勤匪懈的敬业精神，默默地实践着对学校和学生的承诺，守护着职业的道德与尊严。

在苏州时期，母亲没有工作，父亲独立承担家计。国民党政府将亡，国统区乱象迭出，物价一日数涨，“黄牛”猖獗，民不聊生。家中一个大学生，两个中学生，两个小学生，五个孩子的生活费、教育费等，一份教授工资已难支应。朱芳圃伯伯、郭绍虞伯伯、白寿彝伯伯等人，来我家做客，均目睹家中窘况。不久，郭绍虞伯伯在上海同济大学、顾颉刚伯伯在苏州东吴大学，各为父亲谋得几个钟点的课。父亲为了养家，便开始每周往来苏沪两地，奔波三校之间。同济的课好像安排在周四上午。每周三晚间，父亲乘火车赴沪，周四上午上课，下午乘车返苏。我曾经随父亲去上海一次，当晚寄宿在郭绍虞伯伯家。次日父亲去上课，嘱我在郭伯伯家玩耍，不许上街，下午跟他返回苏州。

1948年10月，开封第二次解放。1949年初，长弓先生的夫人接到开封亲戚来信，说人民政府将要招聘一批中学教员，于是便带着槱弓、麇弓、桔弓三个孩子乘一条渔船偷渡长江，提前返回解放了的开封。

关于河南大学在国共两党最后大决战之际的“南迁”与“北归”，历史学家张麇弓结合自己的亲身体验得出如下结论：

在解放后的相当一段时期，关于河南大学迁苏州，一个“逃”字似乎成为六院十五系三千多名师生的“原罪”。其实作为河大迁苏的一名年幼的“亲历者”，我深切地感知，父母之所以决定随校南迁，动机很简单，一是尽教书匠的职责；二是要守住河大这个“饭碗”，维持七口之家的生计，别无他图，没有什么政治考量。对母亲自携三子，从国统区夜闯江防回到解放区，又有人赞赏，说是“革命行动”。其实作为亲闻亲历的子女，我同样了解母亲的心情和动机。她当时所以坚持北返，一是对苏州困窘的生活已不堪忍受；再是母亲秉性自立自强，热爱教育事业，不愿赋闲在家。所谓“弃暗投明，参加革命”，她似乎无此“觉悟”。以“南逃”罪先人，近诬；以“革命”褒先人，近谀。还是恢复事情的本来面目比较好。

当国共两党的血肉相搏都已经化作历史天空的一缕云烟时，我发现，萦绕在历史学家张廛弓心田的竟是童年时代在苏州十梓街头、望星桥畔留下的那段情绪记忆：

幼年的我对苏州的记忆是美好难忘的，尤其是房东的几个孩子（大儿子庆元、大女儿庆云、二女儿庆星、小儿子毛头）结下的友谊。两家孩子分别时的合影，我珍藏至今。1972 年 7 月，在悄然离开苏州 24 年后，我随北京教育局参访团来到苏州。闲暇时，独自寻至十梓街 74 号，见到房东夫妇。当年颇有风韵的房东大妈已经变成双目失明的老妪。她拉着我的手，将庆元、庆云、毛头（三人在外地）和庆星（在苏州）的情况，一一述说。当晚见到庆星，她在医院做护士，共忆儿时情景，恍如隔世。

距离麋弓那次重返十梓街，如今又已过去四十年，长弓先生早已作古，而那时檍弓（一弓）、麋弓也已年过古稀，一位在郑州，一位在北京。身在苏州的我，有责任代他们重新追寻一下六十多年前的那个童年梦幻。

我按照麋弓文章里的记述，根据一弓回忆，很容易就找到这个地方：距离现下苏州大学的西门（当年的正门）不足两百米。苏州志书上记载：十梓街传因街上曾植梓树十棵，故名。“东起苏州大学正门（西门），向西过望星桥，穿越凤圆街”，“望星桥以东原称天赐庄，包括苏州大学校园，原为五代时钱元璙治吴时别墅，极园地之胜”，“清末，美国基督教卫理公会来此地创办东吴大学，博习医院，圣约翰教堂”。十梓街 74 号，临街二层小楼，坐南朝北，石桥南边的第一家。房子虽然经过改建，依然保留着民国时期的风格。然而，找到附近老住户的几位老人进一步查询，却发现越说越对不上口径，问来问去并不晓得早年有什么张教授在这里寄居。

错了，错在什么地方？后经一位老者指点，现在的十梓街是经过 80 年代大改造的，不但路拓宽了，还又将原来的三条街，即“天赐庄”“严衙前”“十梓街”打通合并成一条街，统称十梓街，原来的街道布局早已不在。现在的十梓街 74 号显然不是麋弓文章里的 74 号，记忆中的那座租屋，可该到哪里找寻！我陷入一片茫然。

过一段时间，我仍不甘心，径直求助十梓街派出所，直接查核照片中的那位二丫头张庆星，麋弓说她在 1972 年还在做护士，应该是一个较容易的突破口。两位女民警耐心地听我的陈诉，同时在电脑上进行查核。然而给我的回答却是：这属于居民的私人空间，我们无可奉告！看我一脸的失落，二位女士似乎于心不忍，说："给你透露一点吧，她是苏州市四院的护士长，已经退休了。"听了这句轻描淡写的话，我豁然开朗：四院的院办公室主任不就是杨华的丈夫、杨泽海先生的女婿邱克、我的朋友吗？我赶忙给邱主任打电话，电话里说这个张庆星原来就和他在一个科室，熟得不能再熟！真是踏破铁鞋无觅处，得来全不费工夫！

一个阳光明亮的上午，我偕内人到庆星家中拜访，她和丈夫已经沏好香茶等候多时。当年的小丫头已经成了年过古稀的老太太，但眉目间仍可隐约感觉出当年的音容！庆星翻检出以往的许多老照片，有父母年轻时的旧照，老父亲九十大寿的庆生照，兄弟姐妹的日常生活照。当年那个最小的小男孩"毛头"叫张星元，如今是江南大学生物工程专家。老大张燮元，中国第一代造船工程师，现已经辞世。庆星说还记得张长弓先生整天在厢房伏案写作，不多说话；她对长弓夫人的印象很深，很慈祥，对她们姊妹们疼爱有加。

后来，我曾将这次见面的情形讲给一弓、檿弓。檿弓在给我的邮件里说：你的娓娓叙述把我带回已然远逝的往昔，怀念中有些沉重。偌大家国，茫茫人世，这是多么奇异有趣的“交集”！

也许，人生的价值与意义，就在于这些“奇异有趣的交集”之中。我珍惜这些“交集”。我在苏州大学文艺理论教研室工作期间，为了学术传灯、学风相继，曾悬挂着与这门学科有过“交集”的学人照片：章太炎、苏雪林、孙景尧、范小青……现在还要插进一位：张长弓，民国三十七年，先生经郭绍虞、顾颉刚介绍曾在苏州大学的前身东吴大学讲授“文学理论”。

青勃诗歌艺术浅论

青勃同志从青年时代踏上诗歌创作道路，至今已四十年。他曾先后出版过《号角在哭泣》《巨人的脚下》《鼓声》《最后的地狱》《愤怒》《乐园集》《引玉集》等七个诗集，为新诗的发展做出了自己的贡献。粉碎“四人帮”以后，特别在最近两年多的时间里，青勃以极大的热情和勤奋写出了近百首诗歌。这些诗歌，无论在思想内容上或是表现手法上，都有了新的突破。

一

青勃少年时代曾在河北省正定县一个文学气息十分浓厚的学校读书，在教师和高年级同学的熏陶下，他爱上了文学艺术，并开始在校办刊物上发表诗歌。抗日战争开始以后，他来到了河南。在 1942 年的特大灾荒中，青勃看到了那些受尽盘剥而流离失所的农民在啼饥号寒，从中，他也看到了国民党政府的腐败与血腥。他开始把这些心灵上痛苦的感受倾注到最初的一批诗章。

从青勃最初的作品中，我们看到的多是苦难和血泪，同情和哀叹。他虽然还看不清前边的道路，但他并不甘心沉沦于黑暗之中，而是执着地追求着光明和春天。正如他在《冬天的树》一诗中写的：

当严寒给树
扣上雪霜的枷锁
树呵
仍然顽强的
用手指弹落霜雪

1945年以后，青勃先后流落在洛阳、西安、汉中等地担任一些报刊的文艺副刊编辑。这时，他接触到了当地进步的文艺界，看到了共产党领导下的抗日革命根据地的曙光。在党的影响和教育下，他写出了他青年时代比较优秀的一批诗歌。这些诗歌揭露了国民党反动派的腐朽、残暴和虚弱，表达了诗人对革命胜利的信念。

新中国诞生后，青勃曾担任《河南文艺》编辑部副主任等职务。他参加了土地改革运动，农业合作化运动，还深入治淮、治黄工地，写了大量诗歌。这一时期，为了紧密配合政治任务和宣传中心的需要，他不但写自己比较熟悉的新诗，也写民歌、曲艺、小戏。他对党、对新中国充满了热爱和感激之情，他觉得："在我们的乐园里，有最好的阳光和雨露，有最好的土壤和气候"，甚至河里流出来的都是蜜！尽管如此，在 1957 年的反右派斗争中，青勃也未能幸免于难。

六十年代初期，他时常被派到农村工作，与农民实行"三同"，认真地改造着自己的思想。"文革"的最初几年，青勃也和其他诗人，作家一样，被赶到了黄泛区。当青勃在同勤劳的农民、广袤的原野联在一起的时候，他还是用他的笔留下了一些生活片段。像《题一幅残照》《黄泛区的春天》《锁沙》等篇章，都生动地体现了黄泛区的今昔变化，反映出黄泛区人民紧张、繁重的劳动场面。从 1957 年到 1976 年，整整二十年的时光，就这样度过了。后来，他在《引玉集》的后记中曾说，"这二十年来写得实在不多，保存下来的更少"，"有时我甚至希望同志们和读者把我遗忘"。个中甘苦，大约是任何一个"过来人"都能体味到的吧！

粉碎"四人帮"后，特别是近两年来，青勃创作的新诗几乎等于以前二十年中写的诗歌的总和。就选材范围来看，这些诗歌大体可分这样三类：

一类是对毛泽东、周恩来、朱德、刘少奇同志等老一辈无产阶级革命家的怀念，对发扬光大革命传统的呼唤。其中具代表性的有：《长沙，黎明的城》《三湾放歌》《最后的声音》《盐》《你和人民在一起》等。

再一类诗歌的内容是对"四五运动"和粉碎"四人帮"这一伟大胜利的讴歌，对以张志新为代表的无产阶级斗士的赞美。如《广场一少年》《张志新之歌》《四月雪》《红花曲》等，在《四月雪》中他写道："人民的诗篇，它的回声是人民的呐喊！人民的诗篇，它的诗库是人民的心田！人民的诗篇，朗诵它的是人民的雷电！"青勃在诗中还说，飞雪般的诗篇迎来了春天，现在的人们就该用汗水把百花浇灌。

第三类是一些即景生情、借物言志的抒情的短诗。这类诗的数量更多一些，具代表性的有：《献给祖国的诗》《春风曲》《绿叶集》《春歌》《鸣禽篇》等。在这些诗中，有春回大地的喜悦："是你，春风！暖化了冻土，敲碎了河冰……把希望殷勤播种，把青春给了生命。"有对三春阳晖的感戴："祖国呵，你是人间永恒的春天，我就是被春风抚育的一棵小草。"这些诗中还有对时代和人生的思考，"如果大海没有浪花，大海便会在沉默中发霉。如果天空没有星辰，天空便会在黑暗中坠毁。如果大地没有绿叶，大地便会在荒凉中崩溃。"这些诗中还有对早日实现"四化"的诚挚祝愿："祖国呵，你向落后和贫困告别，我是驾辕的马，撑船的篙。祖国呵，你向四化进军，我是你吹响的嘹亮的铜号。”这些诗里，有理想的追求，有青春的呼唤，有对人生的探索，有对光明的礼赞。读着青勃的这些诗，我们时而感觉到新时期的春风扑面而来。因为，新时期的春风也鼓荡在我们心中。

二

下边，我想从创作原则、风格、体裁、语言等方面，探讨一下青勃诗歌艺术特色。

表达真情实感，是任何一种艺术创造都应该遵循的美学原则，诗歌尤其如此。我认为，青勃的诗作中有一部分是符合这个原则的。而这些较为优秀的诗歌，多分布在青勃青年时代和粉碎“四人帮”后时期的作品中。

《号角在哭泣》，是青勃的第一个诗集，就诗歌的写作技巧来看，并不是很成熟的。但这个集子中的多数篇章，今天读之仍虎虎有生气。如《苦难的中国，有明天》中写的：

冻结的日子
有火
月黑夜

有灯

哭泣的天空

有响雷

打抖的冬天

有春梦

血汗灌溉的地方

有不凋的花

苦难的中国

有明天

诗的锋芒所指，是蒋家王朝的黑暗统治，它写出了历史的真实，喊出了人民的心声，灌注进了诗人自己生命的气息。当时，臧克家就曾对青勃的这些诗歌表示赞赏。青勃自己在一首诗中也曾剖白过："我的诗，没有技巧。受难的田野的眼泪，是我的乳汁，贫困的人民的眼泪，是我的乳汁。"我们认为，这正是青勃诗歌艺术的底蕴。

然而，在建国后的一个时期，诗人沉浸在欢乐之中，在艺术创造的海洋中并没有继续深入下去。诗人似乎仅仅满足于对"乐园"的讴歌，而忽视了深刻的思索，降低了对艺术质地的追求。有时，为了紧密地配合政治宣传，他写得很快、很多，而诗的意境是淡薄的，语言也往往是粗糙的。时过境迁，这些诗歌就很难再给人们留下清晰的印象。青勃在艺术创造过程中走的这段弯路,并不是一个孤立的现象。除了诗人自身应负的责任外,这和我们的文艺政策有关。要求文艺简单地、狭隘地为政治服务,常常是我们许多作品变成没有生命力的廉价宣传品的主要原因。粉碎“四人帮”后,青勃的诗歌在继承其四十年代诗风的基础上,已经开拓出新的境界,熔铸出新的风格。读青勃近年来的诗歌,有时会感到面前陈着一柄冷锻出来的锋刃、一枝吻着雪花的嫩叶、一泓清澈而又幽深的山泉。他的有些诗歌是清新的,也是质朴的,质朴中包孕着生活的真理;他的有些诗歌,是明丽的,也是含蓄的,含蓄之中蕴积着火一般的热情。风格就是人。青勃新写的一些诗歌为什么能激起读者的共鸣呢?根本上还在于诗人那颗被再次解放了的、与人民息息相关的心。如诗人自己说的,“在祖国母亲面前,我永远是一个赤子。我的躯体是透明的,我袒露着我的心……”

青勃诗歌艺术的另一显著特点,表现在他对新诗表现形式的积极探索上。

青勃是四十年代初在国统区的进步诗坛上,开始显露他的才华的。他的诗继承了五四运动以来《女神》的优良传统,格调是激昂的,他又受到过闻一多、臧克家的熏陶,对新诗的格律化做过探讨;他还喜欢艾青田间的自由奔放,在作品中向他们表达过敬意。因此，青勃既写自由舒展的新诗，也写格式严整的新诗，他有些诗近于民歌俚调，有的诗则类乎曲艺鼓词，有些诗撷取了古典诗词的构思，有些诗则带着散文化的倾向……当然，这些尝试有些是成功的，有些则失败了。而且即使成功的作品中，品格也各有高下。但这样的做法无疑是符合创作规律的。从青勃的全部诗作看来，我们认为他长于抒情而短于叙事。在他的作品中，写得多而又写得好的是那些抒情短诗。

在诗歌的海洋里，新诗中的抒情短诗和旧体诗词中的绝句、小令颇类似。青勃近年来的一些受到读者好评的抒情短诗，就具备绝句、小令的某些特点。如不久前在《安徽文学》上发表的《啄木鸟》：

不重复莺歌，
不模仿燕舞……

它是绿色世界的近卫军，
急促地敲击着森林的战鼓。

全诗只有四句，却写出了啄木鸟的朴实无华、谦逊勤奋，也写出了大森林的生机勃勃，从中，人们自然还会想得更多。

他的《绿叶集》中的《无题》：

有绿叶的地方，

才有花朵的芬芳。

短到只有一句话，同样是那么有韵味儿，有哲理。写的是植物界的现象，人们感受到的却是人世的真谛。抒情诗，写短些，并非难事，若要写得短而有情趣，使人“咫尺之中见万里”，恐怕就不容易了。

青勃诗歌艺术的特点还表现在他的语言上。他很注意炼字锻词，以充分表现对象的精神。在他的早期作品中，他把灾难深重的农村比作“贫血的老人”，把瘠瘦的灾民比作“干枯的柴枝”，这些都可谓传神之笔。近来，他写春风，“把雪花吹成柳絮，把冬云剪成风筝”“给杏花点了胭脂，给樱桃涂了口红”，其中“吹”“剪”“点”“涂”几个动词的选用，平易之中见功夫，可谓炼字炼到了活处。

在青勃的一些抒情诗中，他的语言已形成了自己独特的旋律和色调。

在语言的音乐性方面，我认为青勃较多地受到宋元词曲和河南民歌的影响——婉曲而又流畅。他的一些触景生情的诗歌是这样，如《春歌》：“我又听见了，听见春天的锣鼓管弦。

我听见雪山雪崩玉龙叫，融雪叮咚，泉水下滩。我听见白冰乍裂金鲤跳，春水拍击翡翠的河……”在语言的色彩方面，青勃常常使用的并不是淡雅的水墨或娟秀的水彩，也不是厚重的油画。早年，在黑暗的旧中国，他喜欢用一种木刻式的、黑白分明的色调表达自己的爱憎。新中国成立后，他用的色彩是绚丽而明朗的水粉。粉碎“四人帮”后，青勃水粉画笔上的基调变成了绿色——青绿之中又呈现出丰富的色彩变幻。是青春的象征，是欣欣向荣的象征。绿，固然描画出了春风沐浴的祖国大地，同样，不也抒写出了诗人的心境么？早年，臧克家同志就曾说过：“青勃的诗风，恰像他的这个名字——‘青勃’。”现在，这株扎根于中州土地上的老树，经历了冬天的严寒和十年浩劫的摧残，终于又返青了。

可以说，青勃近两年的诗歌，作为他一个新的创作期的开端，已经取得了可喜的成就。但是，向前展望，我们觉得他还应把视野放得更广阔些，选材更严格些，开掘则更深些。我们希望，诗人在新时期的春风里，在社会主义文学艺术的大森林里，永远青葱如黛、蓬勃向上。

《奔流》1979年第5期

赵以文先生

在我已经调入苏州大学之后，郑州大学文学院邀我主持那年的研究生论文答辩，事后，我说去看看赵以文先生。研究生们都说不知道这位先生，一些青年教师也含含混混地说，好像听说有这个人。我很悲哀，现在的大学教育已经太不注意学统的传承，忙于搜罗时新知识，乐于追逐走红文人，而对身边曾经存在过的人文遗存，却从不放在心上。

我邀请了两位刚刚答辩过的女研究生，买了一大束鲜花，一起去看赵以文先生。

到了赵先生住的楼门前，几位坐着闲聊的邻居说赵先生不在家，由陪护推着出去已经多会儿了。正说着，就看见东边的大路上一辆轮椅缓缓过来，我慌忙迎上前去，赵先生歪在轮椅里眯着眼睛，似睡非睡。我大声喊："赵先生，我来看您了，我是枢元，鲁枢元！"先生勉强睁开眼睛，看看我，又闭上了眼，似乎已经认不出我了。记得前边几次我来看他，初时还在写自己的回忆录，兴致盎然地拿给我看；甚至对江河日下的世风，发泄压抑不住的牢骚。最后一次也还能提着劲儿，坚持把我送到屋门以外。这次看来是真不行了，也是，毕竟已经是90开外的老人了，况且身子骨本来就弱，常年害病。

陪护是位四五十岁身体健硕的妇人，听我自报姓名，她显得有些吃惊，说：你就是"枢元"，"昨天在洗手间先生还喊你的名字，说枢元打它，枢元打它！"她说近年来先生已经很有些神志不清，有时会说胡话。我听后心里很不是滋味儿，也很感动，先生在卫生间里可能幻觉到什么危难，想起了我。先生本来就是个感情细致的人，没想到他到了这时心里还有我的存在，我心中感到一阵酸楚。

1981年我已经在《上海文学》等刊物发表了几篇文章，希望从已经服务十年的铁路师范学校调进郑州大学教书，还托人从中说合，但仍不顺利。郑大中文系主任说不想再要河南大学毕业的人，因为中文系里"铁塔牌"已经太多，怕引起"近亲繁殖"。这理由其实是很充足的，主任也完全是出于公心。但我毕竟还是进来了，其中就因为有几位"铁塔牌"学长的热心疏通，如齐树德、冯庚辛。其中就还有当时担任文艺理论研究室主任的赵以文先生。调进郑州大学不几年，正赶上新时期文学风起云涌，一浪高过一浪，而我竟阴差阳错地出了不少风头，得到一些媒体的好评，赵先生看了，比我还高兴！记得有一次要往上推荐什么拔尖人才，校方一时把我漏掉了，没想到赵先生竟然自己跑到车得基校长那里为我力争，并且流了眼泪。我还不清楚怎么回事，弄得校长竟然跑到教研室找我表示歉意（德高望重的车校长也已经作古，我时时会想起他）。

赵先生出生在1909年，比我父亲还要年长10岁，老家是河南省尉氏县榆林赵村，而我的外婆家是通许县的孙营，后来我插队的地方是长葛南席镇，都与尉氏县交界，对于那一带的风土人情并不陌生。赵先生出身于一个乡村士绅的大家族，却像那个时代许多出身名门望族的知识青年一样，为了打破凝固的日常生活，为了追求朦胧中的生命理想，便早早离家出走，投身革命风潮，颠沛流离，过着极不安定的生活。

赵先生曾经是河大的老学生。他在晚年的回忆文章中说，他是在革命一再受挫，谋业屡屡落空，才由北京回到开封，报考河南大学的。由于他中文功底好，在北京时又曾做旁听生，听过胡适、鲁迅、侯外庐、许德珩等著名学者的讲演，眼界开阔，于是便以第三名的优异成绩考入河南大学文学院，为了自食其力解决生计问题，他同时在离河大不远，步行约20分钟路程的双龙巷中间路段、静宜女子中学对门，“一位在邮政局任职的老职员家里当家庭教师”，月薪20块现洋。这双龙巷就在我家西头，静宜女中就是我读过的开封八中的前身。

而那时我当然还远未出生，记得祖母说过，祖父在开封县衙门里当伙夫，每月薪水才7块钱，一家五口人也就勉强赖以糊口了。

已经在北京见过“大世面”的赵以文，看“河南大学”，就显得有些“土气”，原因自然是河南闭塞、文化落后，加之连年的天灾人祸，必然会影响到学术的发展。但赵先生也说，在他求学河南大学这几年里，河南大学里倒是一派兴旺景象，学术之活跃，不亚于周围省份的大学。后来写出了《红日》的吴强，写出了《李自成》的姚雪垠，写出了《燕山夜话》、在“文革”中被迫害致死的邓拓，都是他前后届的同学。赵以文先生晚年撰写过一篇题为《从彰德高中到河南大学》的回忆录，一次我到家中看望他，他拿给我看，当时我正在郑州市政协担任副主席，负责文史方面的工作，便拿去介绍给《河南文史资料》，发表在1992年第1期上。回忆文章中写他在河南大学文学院求学时的经历：

文学院一年级新生，教学上是不分系的，二年级才分系，在我一年级听过的课程中，印象较深的，有郭绍虞先生的“中国文学批评史”，高亨先生的“文字学”，嵇文甫先生的“中国社会经济发展史”，姜亮夫先生的“国文”等。

郭绍虞先生原为燕京大学教授，是在他的休假期间被借聘到河南大学的，时间为半年。他用的教材，是燕大的油印讲义。上课时，边板书，边讲解，条理清楚，言简意赅，从不夸夸其谈，这和他深沉笃学、木讷寡言的风格是完全相适应的。半年期间，每周两小时，从先秦讲到魏晋南北朝。他用的讲义本，每一页上都贴满了蝇头小楷的纸条，以致那本讲义像孕妇的肚子一样，鼓囊囊的。这里边包含着积年累月搜集整理、条分缕析、反复推敲的功力。他是中国文学批评史这门学科的创始人之一。后来出版问世的巨著，就是在这本讲义的基础上千锤百炼的结果。

郭先生的治学精神，对我深有启迪，我曾写信请他对我以后的专业方向给予指导。根据约定的时间，到他住室外间的会客室。郭先生似乎是“书巢”中人，讷于言辞，但态度是诚恳的。他说，走文学的道路，河南条件比较差，可否有目标、有计划地读二十四史，书也容易借到。当时中国社会史、经济史的论证方兴未艾，他可能希望我从河大的具体条件出发，考虑二年级的选择系科问题。我当时还是一年级学生，对将来进修的专业方向也很茫然，提不出什么不同意见，只好告辞了。后来由于一念之差，选入英文学系，至今仍引以为憾。

嵇文甫先生在“大革命”前就参加过中国共产党，而且到苏联留过学，我是知道的。三十年代初，我在北平流浪期间，也偶尔在中国大学旁听过他讲的“左派王学”。对嵇先生，我是敬仰已久的。一年级我就慕名选修他开的“中国社会经济发展史”课。嵇先生从来不用马克思、恩格斯如何说之类，自炫博学，这固然与当时的政治形势险恶有关，但在他解放后的讲演和文章中，也和那些“语录集锦”式的文章有明显的区别。他从不空喊马克思主义，而文章本身则是生动活泼的马克思主义的具体体现。嵇先生常说“马克思主义的活的灵魂是具体问题具体分析”。这是嵇先生治学精神的重大特点，应该认真学习。

高亨先生和姜亮先生当时都三十多岁。高先生的“文字学”（讲《说文解字》），姜先生的国文（不是他开的主要课程），也各具特色，与“土”是无缘的。

关于我和今日社。

大约是在1934年的某一天，受法学院同学康午生（即王国权）的邀约，我到王毅斋先生家里参加“今日社”成立会，从此就成了今日社的社员。王先生是法学院经济学教授，早年曾任河南镇嵩军司令刘振华的家庭教师，后来在刘的资助下，到德属奥地利留学。据他说，在留学期间，也曾买过一些马克思、恩格斯的著作，但都压在箱底，没有读过。回国后，有感于国内的革命形势和教学的需要，才从书箱里扒出来阅读，对马克思主义有了初步认识，因此他的教学受到进步学生的欢迎。今日社就是在这批学生倡导下，得到王先生的全力支持而成立的。王先生任社长，任芝铭先生（即冯友兰、孙炳文的岳父，宗璞、孙维世的外公）为副社长，社址就设在东棚板街王先生的寓所。

王寓和有些教授的住所比较起来，俭朴得多了，虽然也是独院，房子和院落却都比较窄小，上房是他和德籍妻子的卧室兼书斋，东屋三间，除一部分书箱、桌椅外，还有一个乒乓球台，算是会客室兼游艺室。王先生也许由于性格、天赋和受西方教育的影响，为人爽朗、明快、活泼、健谈。到他家里，可以无拘无束地说说笑笑。有时他还拿出一些西方画册给我们看，对于画面上的男男女女，谈得津津有味："你看拥抱得多紧，咱们却非画得相敬如宾不可。"先生没有一点道学气。

社员以河大同学为主，有康午生、苗树勋（即苗化铭）、韩克信、赵毅然、彭寿松和我等人。此外，还有校友姚雪垠、私立西北中学负责人宋一罕（衣寒）。今日社有点俱乐部性质，每隔一段时间，聚在一起谈谈心，倾吐一下积郁在心中的块垒。在那长夜漫漫的年代，革命的友谊比黄金还可贵。

今日社的主要任务，是编辑出版《今日月刊》。"今日"二字比较平实，不易引起反动当局的注意，但也绝非"古董"，而是执着于"当代"。内容是综合性的，有争论、创作、杂文，也有文学评论。以王先生为支柱，向当局送审备案是不成问题的，问题还是出在内容上。全部篇名、作者我已不能明确指出。

只记得，我写过两篇文章，一是关于鲁迅的，题目是“伟大的人、文学家、战士鲁迅”，用的笔名可能是“依文”，发表在《今日月刊》第一期；另一篇是《评〈决堤〉》，刊载于《今日月刊》第二期。《决堤》属于报告文学性质，揭露了当时河南省军政头子刘峙为了预防水淹开封，在兰封县（今属兰考县）以北炸破黄河堤防给人民所造成的灾难。因为触及当局的疮疤，《今日月刊》被迫停刊，并且传讯了王毅斋先生，由于王先生勇于承担责任，社员没有遭到直接迫害。

平心而论，赵以文先生这时每月有20块大洋的补贴，他的读书生活应是很优裕的，他也亲口告诉过我，那时住在东三斋里，每月三五块钱就可以在校外的饭馆里“包伙”，有伙计把饭菜送到宿舍，每顿还都有肉食。但从这段回忆文字中仍可以看出，在20年代到30年代波诡云谲的政治风暴中已历经沉浮的赵以文，并未改初衷，仍然没有放弃他干革命的凌云壮志，仍在积极参与共产党的地下活动。1935年春天，他的夫人李培义女士在杏花园教育实验学校被捕，他在同学张冠三房间的床底下潜伏了八个小时，在黎明前黑暗的掩护下溜出东斋，从后边的荒草丛中绕到大礼堂西侧，翻墙逃出校外，才躲过一劫。

赵以文先生有一位在当代学界享有盛名的女儿，即王瑶先生的弟子、中国社科院现代文学研究室的赵园。赵以文先生辞世后，她曾在一篇文章中说过，父亲是那个时代的热血青年，一个“左翼”文学青年，十几岁的年龄即从事地下活动，担任过中学校长，传递过地下情报，常年独自在异地漂泊，领略过铁窗风味，经受过酷刑折磨，为了组织民众抗日，不惜将手枪拍在县党部头头的办公桌上！青年时代的赵以文先生真像是我们在电影里看到的叱咤风云的革命英雄。但我接触到的赵先生却已经丝毫没有了这些英雄气概。那时的赵先生已经过了七十岁，是一位瘦弱、善良甚至有些敏感、脆弱的老人。革命成功之后，老家的亲属中因“地主成分”受到“管制”或“镇压”，夫人李培义也因过于自由独立的性格被打成“右派”，“革命”对于他来说就像只“魔棒”，挥来挥去都又打回自己身上。暮年的赵以文先生显得有些弱不禁风，像一棵久经风霜摧残的芦苇，似乎一点点风吹草动就会将它吹倒。有时为了社会上一些司空见惯的坏人坏事，他也会义愤填膺，但结局总是自己感伤地暗自流泪。

我在郑州大学任教的后期，赵以文先生已经退休，我接任了他的文艺理论研究室主任的职务。

退休后的那一段时间，是我见到的赵先生最幸福的时光。

我们两家住的楼房毗邻，我母亲农家出身，总不忘耕耘，在楼下的荒地上开了块小小的菜园，总见她与赵先生老两口兴致勃勃地谈论茄子、豆角、韭菜、丝瓜的长势。我们住的楼的东边是一片核桃树林，夕阳西下的时候，有时会看到赵先生与长他三岁的老妻李培义手挽着手，在林中小路款款走来，黄昏的余晖映照在这对八十开外的老夫妻身上，一种散淡悠闲的美。记得有一天，赵先生穿了件崭新黑缎子中式外套，笑意写在脸上。李培义先生耳背，看见我走近，手臂把赵先生挽得更紧，不等我打招呼就笑口先开：

“枢元，看我的‘小女婿’，多精神！”

姚拓是一棵树

我找不到更恰切的比喻形容姚拓，我只觉得他就像一棵历经岁月磨炼，依然生机勃勃、依然精神矍铄的老树。

或许，姚拓真是一棵树。

葱 茏 南 洋

大陆知识界对于“姚拓”这个名字可能还有些陌生，但在南洋，尤其在马来西亚，姚拓却是一位声名远播，深受人们尊重的长者。只是关于他的“名分”，就在我下笔写这篇文章时仍然难以界定。

你可以说他是出版家，因为他曾担任友联出版社的社长，大马出版供应社的总编，现任全马来西亚五家出版公司联合机构的主要领导人，出版了大量文学书籍和教科书，在马来西亚出版界享有很高的威望。

你可以说他是编辑家，因为他曾先后担任过《学生周报》《学报》《蕉风》等报刊的主编，这些刊物在中国香港及新加坡、马来西亚有着广泛的影响。

你可以说他是教育家，因为多年以来马来西亚的中学华文课本、新加坡小学华语课本、马来西亚国民型华文小学的“华语”“道德教育”“人文与环境”“文学读本”等教材、教学辅导资料都是由他负责组织撰写、编纂的，对马来西亚华文教育事业贡献殊丰。

毫无疑问，他更应该是文学家，因为他自 1950 年开始从事文学创作以来，写了大量小说、散文，已整理出版的小说集五部、散文集两部，评论界给予很高的评价，认为“朴素的字散发出坦诚炽热的情感，浓郁的乡土气息中闪烁着人道主义精神”。他的作品，以现实主义的创作手法生动细腻地描绘了从旧中国农村到东南亚当代社会的人情世态，在马华文坛上树立起一种质朴、自然、沉着、厚重的文学风格。

香港中文大学的郑良树先生在为庆贺姚拓七十大寿撰写的文章中，亲切地称他是“南洋华人社会文艺界的家长”，埋头躬耕马华文坛的“老黄牛”。至今，他主办的《蕉风》已度过四十年的风风雨雨，成为海外华人世界中寿命最长的“纯文学刊物”。为了保持文学品位的纯正，《蕉风》从不刊登广告，长年来他为《蕉风》贴补的资金如果用来经营房地产，大约已经可以盖起十几层的高楼大厦。唯一使姚拓感到欣慰的是，从这块文学园地中已经走出一代又一代的小说家、散文家、文艺评论家。

此外，姚拓可以说是戏剧家，他是新加坡艺联剧团和古隆坡剧艺研究会的创办人之一，出版有两部戏剧集。他编导的话剧《憩园》《儿女英雄传》《荆轲刺秦》《还阳》，获得热烈的社会反响。九十年代初，他创作的《万金和尚》在马来西亚六城市巡回演出，盛况空前。

姚拓还是一位独具慧眼的艺术鉴赏家，在他开办的“集珍庄画廊”聚集着一大批造诣颇高的书画家。而他自己也能写一手劲健清丽的行草，师“二王”而承欧赵，算得上半个书法家了。

真正意义上的文化人也许并不是那种学科单一的专业人员，而多半应是那些诸种人文学科的整合者，姚拓的“名分”如此不好确定，这恰恰说明他自身就是一种文化的象征，他就像一棵生机盎然的文化之树，在南洋的海阔天空中尽情地拓展着自己的枝枝丫丫，在南洋的华人子孙中播撒着文化的绿荫。

前年，姚拓成为第三届马华文学奖的唯一得主，评委会在为他以往的文学生涯做出评价时说：“他孜孜不倦、锲而不舍、无怨无悔，默默地为马华文学奉献一生。这种崇高的精神令人肃然起敬，他以豁达的胸襟与执着的爱心，栽培不少杰出的马华作家，使马华文学更具内涵，更富姿采，将马华文学的境界与地位提升至更高层次。”姚拓这棵大树，以自己的旺盛的生命活力，为马来西亚的华人文坛增添了一片葱茏。

近年来，姚拓时常返回祖国，为促进中国与马来西亚的文化交流做了许多事情。他的散文集《墙头上的小红花》已在故乡的海燕出版社出版，稿费所得全部购书送给了故乡的学校。似乎他那一树葱茏的绿叶正凭借着生物界的“光合作用”，开始将马来西亚的阳光化作异域的文化养分，输送到生他养他的黄土地上。

根在邙山

按照瑞士心理学家卡尔·荣格的说法，人类的灵性之根总是深扎在种族的集体潜意识之中的。树大根深，根深才能叶茂。

姚拓的根在中原大地，在嵩山之麓、伊洛河畔的邙山岭。从地质年代说，这一带可能是从地球原始汤中最早浮现出水面的一块陆地，从中华民族文化史看，这里应是殷商之前的夏代国都之所在，名副其实的“华夏文化”的中心发源地。

姚拓自己曾在文章中说过，我的家乡在中国河南省巩县

（现巩义市）一个名叫鲁庄的农村，位于开封、郑州与洛阳之间，北宋七个皇帝的陵苑就在我家附近，向东一望可以看到那高大的土冢，少林寺离鲁庄只有十五公里的路程，道教圣地中岳嵩山与少林寺紧紧相连，诗圣杜甫的出生地就在县城西北五里地的笔架山下，龙门石窟、白马寺也都距离鲁庄不远。鲁庄村里遍地文物古迹，街东口一张敬神的小石桌刻有“同治三年”的字样，老宅门前的一只石墩是当年武秀才们的练功石，碾子下边的台基地也许砌的是汉代刻有鸟兽花纹的空心大砖，井台上铺垫的青石板则是一块刻有“嵇含故里”的残碑。而嵇含是西晋时期著名文学家嵇康的侄孙，鲁庄出生的一位世界闻名的古代植物学家。

再往远处说，鲁庄古称“亳邱”，是商代汤王践祚后筑坛祭天的地方，鲁庄旧时又称“桑林镇”，传说汤王在此祈雨而甘霖普降，欣喜之中写下一首《桑林乐》的乐曲数万民传唱，此后便留下了“桑林”的地名。

至于鲁庄为什么叫鲁庄，其中还有一则感人泪下的故事：西晋末年石勒作乱，当时任河东太守的邓伯道仓皇携眷南逃，逃至桑林镇追兵杀来，危急中伯道弃子负侄而去，邓伯道的这一德操在《世说新语》中曾有记载，并有“天道无知，使邓伯道无儿”的感叹。但民间的版本却还有续篇：被伯道弃下的儿子并没有死，而是被桑林镇一位姓鲁的姑娘收留下来并抚养成人，兵乱过后又送还邓家且不收任何报酬，鲁姑遂被时人尊称为“义姑”，鲁姑娘住的村庄被人们叫作“鲁义姑庄”，简称“鲁庄”。时过一千多年之久，庄子里虽然早已没有了姓鲁的人，庄子依然还叫鲁庄。

“汤王祈雨施仁政”“鲁姑抚孤张义举”，显然都是“儒家文化”在这块土地上的积淀，曾经长久地滋养了鲁庄人的心灵。

在鲁庄，姚拓家算不得首富，更算不上豪绅，但也并不贫寒，该算是一个“耕读传世”的农家，除了种地，也读书、习武，乃至行医经商，在经济上较为殷实，在文化上较有涵养。民国初年，姚拓的父亲曾动用家粮数千斤赈济蒙受水灾的饥民，被民国大总统黎元洪授予一块上书“任恤可风”四个斗大金字的扁额，在伊洛一带传为佳话。姚拓从小拜孔夫子为至圣先师，在父兄辈的督导下读四书五经，他不是一个循规蹈矩的孔门弟子，其调皮憨顽倒是有点像那个个性鲜明的子路，血脉中仍然灌注着儒家传统文化精神，一种鲁庄化的儒家精神。

姚拓曾在一篇文章中写到鲁庄家中的老宅，那几乎可以看作“鲁庄文化”的象征。这是一座黑沉沉的、满布尘埃的、神秘莫测的楼房，常年失修的阁楼上楼板已经松动，踏上去吱吱呀呀直响，昏暗的房间里供奉着“大仙爷”的神位，神位旁放着外婆的药箱。外婆有着会接生、会号脉、会针灸、会查八字、会看风水的半人半仙之体；药箱中有着药草、银针、火罐、念珠、符录之类的半医半巫的器具。童年时代的姚拓还从这座楼房的“夹壁”中窥测到父亲捐来的“监生”礼服、大清衣冠以及锈蚀的古刀古剑。同时，还有一堆古旧的藏书：《三国演义》、《水浒传》、词曲传奇的抄本。我恍然看到，在这些衣冠、刀剑、神位、药箱、符录、书籍中，凝结着孔子、孟子、老子、庄子、孙武子、淮南子、容成子、抱朴子们的幽灵，这座老宅真可以看作中国古代文化在一个偏僻村庄里的缩影。

姚拓虽然从18岁便离开了这座老宅，从此闯荡江湖、云游天下，但那老宅的“阴影”却始终叠印在他的心灵之内，或许这就是他命定的文化之根。海外论者评说：“怀忆旧事仍然是姚拓小说创作的主要题材”，此言大抵不差。就是这么一块土地，就是这么一座老宅，就是这么一群乡亲，成了姚拓文学创作灵感的源泉。

海外的朋友全部惊奇于姚拓那数十年并无太大改变的“乡音”，戏谑地名之为“八只耳”，即使长了“八只耳朵”也难以将他那巩县风味的河南腔听懂个八成。姚拓因此还荣获了一个“土包子”的绰号，他自己曾郑重表示庶几可以认同。在他看来，“土”也有“土”的好处，“土”中有着深厚的生存智慧。“土”中有着浓郁的道德芬芳。他说，正是由于些童年时代的对于泥乡的记忆，才使他在日后的那些混浊的日子里，葆有乡土中那质朴淳厚的人的气息。

是的，正如姚拓鲁庄故宅院子里的那棵老枣树一样，树，怎么能够离开“土”呢？也许正是由于姚拓这棵老树的根深深地扎在乡土之中，他才能把自己的枝叶强劲地拓展到千万里之外的南洋。离开泥土的植物，只能成为无根的浮萍，是绝成不了参天的大树的。

虬枝盘曲

姚拓是一棵树，但是姚拓并不是风姿绰约的椰子树，也不是光滑直溜的白杨树。姚拓更像是落根于嶙峋的土石中，成长于恶劣的天时中的山榆、崖松、古柏、老槐，贫瘠的土壤使他长出了粗砺遒劲的盘根，烈日寒霜，风雨雷电使他长成了盘曲斑驳的树干。套用著名老诗人曾卓现成的诗句，姚拓就是那株“悬崖边的树”：

它的弯曲的身体
留下了风的形状
它似乎即将倾跌进深谷里
却又像是要展翅飞翔……

“悬崖边的树”，该是个体生命与时代风云两相撞击的产物。

姚拓出生于1922年，他面临的是中国现代史上的一个“战国”时代，军阀混战，北伐之战、抗日战争、国共大战。战火猛烈燃烧了近三十年，这恰恰就是姚拓的少年发育期与青年成熟期。假如这个姚姓的后代子孙像他的许多先辈一样始终匍匐在黄土地上，倒也会过得平安无事。但他并不是一个安于现状的青年。当他在鲁庄的老宅子里熟读了《战国策》后，就开始做他的“英雄梦”。十八岁投笔从戎，成了黄埔军校汉中分校的一名学习优异的“士官生”，尚未毕业便作为一名基层军官补充进卫立煌将军统帅的远征军，开赴抗日战争的最前线，在云南怒江惠通桥头的腥风血雨中与日寇对垒两年多，在71军鏖兵龙陵的战役中他的右脚被子弹打穿。抗战胜利后，内战爆发，他所在的部队奉调从云南开往东北，在辽沈战役中他被先“解”后“放”，返归原籍鲁庄后，几被刚刚成立的乡下红色政权当作“反动军官”险些索去性命。

他几经辗转跑到香港，往日的抗日英雄、国军将士，沦落为流离街头的“难民”。这时他才刚刚28岁，还是一个青年。

在香港的“难民营”里，他也只是个连“饭票卡”都没有拿到的“编外难民”，每天只能“蹭”着喝两碗稀饭。后来在荃湾工业区好不容易找到了一个“扳茶缸把子”的零工活路，每个把子要做五道工序，做1000个把子可以得到6毛钱的报酬，刚刚够当天的饭钱。

此时的姚拓恰逢30岁的“而立之年”，奋斗多年最后竟把自己“立”在一堆有待搪瓷的“茶缸把子”上，好不惨然！时势如暴风骤雨，足以把一个人推下悬崖。

然而，时势终于未能把姚拓这棵树摧折。在荃湾那个繁星密布的漆黑之夜，姚拓面对茫茫大海下定决心，要抛弃过去，走向未来，重新寻找生命的意义，重新开拓生存空间。新的人生之旅哪怕就从这“扳茶缸把子”开始，这显然是一个十分卑微低下的起点，但是他不怕。

姚拓，正是从这时才改名叫“姚拓”的，他原本姓姚名匡字天平，看来，在风云激荡的时代变幻中，他很难匡正什么，摆平什么，他意识到他能做的只是不断地开拓自己。伤痕累累，身世飘摇的姚天平在失败之后变成了一位脚踏实地的开拓者。

也许仍旧是鲁庄埋下的文化基因在新的季节里开始萌动，也许更因为姚拓本人痴爱文学的天性发挥了作用，当又一次机遇来临时，姚拓便似枯木逢春，欣欣向荣，盛开出一树繁花。

那是1952年的夏天，香港的《中国学生周报》招聘一名“校对”，姚拓放下手中的铁工活计前去应招，从此以后由校对到编辑、由编辑主任到主编、总编，《学生周报》《学报》《友联文选》《大学生活》《蕉风》文艺月刊，香港版、印尼版、缅甸版、新马版，友联出版社、马联出版集团，姚拓一步一步把自己的文化事业推向一生中的峰巅。

姚拓的一生可谓崎岖坎坷，近乎一部传奇。由偏乡僻野到名城大都，由西南边际到东北边关，由大陆腹地到南洋群岛，由金戈铁马到青灯黄卷，始而投笔从戎，继而弃甲为文，现在的青年人恐怕很难再有他这样的经历了。姚拓这棵树饱经了时代风霜雷电的侵袭，但时代的这些无情的磨炼又给了他一个虬枝盘曲、苍劲壮健的造型，如此看来，姚拓的不幸，也许正是他的幸运。

老树精灵

中国人对于老树，差不多总是怀着一种近乎神秘的崇敬。在我的老家开封，就流传着许多老树成精、老树成仙的故事。我上小学的校园原本是一座庙院，大殿前边的天井中就有一株上百年的老槐树，它那苍劲皴裂的树干就像一道怪石嶙峋的山岗，它那葱茏茂密的树冠就像一座幽晦蓊郁的森林，树的枝丫间翩翩飞绕的鸟雀似乎就是老树活动着的精灵。据敲钟的老校工讲，一个月明星稀的夜晚，他曾看到从树洞里钻出一位白胡子老人在树下饮酒吟诗。

老校工的话或不可信，但在我的心目中，老树绝对是有生命的、有灵性的，杜甫曾在诗中描写过夔州孔明庙前的一棵古柏："云来气接巫峡长，月出寒通雪山白"，"落落盘踞虽得地，冥冥孤高多烈风"，树生天地间，下采大地甘泉之滋补，上摄日月精华之辉耀，树的生命与宇宙的生命相吐纳、相浑融，年代久远、阅历丰富的老树便有可能与天地真气、宇宙精神息息相通，只不过一般人很难与之进行信息交流罢了。

人类之中也有像老树那样的精灵，他们纳天地精英，与自然同化，养其气，一其性，抱朴怀素、恬淡虚静，臻于"无为无不为"的境界，像歌德、托尔斯泰、泰戈尔都是这样的精灵。歌德曾经告诉爱克曼说，在文学家艺术家中，精灵总是较多一些。我以前曾经在一篇文章中说过，我们河南当代文坛上那位年逾 90 的老诗人苏金伞也是这样的一个精灵。

姚拓，在他的古稀之年，已经开始迈入这一境界。

去年冬天姚拓回国探亲，我和书法家许挺一起到鲁庄看望他。天气寒冷，院子里还冻结着点点残雪，我们喝了一点白酒，吃着他女儿姚花开做的一桌家乡菜，听着他用邙山头上的乡音谈着马来西亚、新加坡，气氛很是融洽。趁着酒兴、大家展纸研墨、笔走龙蛇，引得四邻乡亲纷纷拥进屋子啧啧赞叹。姚拓先生送我的一幅字是"但愿人长久，千里共婵娟"，殷殷乡情，磊磊襟怀溢于纸上。

作为文化人、文学人的姚拓，在渐入晚境的同时也渐入妙境，渐入化境。从他后期的一些文字中不难看出其心境的演化。

在一篇文章中他颇有风趣地写道："在我十几二十岁的时候，凡我看到的女孩子，总觉得没有一个够上'美女'的标准。但过了五十岁以后，古人是'满街都是圣人'，我的眼中却'满街都是美女'"，"如今快到七十，却又到了另一个境界，世上万物简直没有美丑之分，美有美的可爱，丑有丑的可爱，所以，我现在看到的男男女女，老老少少，无一不可敬、可亲、可爱"，"世界上的一山一丘、一石一木，甚至每一片树叶，每一条草茎都各具美态"。小狗小猫之类的宠物可爱，小猪也同样可爱，花开固然可爱，花落也不必惋惜，枝头鸟声可爱，枝头落下的鸟粪也可爱，"因为那也表示着生生不息的生物循环"，"万物静观皆自得，四时佳兴与人同"，这不正是一种与自然万物同而化之的境界吗？

走入自然亦即走入美、走入善、走入博大的爱。姚拓曾经不止一次地对他经历过的战争进行反思。"战争，总是残酷的"，他说："在打仗的时候，生命贱如泥"，"天地不仁"所以有战争，人心实在承受不起大量死亡的威胁，于是变得麻木，无动于衷，战争不仅残害人的肉体，也必然伤及人的心灵。姚拓作为一位从战火中走出的过来人再三祈祷，地球上不应当再有战争。

姚拓还越来越关心人类与自然的和解。关心地球上的生态平衡，对现代工业社会中过度的开发，对现代商业社会中过度的消费，表示深切的忧虑。在近期的文章中，他为“虎山”上再也看不见一只老虎而惋惜，他为“树山”上再也看不到一棵树木而感伤，他为山打根大森林中猿猴的濒危处境忧虑重重，他为怡保地区因开采锡矿造成的大片沙漠愤怒不已，他还为人们自己为了喝几口饮料而轻易扔掉一只金属罐感到耻辱……他认为“现代人的许多看似繁荣的措施，无疑都是在挖人类自己的坟墓”，如若继续这样走下去，《圣经》中所说的“地球的末日”就要到来。

西方的《圣经》主张“博爱”，强调的却是“人类之间”的互爱。姚拓主张把人类之爱施及自然万物，似乎已经超出了《圣经》的界限，而是向着东方的《佛经》靠拢。《老子》主张“虚静无为”，常常显得有些消极避世，姚拓也认为人在自然规律面前总是虚无缥缈的，不应妄自尊大，“该寂寞时须寂寞”，要甘于寂寞，顺应自然。但姚拓始终又不肯放下他那颗匡世济民的拳拳之心，已经是伏枥老骥，却依然壮心不已，还总是抱怨“想做的事情都还没有做”，这里便又流露出“儒教”在他心灵中留下的印痕。

至今我还不能准确地说出姚拓的宗教信仰（如果把儒教也看作一种准宗教信仰的话），不过，我相信，孔子也罢，老子也罢，释迦也罢，耶稣也罢，或许都可以看作宇宙间的一股精灵之气，所谓信仰，即个人与这些人间正气的沟通感应。

姚拓的信仰可能并不单一，但他绝对有着自己的信仰，就是这些信仰，使他这棵老树愈是到了晚境，就愈是燃烧着炽烈的绿色火焰，那是一位文化人的精神之光。

刘再复在1980年代

文章的标题有些类似很早以前的一部苏联电影:《列宁在1918》。不过,刘再复绝不是列宁。列宁是全世界无产阶级暴力革命的创始人,刘再复只是中国当代一位近乎柔弱无助的文化人。况且,后来他还提出了“告别革命”的主张。

然而,就是这个看似文弱的读书人,却在中国当代历史中的一个“大时代”——1980年代,产生了不小的影响,留下了历史的印记,至今还在持续发酵。人类社会历史的张力场中,似乎存在一种“恢弘的弱效应”,看似柔弱无力的东西,在历史的长河中却能够绵延持久地发挥着影响。苏州金鸡湖畔树有一尊老者塑像,张着大嘴让人看他的口腔:原本坚硬的牙齿已经掉光,柔弱的舌头还在。其尊容刻画得有些丑陋,却隐喻着“柔弱胜刚强”的深意,那显然是中国古代首席哲学家老子在现身说法!

我与刘再复先生并无深交，20 世纪 80 年代之后的许多年几乎没有什么联系。谈论刘再复，中国文学圈里大有人在，即使谬托知己，我也不够资格。之所以写这篇文章，只是出于潜在心底的一丝怀念。在 1980 年代，作为中国社会科学院文学研究所所长的刘再复先生曾经无私地帮助过我这个刚刚踏进学术界门槛的“外省青年”。再就是，年既老矣，作为 1980 年代的过来人，我自然拥有关于那一时代的诸多记忆，尽管仅仅是私人一己的回忆。

所谓“80 年代”，与“五四时代”“三十年代”一样，已经成为中国现当代文学史上一个定格下来的时代。这是一个什么时代呢？

“80 年代”成名的杰出诗人北岛说：“80 年代是中国 20 世纪的文化高潮，让人看到一个古老民族的生命力，究其未来的潜能，究其美学的意义，都是值得我们骄傲的。”①

“80 年代”活跃的思想家金观涛指出：“80 年代是中国第二次伟大的启蒙运动……它与体制内的思想解放运动相呼应，为中国的改革开放奠定了思想基础。”②

作为文学理论家的刘再复自己曾说：“80 年代乃是心灵

① 查建英：《八十年代访谈录》，生活·读书·新知三联书店，2006 年，第 80-81 页。

② 马国川：《我与八十年代》，生活·读书·新知三联书店，2011 年，第 173 页。

解放的年代，是面对生命的困惑提出各种叩问的年代。”“80年代也正是建国以后文艺批评的真正辉煌期。”“80年代是有钙质的时代，是有勇气提出新思想的时代。”①

对于“八十年代”乃至改革开放“四十年”这段历史，固然会存在分歧和异议。但无论何时、何人在撰写这段历史时，都不可忽略文学艺术的作用，也都避不开“刘再复”这个名字。

对于刘再复在“80年代”的文学贡献，评价并不一致。一些人认为他那时提出的两个核心理论：“文学的主体性”“人物性格组合论”，较之此后引进的许多新奇的文学理论，似乎“无甚高见”，不如他在散文创作方面的成就。对此，我想还是有必要做些历史性的回顾。

简言之，“文学的主体性”，即文学活动过程中涉及的人——如文学家、文学作品中的人物、阅读欣赏文学作品的读者，都是拥有自己的独立存在性的，都是具有“自洽性”的个体，而不是一味受他者规范、掌控的工具、傀儡。往深里说，这些理论其实已经涉入心理批评、文本批评、接受批评理论的领域。但刘再复当年的着力点主要是在为作家个体存在的主动性张目、发声，即：作家是一个有着自己的头脑、思想、情感、意愿、个性、风格的有血有肉的人，而不是可以随意被支使的工

① 马国川：《我与八十年代》，生活·读书·新知三联书店，2011年，第124，135，136页。

具,也不是机器上的零部件。所谓“性格组合论”,即:真实的人性是丰富的、复杂的,往往是善与恶、美与丑、坚强与软弱、高大与平凡的有机复合,十分完美、绝对崇高、始终正确的人并不存在;反之,绝对丑陋、绝对险恶、一坏到底的人也是不可信的。文学创作对于人物形象的塑造,不能不在人性的多面性、丰富性、复杂性上下功夫。

这些理论,在今天的文学博士、博士后看来,或许过于简单,或许已经成为常识(当然,即使在今天,常识也不见得都能够得到尊重),然而在四十年前的中国社会生活中,刘再复在文坛上发出的这些声音却是振聋发聩的。长期以来,中国的文艺理论界只允许存在一种声音:文学要为政治服务,文学要歌颂英雄人物。“文革”之中,这种左翼的文艺思想被集中概括成所谓“三结合”“三突出”的文学创作法则。“三结合”是领导出思想、群众出生活、作家出技巧,作家只能是一个类似显微镜、传声筒之类的工具,而且还必须是“驯服工具”。如果这个“工具”不能符合上级领导的意志,希望表达自己不同的意愿,那就将大祸临头,轻者丢掉饭碗发配边地,重者甚至会判以重罪、死于非命。文学作品,无论是小说还是戏剧,在所有人物中一定要突出“正面人物”,正面人物中又必须突出“无产阶级的英雄人物”,英雄人物中则必须突出“主要英雄人物”,这个唯一的人物就成了“高大全”的完人、神人。这种创作方法实际上是在为“个人崇拜”“领袖崇拜”营造舆论，在当时的社会政治生活中发挥了极为恶劣的作用。然而，这些现今看来十分可笑的东西，当时却是神圣不可更移的铁定法则，一旦有所冒犯，或者仅仅是不表恭敬，就会遭到致命打击，“打翻在地再踏上一只脚”！像老舍、傅雷、田汉、巴人、吴晗、邓拓、杨朔、周瘦鹃、陈笑雨、李广田、陈梦家、赵慧深、顾而已、冯雪峰、邵荃麟、侯金镜、刘绶松这些著名文学家、文学理论家，都深受其害。

“文革”中，我在一所铁路师范学校教书，讲授文学理论，讲“革命样板戏”，课堂上宣讲的也是“三结合”“三突出”这套理论，而且竟然举一反三，讲得头头是道，赢得不少人的赞许！在政治的高压下，我不是一个清醒者，更不是一个抗拒者。

“文革”结束，刘再复提出的“文学主体论”“性格组合论”，实际上是在倡导文学家的自主与自由、在消解中国当代“造神运动”的遗毒。同时也在改变文学界的认知范式、拓展文学思维的新的空间。这些看似“无甚高见”的文学命题一经推出，便立即引发全国舆论的关注，刘再复也就成了1980年代初期中国文坛上的一位旗手。

在这一时期，我几乎是身不由己、误打误撞地走进文艺心理学的研究领域，参与了朱光潜先生之后的新时期文艺心理学学科重建，连续发表了一些相关文章，结果引起再复先生的关注。在他那篇名噪一时的《文学研究思维空间的拓展》的文章中曾谈到我："近年来引人瞩目的，还有鲁枢元的一系列文艺心理学研究论文。他在《上海文学》等刊物上发表了一些认真的而且有特色的文章。"文中用不小的篇幅对我的研究给予积极的评价。① 稍后，刘再复在其《文学的反思》一书的前言中再次讲到我：

> 解剖自己比解剖别人还要艰难。因此，这种反思决不是那么轻松的。然而，自我否定并不是自我扑灭，其实也是一种自我更新。近日读了《青年评论家》报介绍鲁枢元同志的文章，就讲了鲁枢元经历过一次精神的蜕变。他在给《上海文学》编辑部周介人同志的信中说："我想再来一次蜕变，但也可能打破我的茧，变不出一只好看的蝴蝶。"而朋友给他鼓励说，祝他变成"一只美丽的孔雀"。我想，鲁枢元同志正是超越了精神蜕变的痛苦，才进入新的精神境界的。这又使我想起郭老"凤凰涅槃"的诗境，如果不经过一次痛苦的涅槃，凤凰就不能再生而翱翔欢唱。②

这一时期的再复先生之所以会注意到我，我想是因为我关于文学创作心理研究的那些文章，曾讲到作家的"有机天

---

① 刘再复：《文学研究思维空间的拓展》，《读书》，1985 年第 2 期。

② 刘再复：《文学的反思》，人民文学出版社，1986 年。

性”“生气灌注”“情感积累”“情绪记忆”“创作心境”“心理定势”“心理变形”等，我把文学创作视为一个包括文学家自己的需求、欲望、感觉、知觉、思维、情感、记忆、想象等心理功能在内的极其复杂的活动过程，这是一个同时包括了认识的高级形式和低级形式、心理的智力因素和非智力因素，意识的显在成分与潜在成分，主体的定势因素和动势因素在内的心理活动过程，是一种基于文学家的气质、人格、个性之上的立体的、流动的、完整的、有序的心理活动过程。这种文学心理观，与再复正在倡导的“主体论”“组合论”遥相呼应、声息相通。正是在这种情势下，开始了我与再复的通信。

刘再复来信之一

枢元同志：

您好！

敬悉大函，十分高兴。因常常拜读您的文章，觉得和您已交流过许多思想，所以读您的信，也感到特别亲切。

这几年来，您走入文艺心理学领域，取得了令人敬佩的研究实践，并成为我国文艺心理学研究的代表人物之一。您的研究，是我所向往的。我们这一代人，在社会科学领域中，要做出些成绩，实在太艰辛了。但我们的努力毕竟没有白费气力，我觉得，文学研究已处于新的转机之中。经历一个研究的动荡时期，使各种思维模式互相竞争，这对于扭转那种"天不变，道亦不变"的"数十年一贯制"的思维模式是极有好处的。您和兴宅的追求的大方向不同，但我都喜爱，都学习。我处于这样的研究院，深深感到在精神界也应当与自然界一样，应各有一种整体性的生态平衡，所以我在我们所提出学术自由、学术个性、学术尊严，学术美德的方针，有些同志愿意"为科学而科学"，我也支持。我现在主持所里工作，决心把文学所变成开放型的研究机构，因此，很希望您以后能参与我所的一些课题，还要请您到我们所来讲学。我相信您一定能支持我们的工作。

敬颂　撰安！

刘再复

(1985 年)4 月 7 日

这封信中讲到的林兴宅，是我的朋友，但我并不赞同他的文学理论科学化的主张。再复实践了他倡导的"学术自由"，说我和兴宅的学术追求他都喜爱，都尊重。

再复在这封信中说邀请我到中国社科院文学研究所"讲学"，显然不是一句客套话。此后我便被聘为文研所"高级研究班"的教师，受邀到京授课，参加由他主持的国家社科基金重大项目“文艺新学科建设”的课题组，①并担任这套丛书的编委。这时，距离我调入高校才不过三五年的工夫。这对于我这个生在社会底层、学界刚刚起步的“外省人”来说，无疑是一种强大的激励。而对于再复来说，“学术乃天下公器”，这样做顺理成章，完全是为了推进中国新时期学术的进展。

刘再复来信之二

枢元兄：

您好！因几项很急的工作，（包括大百科全书的“中国文学”条目）把我压得很苦，完全打破我的生活的秩序，因此也未能及时给您写信，请原谅。

目前文化氛围又趋于紧张，我已经受到愈来愈大的压力。《文学评论》在受到热烈的赞美的同时，也被一些同志怀疑、攻击。我几乎每天都听到一些善意的“劝告”和恶意的警告。慢慢地，心理开始倾斜，好端端的心理环境开始布满阴云。我已觉得逐步失去研究的内心条件，因而时时感到苦恼。今日我

① 这套“文艺新学科建设丛书”与上海文艺出版社出版的“文艺探索书系”，成为 1980 年代最有影响的两部丛书，我的《超越语言》《文艺心理阐释》分别入选。

院院长胡绳①同志作为朋友也批评了我的“主体性”等观点。他最近被任命为中央理论领导小组副组长，另一位副组长是邓力群同志，组长是胡乔木同志。

我们俩都被任命为作协评论组成员，这个组不知道有什么使命。② 我可能起不了什么作用。很可能只能起“捣乱”作用。但又未征求过我的意见，推辞也推辞不得。

我所的多数同志倒觉得我这一年来的作为是对的，他们的心情与我差不多。因此，我在所里的日子是比兴宅同志要好的。他说他已开始被说成“资产阶级思潮”，不得不忍辱负重了。

请多保重。

撰祺！

刘再复　1985 年 12 月 25 日

---

① 胡绳(1918—2000)，哲学家、近代史专家，1982 年，胡出任中共党史研究室主任，1985 年任中国社会科学院院长，1988 年起当选为全国政协副主席。被誉为久经考验的忠诚的共产主义战士，无产阶级革命家，马克思主义理论家。

② 1985 年中国作家协会第四届三次会议决定成立首届“理论批评委员会”。组长为冯牧，副组长是《文艺报》总编谢永旺。组员共 8 人：中国社科院文学所所长刘再复、中国艺术研究院的李希凡、中国社科院外文所所长张羽、解放军原总政治部的范咏戈、中宣部文艺局的梁光弟、北京大学的谢冕、中国作家协会创作研究部副主任顾骧、郑州大学文艺理论教研室讲师鲁枢元。

由“文化大革命”结束过渡到“新时期”，还是一个“初寒乍暖”的季节，多年积弊的极左思潮仍徘徊在中国社会空间的各个方面。1983年“清除精神污染”风起云涌，一些人将学术问题上升为两条路线的斗争，并试图以搞阶级斗争与大批判的方式对待学者、艺术家，似乎要搞第二次“文化大革命”，结果引起了社会上的混乱与不安。随后由于时任中共中央总书记胡耀邦的制止而偃旗息鼓，但这股“左”倾路线的思潮并未罢休，仍在时时制造事端，为新时期文学事业的发展施加羁绊。再复信中说的“目前文化氛围又趋于紧张，我已经受到愈来愈大的压力”，盖出于此。

刘再复来信之三

枢元兄：

您好！

我月初到上海去读《性格组合论》的校样（七月将出版），之后又被“抓”去参加文化战略会，直到今晨才回到北京。

刚刚坐下来读信，先是见到您的信，读后十分欣慰。《红旗》发了陈涌①的文章后，我想了不少事。从理智上说，我读了他的文章后，倒感到可以放心了，我原以为必须经受一次理论上的艰苦应战，看来不太需要了。另外，也获得一种信心，我想，一个旧的文学理论时代已经终结。但是，我在感性上有些悲伤。

您可能还不知道，我对陈涌同志是怎样地尊敬和真挚地爱戴过他。他还没有摘帽子时，我在研究院、在我所为他呼吁，在《鲁迅研究》开辟"学人采访"专栏时，我主张第一个采访他，和两位同志抱着录音机到家里采访他。我并不是要他报偿，但是没想到他是这样不懂得尊重我的感情。他如果在学术上批评我，再尖锐我也没有意见；但是，没想到，他竟然说我是以变革理念"为名"，连动机都怀疑，还有"数典忘祖"等那么多侮辱性的话。这种事，使我对人生产生了一些消极的东西。此时，我很可怜这位老朋友，但对人生却感到一种悲观。连他这样一个本来在我心目中是很仁厚的人，也可以马上变得很凶，那么，这个世界不是太不可靠了吗？

① 陈涌(1919—2015)，1938年到延安，曾任《解放日报》副刊部副主任。建国后为中国科学院文学研究所研究员。1957年划为右派。复出后任中央书记处研究室文化组组长、顾问、《文艺报》主编，享受副部级待遇。他在1986年第8期《红旗》杂志上发表《文艺学方法论问题》，对刘再复的"主体性"进行批驳。陈涌一贯坚持左翼立场，但为人质朴、低调，不仅赢得了左翼圈的尊重，也赢得了左翼之外的人们的尊重。

此次全国的宣传部长会议，还把我在政协的发言作为参阅件发给部长。朱厚泽同志①是个很善良、很有思想的部长，他和我们的心灵能相通。在这种氛围下更有利于心灵的解放，可多做些事。但我却不得不读点诗歌和散文来疗治心灵的创伤。

您写的论述新时期文学的论文②，请给《文学评论》，直接寄给我，今年的"新时期文学十年学术讨论会"③，我想是一定要开的，您参加吗？

即颂　撰安！

刘再复　1986年5月16日

---

① 朱厚泽(1931—2010)，出生于贵州省一个书香门第，历任贵阳市委书记，省委第一书记。1985年7月任中共中央宣传部部长。1987年后任国务院农村发展研究中心副主任，全国总工会副主席。1999年2月离职休养。中共第十二届中央委员。被民间誉为中国当代改革的思想先驱之一。主管中宣部时主张"文艺要有一种比较和谐融洽的气氛，一种比较宽松的舆论环境，一种有利于艺术上不同风格流派的相互竞赛，有利于艺术上的探索创新，有利于在探索创新中的互相批评讨论的好空气"。

② 此文即《论新时期文学的"向内转"》，或许是因为字数不多，并未遵照再复嘱咐交给《文学评论》。稍后发表于《文艺报》2016年10月18日，并引发一场持续经年的文坛论争。

③ 1986年，中国社科院文学所主办了全国"新时期文学十年学术讨论会"，会议的中心议题是"新时期文学观念的变革及其流向"，但谈论的话题却很开阔。钱钟书出席会议，张光年、陈荒煤、冯牧、王蒙、许觉民、朱寨都讲了话。会议从9月7日到12日开了6天，李泽厚在会上谈了对新时期文学十年的评价：新时期文学的十年是继"五四"以来新文学历史上最辉煌的十年，其成果无论从数量上还是质量上都超过了以前，在艺术上和思想上都达到了相当的深度和广度。

这封信，再复写得很伤感。这段时间，他在承受着来自两个方面的挑战：一是更年轻一些的学者对他的学术视野、理论水准提出异议，而且用语还十分尖刻，批评他的文化性格存有缺欠，不具备新的世界观，他关于“主题论”“组合论”的理论像一个“窘境中降生的婴儿”；另一方面，像陈涌这样以正宗马克思列宁主义者自居的老一代文艺理论家，一生坚持文学艺术应该遵从革命需要反映时代生活，此时便认为刘再复的理论已经偏离了无产阶级革命路线的大方向，必须严加批判。当一些青年学者认定刘再复的理论已经显得陈旧时，一些马列老人却认定他已经跑得太快、太远！对于前者，再复尚可心态平和地对待，并且认为是好事，中国文艺理论界这盘棋将因此而盘和！对于后者，他的心理负担却很沉重。尤其是当他所敬重的陈涌先生竟怀疑他拓展文学思维空间的动机时，他就感到非常委屈，感情上难以自持。而在陈涌看来，事关马克思列宁主义的纯正性、事关无产阶级革命文艺路线的持续发展，必须迎头痛击。

在这封信之前，陈涌先生对我的文艺心理学研究基本上还是肯定的。1985 年 10 月 18 日，文化部文学艺术研究院外国文艺研究所、华中师范大学主办的“文艺学研究方法论学术问题讨论会”在武汉召开。时任中宣部副部长的贺敬之、中共中央书记处政策研究室顾问陈涌出席了大会。陈涌在会上讲:“不应该把马克思主义与文艺心理学研究对立起来,而是应该把马克思主义和文艺心理学沟通、联系起来。用文艺心理学代替历史唯物主义、认识论是不对的。但是文艺心理学的研究的确对形象思维问题、艺术地掌握世界的方式问题是需要的。鲁枢元同志在这方面是有成就的。他并没有说这是马克思文艺规律的全部,他说他是在心理学范围内的研究。他有一篇谈艺术的心理定势的文章,这文章基本内容亦是讲创作的认识论,他说艺术感觉的特点是主观性、情绪性、独创性,这有道理,我也受到启发。”[①]这次会议我没有参加,会后,华东师范大学王先霈先生将简报寄我。1991年,我在郑州组织举办“纪念鲁迅先生诞辰110周年学术研讨会”,邀请了林默涵、周海婴、陈涌诸位先生。见面后陈涌先生主动与我谈起曾镇南对我的一系列批评,他说我的文艺心理学研究前期是好的,后来有脱离历史唯物主义的思想倾向,不好。他还对我说,曾镇南也不真正懂得马列。

从这封信可以看出,再复是善良的,总是以善意待人,也希望人人以善意相待;再复是真诚的,总希望真诚能够换来真诚;但再复也是软弱的,一旦善意被遗弃、真诚被蔑视,心灵就很受伤害,甚至要撤下阵来,“不得不读点诗歌和散文来疗治

① 摘自“文艺学研究方法论学术问题讨论会”《会议简报》第3期。

心灵的创伤”了。从这封信也可以看出当代中国的文化人即使被推上“旗手”的位置，在政治风浪面前也仍然显得何等无助！

刘再复来信之四

枢元吾兄：您好！

大函已敬悉多时，因为所班子正在换届，又有两本集子正在发稿，忙乱得很，未能及时复函，实在抱歉。

我读了您的答辩文章，完全支持您，在文艺心理学与文艺理论上您是有建树的，而且在中国作家争取灵性的解放事业中，您立下功劳，这是那些东倒西歪之辈所不能比拟的。某论客对您的责难如此尖酸，实出我意料之外，我对人总是从善处看去，因此常有上当之感。最近钱钟书先生[1]赠我一句阿拉伯谚语：旅行者走过美丽的村庄，狗总是在后面狂吠。您遇到的还不是狗，但这一谚语的精神，也可放在心上，以免影响您的思绪。我相信人世间还有三分公道，凭这一点我们就可以信用人生。

---

① 钱钟书(1910—1998)，江苏无锡人，中国现代作家、文学研究家，曾任教清华大学、北京大学。1983 年，任中国社会科学院副院长，著作等身，被誉为“博学鸿儒”“文化昆仑”，却淡泊名利、洁身自守，在中国学界享有崇高声望。

您对《刘再复现象批判》一文[①]的意见，我有同感。您画的图也很有意思。这两位年青朋友的批评是善意的，我已请“文评”的王行之兄与您联系，如能写点商讨文章也可。

我就要到法国[②]，忙得连衣服还没买。有许多话以后再说。

敬颂　文安！

刘再复

(1988年)5月23日

我自己没有想到，1986年发表的《论新时期文学的“向内转”》一年后竟引发一场颇具规模的争论。《文艺报》《文论报》《文艺争鸣》等报刊持续发表文章，意见纷呈。有赞同，也有反对。有的文章用语尖酸，站在山上频频向我扔石头，我那时年轻气盛，忍不住便“以牙还牙”，同时向再复诉苦。再复这封来信说了许多勉励我的话，并转赠钱钟书先生给他的那句赠言，即出于对我的抚慰。我说再复是脆弱的，其实我也坚强不到哪里！

信中提到的陈燕谷、靳大成的那篇文章，我是看过的，话

① 《刘再复现象批判——兼论当代中国文化思潮中的浮士德精神》，作者陈燕谷、靳大成，发表于《文学评论》1988年02期。

② 中国作家代表团访问法国，1988年5月24日启程，团长陆文夫，成员有刘再复、白桦、张贤亮、刘心武、高行健、张抗抗、韩少功、阿城、张辛欣。

锋犀利，口无遮拦，用心良善，富有灼见。至于我在写给再复的信中说了些什么，如今已经完全记不得了。但对于文中的某些观点，即使现在说来我也并不完全同意。二位年轻人把“新”与“旧”、“传统”与“革新”之间的关系看得太绝对了，而且其“学术进化论”的立场也是值得商榷的。况且，理论家的学术个性并不能框定在一个模式之内，“概念形而上”思维并不就是文学理论批评唯一的思维模式。再复的感悟式思维、古典型情怀对于他的文学理论研究而言或许还是优长之处。日后我为自己总结的治学经验：坚信性情先于知识、观念重于方法，学术姿态应是生命本色的展露，盖本于此。

再复嘱我撰写的文章我没有写。相对于今日的学界，值得一说的倒是：那时的陈、靳二位都是社科院文研所入职不久的新手，是“刘所长”的部下，然而他们竟能够以万字长文、在所长任主编的《文学评论》上直言顶头上司的种种不是！年轻人如此真诚坦荡的心地不能不让人心仪；而“所长大人”光明磊落的胸襟不能不让人钦佩！其实，那时的文研所以及文学界是没有“刘所长”“刘主编”的，而只有“再复”，无论老的、少的，熟识的、初识的，全都喊他“再复”。

2009 年秋天，刘再复先生应江苏常熟理工学院邀请，在刚刚揭幕的“东吴讲堂”讲演，这是我与再复阔别 20 多年后的第一次见面，“欢笑情如旧，萧疏鬓已斑”，岁月无情，我和再复都已年过花甲，多年来的海外漂泊并未消减再复依然灿烂的笑容。再复演讲的题目是《李泽厚哲学体系的门外描述》，分别阐述了李泽厚哲学的六个方面：纯粹哲学、历史哲学、伦理哲学、政治哲学、文化哲学、美学哲学。再复与李泽厚先生的关系非同一般，既是学界知音，又是患难之交，再复自谓李泽厚先生亦师亦友，崇敬之意溢于言表。讲演结束后，主持人丁晓原教授突然“发难”，要我评述再复的讲演并代做这次盛会的“总结”。下边是会后整理的我这次讲话的内容。

今天，我在阔别20多年后再次见到刘再复先生，很激动。我能够走进中国学术界，是与早年再复先生对我的提携分不开的。80年代初，那时我刚从一个中专学校调进郑州大学中文系，一个普通的青年教师，才写了不几篇文章就引起当时已经是中国社会科学院文学研究所研究员、所长刘再复先生的注意，给我写信，帮我发表文章，并在《读书》杂志上对我加以表扬。不久，竟又邀请我到中国社科院讲学，我还真的去讲了。这在现在是不可想象的。那就是80年代，是那个时代人与人、学者与学者之间的真诚关系。再一个呢，当然就是再复先生的个人情怀与人格魅力，是由他的道德学问决定的。

再复先生离国后，不久我就自我流放到海南岛，在海南待了很长的一段时间，最终到苏州大学落脚谋生，这20多年虽然没有和再复先生直接来往，但我时常地想念他。得知再复先生来到常熟，我就连夜整理了他在80年代给我的一些信函，其中短信有四五页，两封毛笔写的竟长达八九页。这些信函我按原件制作成图片，今天送交再复先生，表明我始终在惦记着他。

分别20年后，今天听了再复的讲座。我感觉他的知识更渊博，见地更深邃，而且悟性更高了，可以说已经达到了通灵的境界、圆融的境界。变化虽然很大，但是有些根本的问题他还是没有变。比如，还是一位顽固的理想主义者，严苛的完美主义者，一位追求大善大爱的人文学者。这些始终都没有变，而且他虽然是在海外漂流，但是根还是深深地扎在中华民族的土地上，甚至比我们始终驻守在国门之内的人还要牢固些。再复与李泽厚先生的"告别革命"的说法，一度在国内引起强烈震荡。如今，靠革命起家的人怕也已经不再主张"闹革命"了。但看看如今社会下层人们尤其是那些农民工遭受的种种不平等待遇，我有时又觉得还真不能"告别革命"——这恐怕也是个悖论。

今天再复对李泽厚先生的哲学进行了精到的讲解，将其概括为六个方面，可谓广纳周至、言简意赅。不过，从我所关注的生态批评的角度看，似乎仍然缺少了一个方面的哲学，那就是"自然哲学"。这恐怕不是再复的疏漏，而是泽厚先生哲学中的欠缺。记得我在编纂《自然与人文——生态批评学术资源库》时就隐约感到这一欠缺，这或许更是"实践哲学"自身的局限。既然主持人说交流，那么我也就奉上这一点疑问吧。

感谢常熟理工学院给我这样一个机会，让我见到了分别20年的再复先生，谢谢许霆书记、谢谢丁晓原副校长，也谢谢《东吴学术》的执行主编林建法先生。

我的这个即兴发言，真诚地表达了我对再复的思念与再次会见的喜悦，同时也对"告别革命""李泽厚哲学"提出了不同的(或曰"补充")意见。记得南京作家兼画家的苏叶女士下来就对我说：你倒是直率！话里不无赏识的口气。其实我是情不自禁的，正因为我自认与再复心灵相通，所以才百无禁忌地"信口开河"！

我们这代人是读着李泽厚先生的书成长起来的，但我与李先生少有接触。查一查我1980年代的日记，仅1986年秋天在北京召开的"新时期文学十年学术研讨会"有过一次相遇："晚饭后，再复携李泽厚先生来。再复曰：泽厚说读了你的文章。泽厚曰：文章写得好。余曰：不好，有些则是受了您的启发。曰，多联系。"[1]对于哲学，我一无根基，始终有些望而

① 鲁枢元：《梦里潮音》，海天出版社，2013年，第152页。

生畏，见了哲学家自然也就显得局促不安，说的话也语无伦次。

今年四月底，我到美国西部参加“第十二届生态文明国际论坛”，得知再复与李泽厚先生就住在科罗拉多州立大学附近，一时心血来潮很想趁机过访，无奈旅程匆匆，加之与再复已经又是10年没有通过音讯，竟错过一次相见的机会。不知今生今世能否再见再复！

古人云：君子之交淡如水；较之现下学界的交往风气，我与再复的交往比水还淡。然而，即使到我生命结束之际，我仍然不会忘记再复，不会忘记那个风起云涌的1980年代，不会忘记在那个年代再复给予我的真诚无私的鼓励与栽培。

2018年8月22日紫荆山南

苍茫朝圣路

——我所知道的何向阳

20世纪后期开始，现代科学技术对于地球人类的人性乃至人格的干预能力在急剧提升。现代科学技术，再加上现代商业运营，人类在几百万年间形成的某些生物属性、社会属性，以及在几千年间形成的某些心理人格、文化人格，都有可能被在商业利润推动下飞速发展的科学技术轻易抹平。

对于改变人们的思想观念、信仰情操、风气习俗、趣味爱好来说，资本与技术，比起以往的意识形态以及文学艺术要强大有力得多。以往总说“潜移默化”，现在动辄“更新换代”由“旧人类”到“新人类”“新新人类”，也不过就是二三十年的光景。随着基因转换技术与克隆技术的进一步完善，“人性”与“人格”也许很快就可以成为“期货”由顾客选择预购、批量生产。

科学与市场，正像大浪滔天的洪水，汹涌地漫过人文领域的家乡、田园。人文学者的处境从来没有像现在这样尴尬、艰辛。

就是在这样的时代背景与社会情势下,何向阳踏上了她文学研究的漫漫征途。

从《文学:人格的投影》《复制时代的艺术与观念》《不对位的人与"人"》到《人性世界的寻找》《原则、策略与知识分子个人》,再到对于孔子、鲁迅、泰戈尔、曾卓、张承志、张宇以及塞林格、昆德拉、凯鲁亚克、曼殊斐尔的人格的个案分析,她渴望在人性突发变异、在人格日渐扭曲的天地间,追寻着辉煌的人格、理想的人格。

何向阳其实正是在诸神已经祛魅、诸圣已经逊位、神殿与圣山已经颓屺的时刻,踏上她的"朝圣"之路的。

正如她在与曼殊斐尔拟想中的对话里所期望的:一个社会更加人工化之后,便会产生能够充分表现自然美的作家。这有点像是海德格尔的推论:一个贫乏的时代将产生伟大的诗人。然而,这也不过是一种假设的哲理,伟大的诗人和作家也可能在刚刚萌生便被坚硬、冰冷的时代氛围中窒息,而时代依然通畅无阻地贫乏、坚硬下去。但是,文学似乎就是"宿命"一类的东西,不以成败或效益为抉择,何向阳身不由己,她已经不能不在一种近乎无望的希冀中,朝着天际的苍茫毅然前行。细心人不难读到,在她的文学的间架空隙处总是萦绕着一种挥之不去的孤独和荒凉。

肩上是风，是一种透明而且无助的沉重。一定有什么被遗忘了。桐花早已开得繁星满天，道路已经焦急得不能再等。

一个独自在漫漫孤旅上跋涉的我，曾经想有意看错路牌，想逃避、走脱这无尽的旅程，但最终还是按捺疼痛，一次次捡起行装，面对荒野、大漠、荆棘、泥泞。

风里的霞焰喷射出暴烈的光芒，是第几次看着自己燃烧了呢？从什么时候，我由歌颂顺从转而歌颂顽强、歌颂火鸟甚至道路的凸凹不平。烈焰里必定有些什么遗失了，是所有应珍惜但终不免毁弃的昼夜，是一切应保有但来不及重温的梦。

这是何向阳在她的一本书的序言中写下的一些句子，大抵表达了她内心深处的真实境况。

以年青的生命为火烛，在文学的昏天黑地中一味痴情不移地燃烧，“以至除了尽力地写作之外，已找不到更令她向往的事情”。我曾经顾虑她难以承担，曾规劝她略放悠闲一点，似乎未见接纳。

然而，她的燃烧终于照亮了一片风景，并且在濒于失语的文学批评界赢得了一些真诚的喝彩。在新旧世纪的交接之际，何向阳荣获冯牧文学奖，评语中赞扬她的批评文字中充盈着“丰沛的人文意蕴”与“真挚的精神品格”，她为文学与人性所付出的努力开始在更大的范围内引起人们的注目。为此我深受鼓舞，在我看来，这远不只是何向阳个人的一项光荣，更是在这艰难时期里的文学研究与文学批评的庆幸，或许，还是人性与人格避免自己全线溃败的一次抗争。

何向阳的文学研究与文学批评已经成为当前文学界一个富有独自个性的存在，“何向阳”这个名字也往往成了一些文学聚会上谈论的话题，还曾有不少人向我打听过何向阳。作为何向阳攻读文艺学硕士学位的导师，我也许有责任向人们尽量做出一些介绍，但说实在的，我以往对她的了解与判断却是非常不足的，这里的评说，便不能不加进许多当下的影像。

由于和她的父亲、著名作家南丁先生及她的母亲、画家左春老师交往在先，于是，在我的心目中她就成了一个文弱腼腆、不谙世事的小姑娘。比起她的那些独标性情、溢光流彩的师兄师弟来，尽管那时候她已经开始在报刊上发表了不少的散文和诗歌，我仍然并没有对她持有更高的期望。

我曾说过，在她攻读的 3 年里，她没有和我说过 30 句话，一个月平均不到一句。这虽然有些夸张，但向阳的不苟言笑却是实事。令人费解的是，这样一个少言寡语的人，一旦捉笔为文，却如纸上跑马，驰骋腾越、恣意汪洋。为她赢得声誉的《澡雪春秋》《风云变，或曰三代人》《12 个：1998 年的孩子》《曾卓的潜写作》《朝圣的故事或在路上》等文章，全都在二三万字以上。读这些文章，我的脑海里总会闪现出一幅“小丫耍大刀”的图像，而且“耍”得还那么得心应手。

不是说文章越长就质量越高，但是，读向阳的“长文”，与文章中饱满丰蕴的内涵相比，其洋洋万言仍然像是一件紧身的衣裳。于是，历来惧怕长文章的理论期刊编辑，仍然乐于发表她的长文章。应当说这是一件很有些出格的现象。但是，如果能够查核一下何向阳为一篇文章投注的精力，人们也就不奇怪了。比如那篇《朝圣的故事或在路上》，缘起于我在为研究生讲授“创作心理学”时布置的一道作业，同时选定的作家还有王安忆、莫言、史铁生等，向阳分工研究张承志。其他同学多是不了了之，唯独向阳一丝不苟，潜下心来收集资料，阅读了张承志的全部作品，并反复与张承志书信来往、当面切磋，从 1988 年酝酿，到 1996 年发表，为时八年、四易其稿，这样写下的区区几万字，还能够说“长”吗？著名评论家雷达先生曾对她的这篇文章做出这样的评价：“迄今为止，也许还没有人比她更淋漓尽致地阐述过张承志。”就连一向以冷峻孤傲著称的张承志，在读了何向阳的这篇文章后也不能不对她另眼看待。

年轻的批评家，干的是“指点江山、激扬文字”的活，因此往往显得放荡不羁、剑拔弩张，甚至略带夸耀之色，对此我已经看得习以为常。

日常生活里的何向阳，却总是一板一眼、中规中矩，处处表现出周到的礼貌与良好的教养，我倒反而为她担心，担心她由于过多地服从社会法则而压抑了在学术研究中突破、超越的力量。后来我渐渐发现，这种“温良恭俭让”只不过是她对付日常生活的一种策略，这使她轻易排除了人世间经常会遇到的许多无谓的摩擦与纷扰，从而把自己沉浸在钻研学问所必需的那种沉静的读书与思考的境界中去。这你只要看一看她在《不对位的人与“人”》一文中如何对一部中国文学史勇猛地挑起事端，就可以发现她那“刑天舞干戚”的一面。

但即使在这样的文字中，她也并不过分地去张扬她的锋芒、显霹她的勇猛，扮作“黑马”的模样，刺激人们的耳目，而是尽量靠翔实的材料、细密的说理培植起自己的论点。在 20 世纪 90 年代日趋浮躁的文坛上，向阳的这种治学风格就显得格外可贵。

在 20 世纪末的中国文坛上，性别，尤其是女性的性别几乎是被不怀好意地渲染了，那明显可以看出是出版商的炒作，竟也诱惑了一些实在算不上美丽的女作家浓妆艳抹把万般风情揉搓进作品中，以填补才情与智力的不足。

不知是不是有意地规避，在何向阳的文学中，尤其在她的文学批评文字中，几乎看不出明显的“女性”的痕迹，反倒时常流露出些阳刚之气与“硬派小生”的力度。况且“何向阳”又是一个极富中性的名字，以至于不少人读她的文章便把她也认作“男生”。

在女权运动中是有这么一派，认为女性获得自立的途径是抹平性别的鸿沟，使女性与男性站在同一条地平线上。向阳恐怕是并不赞同这种观点的，她在日常生活中的举止也并不这样。

综观中国当代文学批评界，为数不多的女性批评家们在她们的批评文本中好像都有程度不一的中性化甚至男性化的倾向。我想，这也许与“批评”这个行当有关，批评本身要求批评家“居高临下”、高瞻远瞩、擗擘抉择、命名判断，置身于男女作家的性别之上。因此，就性别特征而言，女作家们就要比女批评家们显赫得多。

尽管如此，我还是心存疑惑，“批评”难道真的就像“战争”一样，不可能是“女性”的？细品向阳的文章，尤其是她不久前写下的《立虹为记》《从此人心坚硬》两篇与生态学相关的文章，其实又不难感受到其中女性的关爱、细密与柔韧，这显然也是批评的一些品格，甚或是“女批评家们”的一种天然的优势，无须去有意地回避它。至于能否产生一种“女性的”文学批评，亦如能否产生一种“生态的”文学批评一样，也是不妨试一试的。

套上一句俗话，何向阳差不多算得上“名门闺秀”，她留给人们的最初印象常常是一个由父母精心呵护的“乖乖女”，甚至在单位分给她一套大房子之后，她仍然让它空着，仍然乐于住在老屋的斗室中，依偎在爹娘身旁。

但若是读一读她的文章，或只消掠一眼那些文章的标题：朝圣的路上，匆匆赶路的血液，肩上是风，旷野无边，如水的天命，灵魂的翅膀，梦游者永在旅途……你就会发现她的心其实很“野”，她的灵魂似乎一刻也不安闲地在旷野大漠上奔走呼号，她倾心地羡慕着那些以自己的身体丈量着黑色土地的勇士，盘算着在怎样的跋山涉水中磨破那五十九双鞋！

那也许仍然是由于文学的呼唤和“勾引”。

十多年前的那个夏天，在湘西天子山中的一个学术会议上，何向阳“失踪”了一个下午并加上黄昏。暮色苍茫时她才从山林深处土家族的吊脚楼里走下来，手里握着本子和笔，脸上洋溢着丰收的欣喜。那是向阳的第一次“离家出走”，第一次在大自然中“撒野”。

“山野”对于这个“乖乖女”似乎有着不可抗拒的诱惑力，此后，她曾经驱车西夏荒原、饮马黄河湿地、驰骋内蒙古大漠、徜徉陕北沟壑，恰恰是这些尚未被现代人类文明覆盖的裸露着的自然，给她灌注了从事文学研究的灵气与活力。

既能奔突于大野，又能潜心于书斋，这是向阳个性上的又一特点。在我们置身其中的这个地球生态系统中，自然、女性、艺术三者之间原本就拥有一种神秘的关系，向阳以自己的身心投入了这种关系，这也许就是她获得成功的奥秘。

向阳是单纯的，如果仅只查看她的履历表，她的单纯近乎简单，不过是从一个个的学校大门走到一个研究所的大门，而且基本上没有走出这个地处中原的城市；向阳又是丰富的，如果阅读她写成的那些文章，她的丰富近乎玄奥，几乎让人难以把握，这种丰富主要来自她对人类精神文化的游览与反思，对世事人生的品味与体验，以及对她自己内心世界的审视与想象。这就使她在一定程度上超越了她自身所处的时间与空间。

在《风云变，或曰三代人》这篇文章中，她以三部外国文学作品——奥斯特洛夫斯基的《钢铁是怎样炼成的》、塞林格的《麦田里的守望者》、凯鲁亚克的《在路上》为参照，分析了文学阅读与创作中的三代中国人，姑且将其命名为“锤炼者”“反叛者”“行走者”。代表这三代人的中国作家，诸如张承志、王朔、韩冬属性迥异，何向阳却能够体谅到他们各自存在的历史的合理性，在她的笔端表现出一个批评家必要的严苛与应有的宽容。

按年龄，向阳无疑属于“王朔”“余华”一代，拥有一种对传统怀疑、审视的目光；但她又能够深深地敬重“保尔”们的赤诚与信仰，还愿意静心面对中国的“萨尔”与“狄安”们尚嫌稚嫩的嗥叫与疯狂。在向阳这里，人类的精神文化脉络并不存在“断裂”，在文学批评的竞技场上，看似柔弱的她，却可以超越道道沟壑，勉力打一个“通关”。即使不把这说成是成熟，起码也是由于丰富，心灵的富足。

对于精神活动来说，丰富，才是超越的台基。

何向阳的丰富，还表现在她对文学批评理论与方法的选择与运用上。

向阳在攻读研究生期间，曾经较为系统地接受过文艺心理学的训练，对荣格与马斯洛尤其偏爱，这使她始终把研究的核心落实在作家、作品人物的人格建构与演进上。但是，她对于文学现象的分析，又总是牢固地站在社会文化历史的立场上，从社会发展的大趋势中把握一个时期中人性、人格、人的精神活动的走向。她的那篇探讨诗人曾卓在逆境之中潜在写作的长篇论文，突出地表现了她的这一特点。早在五六年前，她又开始把生态学的原则引进文学批评的领域中来，以梭罗、爱默生、史怀泽、谈家桢、芭芭拉、埃伦费尔德的理性与情怀去阐释张炜、张承志、史铁生、韩少功、徐刚、李杭育这些中国新时期作家的作品，并一针见血地提出了“批评的心肠”来对抗已经被炒煳了的“批评的观念”，在中国，何向阳算得上“生态文艺批评”的一位开路先锋了！

比起对于概念、规律的信守，何向阳明显地更热衷于对现象的观察、捕捉、表达、描摹；比起对于普遍法则归纳，更致力于对个案的过程研究；比起对于研究对象的客观冷静地剖析，她更擅长于饱含情绪的主观投入，不时地把自己摆放到自己当下书写的批评情景之中。

她的这种写作态度，使她的批评文体呈现出引人注目的灵活性、变化性、多样性。读向阳的文章，就像是随她一起上路，路上随处展现的是变幻不定的风景：无边的旷野，静默的水流，寒夜的繁星，长空的彩虹。有时她指给我们看那气塞天地的风起云涌，有时她又从万绿丛中寻觅出细微的芒刺与花瓣；有时她从历史的隧洞深处给我们搀扶出一位白发三千丈的老人，有时她又从时代的托儿所里为我们牵引出一群形色不一的孩子，而且不多不少，一共12个……

“在路上”，是何向阳文学思维中一个潜在的、柔韧的、挥之不去的意象。她的第一本论文集就取名为《朝圣的故事或在路上》；第二本文集《肩上是风》，其实还是“在路上”；其他一些文章的篇目，如《远方谁在赶路》《穿过》《梦游者永在旅途》，也都是“在路上”；在尚未结集的《风云变，或曰三代人》一文中，她又用近万字的篇幅满怀热诚地分析了凯鲁亚克的长篇小说《在路上》。

也许，生命的固有属性就是“在路上”。

我们生活着，也就是行进在路上。

然而，各人选择的道路并不相同，各人对上路的意义的理解并不相同，各人对路上的体验更不相同。

向阳或许是矛盾的。比起保尔式的“我们走在大路上”的坚定昂扬，多了几分困惑；比起狄安们狂放地向着“快乐老家”的进发，多了许多沉重；比那些放荡不羁的精神漫游者多了一些责任，比那些痴迷沉溺的宗教徒多了一些清醒，比那些虚无主义者多出了坚实的目的，比那些功利主义者多出了强烈的憧憬。这些矛盾与冲突在纠缠着她，也在支撑着她；在折磨着她，也在成就着她。

在两个极端之间，在存在与空无之间，我们是徘徊于一种暧昧渺茫的中间地带。

“我清晰地看见有一条雄壮的大河般的道路在山间谷底奔腾蜿蜒。没有人知道它，只有我和那些牧人想着它……

“英雄的时代结束了，英雄的道路如今荒芜了。”

这是一场生命的跋涉。在苍白、孱弱的世界里存留自己仰首为人的执着与肃穆，在如潮如涌的喧嚣中从容淡泊，怀着朝圣的心灵，殉道的精神，在征服世界之前首先征服了自身。

我们追求、我们寻找、我们在路上、我们忍受焦灼与饥渴，我们把青春、爱情、生命都搭了进去，或许奋斗到底依然看不见可意的结局,可是生命毕竟燃烧过,粉碎过,奔涌过,升腾过……苍凉的路的主题即是苍凉的人生的主题,追寻的焦虑与壮阔始终困扰着人而无法割舍,由“不甘”导出奋进与热情已逐渐成为我们的生命方式与精神原则。

以上这些文字,摘引自何向阳对于张承志的评述,其中显然也透递出她自己的心声。尽管她在那篇文章中对张承志内心世界的矛盾冲突进行了理智清明的剖析,我仍然确信,张承志的困顿也是何向阳的困顿,“荒芜的英雄路”与“苍茫的朝圣路”仍然是一条路,这个文静柔韧的“中原女子”与那个凌厉强悍的“突厥男人”其实是在同一条道路上行走的人。

刘海燕的“理智之年”

《理智之年的叙事》，接到海燕从郑州寄来的这本新著，也是她的第一本著作，我先是一喜：海燕终于出书了，而且书印得如此清新质朴、典雅大方；继之便是一惑：“理智之年”，说的是当下这个时代，还是作者的年岁？

新世纪最初的几年，地球人类眼巴巴盼来的这个时代，似乎谈不上“理智”。且不说恐怖主义分子将炸弹捆在身上到处跑着炸人，美国总统布什任由地球气候急剧变暖硬是拒绝在京都协议书上签字；看看国内，一路疯涨的房价、一再膨胀的高校、一夜蹿红的学术明星、一味追求快乐的后现代主义，似乎也说不上是“理智”的东西。那么，剩下的该是海燕自己的“理智”了，“四十而不惑”，海燕也确实到了“理智之年”了。

如若真的可以这样理解，也不妙。你想，一个理智的人遭遇一个不理智的年头，偏偏又不肯随波逐流、因势利导，若是不以屈原为榜样自沉汨罗,那处境也就一定很有些暗淡,甚至艰难了。

然而,海燕的日子过得依旧安然、怡然。有时通信,有时遇见,依然细声细语、笑容满面、不温不火、不紧不慢。我曾劝她,也读个博士吧,眼下时兴这个。她开始有些动心,不久就又说不想费那个神儿了;有段时间听说她的工作要动一动,等到我问她的时候,她又说,唉,麻烦。于是,她就一直待在中州大学学报编辑的位置上,一待就是15年。

就在这本书里,海燕说15年里自己写下了大约30万字的文章,颇有些自慰自足。以当下的行情,这个数字实在算不上高产。比起大学科研统计表格上通常显示年产10万、20万的数据,海燕的这一产量几乎显得有些"寒酸"了。以往,我也不止一次地站在"导师"的立场上说过她太懒散,虽然,我自己同时在报端一再抨击那种单一追逐量化管理的学术高产。我曾说过,如果仅仅从数量去评估,刘勰单凭他的一部《文心雕龙》,想评上教授,也难。而那些一本接一本呈报上来的"论著""专著",谁都知道不过是评职称、报项目、争取学位点的敲门砖,出手快,消失得也快。海燕的这本书,却前后书写了15年。至于书的质量与品位,已经不需我来赘述,著名的当代文学研究专家孙玉石教授是这样评价的:"在这些'温润的思的叶片'里,作者的灵性笔触和对作品的把握超越了一般程式化的批评，能于洒脱而富有才气的文字中，透露出自己艺术感受的独到和传达风格的优美。于印象感悟中蕴藉隽永的哲思，如文学散文随笔一样，充满了灵动、洒脱与惠敏。”

看过海燕的这本书之后，我有些后悔，后悔不该责备她懒散。因为这显然不是懒散，而是散淡，是作为治学者的一种难得的气定神闲、宁静淡泊。正因为有了这种宁静，才有了这些洞幽烛微、求深觅远的文字；正因为有了这种淡泊，她才能在熙熙人海、千丈红尘中守护自己个性的独立、心态的自由。所谓“理智之年”，那“理”中原本就包孕着“性”，那“智”中原本就蕴含着“情”，是理智，也是性情，本源于性情的理智才是大智慧，而有别于文坛的迎风造势、搭台唱戏，也不同于学界的加减乘除、登楼攀梯。在我看来，海燕在这本书中悉心品评并引为同道的那些中外作家，如托尔斯泰、博尔赫斯、川端康成、莎乐美、杜拉斯、里尔克、黑塞、毛姆以及李锐、李佩甫等，都是有真性情、大智慧的人。也许，正是这种文学阅读导引着海燕，让她在红尘浊世里游憩，恣情率性地生活。她在这本书中也曾于无意中发现：“被阅读所淘洗的身心和很多现实不合作，它带着我的情绪甚至我的命运向前去，理智已无法控制它。它要过一种最接近自己性情的生活……”

我知道，海燕当然是拥有这种慧根的。

大约20年前，我还在郑州大学教书，并开始招收文艺学硕士研究生。一位考生给我写来一封长信，谈她对文学、对人生的看法，语意缜密，见解独到，我并没有注意她的出身（指毕业的学校）与学历，便有意录取她。她就是刘海燕。吹一下牛，我也算是一个有“慧眼”的导师。不过，这也和那一时期研究生的招生制度有关。那时外语分数属参考成绩，专业考试基本上是导师说了算，指导研究生的方式类似于“师傅带徒弟”。事实说明，这样走出来的学生还真行，几乎一个个都行。如今，研究生的招生制度似乎越来越严谨、越来越规范了，“硕士”“博士”的现代生产流水线取代了当年的“手工作坊”，可是产品的质量反而跌落。文学教育是性灵教育，毕竟有它的特殊性。

这里，请容许我扯开主题说一点“闲篇”。

山东大学研究生院的谭好哲院长，同时也是文艺学教授、著名文艺理论家，他曾经对我说过：有一个现象很奇特，你们郑州大学毕业的有一拨人，没有高贵的出身，没有骄人的学位，甚至不少人还出生在贫穷的豫东平原，然而却能够在国内文艺理论界、文学评论界崭露头角，显示出自己独立的学术品格，并得到文坛的认可。如：耿占春、艾云、张宁、刘成纪、张清民……关于这个问题，可以有多方面的解答，我隐约感到，“于性情之中，做理智文章”，应该是一个共同的特点。

一如孙玉石先生对刘海燕的评价：“刘海燕的评论文字其

智性、知性、理性似乎都淹没于感性、悟性和灵性之中了。”海燕的这本《理智之年的叙事》，对于谭好哲先生赞誉的“郑州大学文艺学团队”来说，便是一个鲜明的例证。

2007 年 09 月 25 日

积健为雄　返虚为浑

——以苏金伞《豹子的吼声》为例

人们总是称赞苏老苏金伞的诗歌质朴、厚重、自然、具有浓郁的乡土气息，这肯定是不错的，但我以为不止于此。

苏老的诗歌其实还拥有另一面：质朴的同时也优雅，厚重的同时也空灵，自然的同时也玲珑，（精巧细致，明代何景明《高桥》诗："阑干既重复，结构亦玲珑。"）立足乡土却面朝世界，看上去说的是大白话甚至是土里土气的大白话，入人耳目后便成为诗情饱满、诗思无限的妙语，如《悼青勃》：

青勃一死，
我的身体失去了平衡，
跌了一跤，
额头都磕破了！

手足之情、凭吊之痛，虽是大白话，比一篇字斟句酌的长篇悼文还要真挚、哀痛！

我是非常心仪苏老的诗的，苏老是一位真正的诗人。

时间关系，不能面面俱到。今天借此机会只想说一说苏老诗歌所谓“厚重”的另一面，即：优雅与空灵的一面。

如果一味地“厚重”，或许诗歌就变成了城墙上的砖头。

我理解的“厚重”是“雄浑”，雄浑——“积健为雄　返虚为浑”。“雄”是生活中积累的东西，是实有的；“浑”是精神性的，属“虚无”，当然是道家讲到的“虚”和“无”，类似“电场”“磁场”“气场”“心理场”。唐代的司空图、宋代的严羽都十分推重“雄浑”。“雄浑”，既“具备万物”，又“横绝太空”，即所谓“荒荒油云，寥寥长风。超以象外，得其环中。持之匪强，来之无穷”。

“雄浑”实际上是“实”与“虚”、“有”与“无”的化生，也是“厚重”与“空灵”的共存。

意大利后现代文学大师卡尔维诺说过：文学的第一要素是“轻”，那是一种不着痕迹的创建。

我理解，他说的“轻”，并非指重量，而是类似于中国古代诗论中说的“轻灵”“灵动”“灵妙”，是一种言外之意、无言之言；物外传心、空中造色；一片神光，更无行迹；不著一字，尽得风流；空无一有，涵盖万有。一种类似于“气象”“神韵”的东西。西方文论中有人将其叫作：寂静的钟声，无声的轰鸣。

真正的文学作品，尤其是诗歌，都应该具备这些精神的属性。

然而，这毕竟是文学的高境界，不是一般庸常之辈能够轻易达到的。

或者是天才，或者是多年的修炼，或者是经多年修炼的天才，方能达到这种举重若轻、凌空蹈虚、腾挪幻化、白日飞升的境界。

苏老诗歌晚年的妙处即在这里！

早年，我读苏老的《小轿与村庄》，感到一种莫名的"震撼"，当时就写下一篇题为《震颤》的短评。（同时感到"震撼"的还有当时在我家聚会的老诗人曾卓、评论家潘凯雄、摄影艺术家李媚。）为什么一通口语式的大白话就能产生如此大气磅礴的震撼力，我想，只有用以上悟出的道理解释。

最近，我读苏老写于 1962 年的那首《豹子的吼声》，加深印证了我的这一感悟。这首诗发表在 1962 年夏季的《河南日报》，苏老刚摘掉右派分子的帽子恢复工作。诗中写的应该是作为右派分子在大别山乡下劳动改造时期的生活与心情。

据苏老自己后来的诉说，1958 年 5 月，他以戴罪之身，一家五口被押解到大别山深处的乡下劳动改造，随即赶上大饥荒，整天吃不饱饭，还要参加繁重的劳动，忍受干部的欺压与凌辱，老婆孩子一道跟着受罪，其心情可想而知。《豹子的吼声》并没有直接写这些苦难，而是运用印象派的手法，表达了诗人的愤懑与悲苦：

豹子在夕阳里吼叫着，
声音已有些衰竭；
我们在割着稻谷，
镰刀上好像沾着血。

把沉重的稻谷担回稻场，
把豹子的吼声撇在后面，
我们的肩上，
前后忽闪着夕阳。

对豹子的吼声，
我们早已习惯。
屋后常常发现它的爪印，
有时还吃掉村里的小羊。

我们把稻谷担回稻场，
登上梯子放在谷垛上，
豹子还在吼叫，

垛顶上堆起最后的夕阳。

在那个年代，右派分子即使摘了帽子，又有多少言论的自由？然而，通过这些诗行，我们还是不难听到一种刑余贬谪文化人“带血的呜咽”！“谷垛”与“夕阳”，“豹子的吼声”与“镰刀上的血色”，平平常常的语汇，经过诗人的整合，便生成一种厚重而又玲珑、氤氲而又力透纸背的精神能量。

好诗用不着过多地解说，实际上也解说不清。

读苏老的这首诗，我眼前浮现的是法国巴比松派画家弗朗索瓦·米勒的名画《晚祷》，那夕阳西下时农夫的身影；是法国印象派大师克劳德·莫奈气象万千的杰作《麦草垛》。物外传心、空中造像，厚重而又空灵，那就是寂静的钟声、无声的轰鸣。

那就是“雄浑”，即所谓“荒荒油云，寥寥长风”“持之匪强，来之无穷”的“雄浑”。

一点心得，谨表达我对苏老、诗人苏金伞的崇敬与怀念！

2016 年 9 月 9—11 日·商丘—睢县

守护精神的深邃与丰蕴

——读张鲜明的梦境小说《寐语》

初读张鲜明的小说集《寐语》，感觉很别致，还有些怪异。其中有波德莱尔的气息，有卡夫卡的手法，有西班牙画家达利的影像；细品起来却更接近鲁迅《野草》的味道，隐约间还能觉察出中国古代志异、志怪、游仙、搜神的踪迹。鲜明毕竟是中原沃土上生长的作家。

在当前小说界，《寐语》该算是一个"不入流"的东西，既入不了市场经济大潮，也进不了政治主流航道，或许正因为如此，《寐语》具备了"纯文学"的品第。

我这里说的"纯文学"，并不就是那些自命清高、自命为艺术而艺术、不食人间烟火的文学。而是超越现实物质生活的局限、关注世界与人生的终极意义的作品。像中国古代伟大诗人陶渊明，他的诗歌与散文作为"纯文学"的典范，就不但是最"人间"的，也是最"人类"的。这样的文学始终在守护着人们精神空间的深邃与丰蕴。

《寐语》是写梦的,全书写的都是梦寐之语,按照现代心理学的说法,梦是人的精神现象,而且是深潜的精神现象。从莎士比亚的《仲夏夜之梦》到汤显祖的“临川四梦”、曹雪芹的《红楼梦》,文学与梦历来拥有不解之缘。以往我在大学的文艺心理学课堂上讲过,以梦游的状态、梦寐的言语写作,是最接近文学真义的。我曾经给研究生们布置过这样的作业:记录下一周内的梦境。作业收上来一看,几乎篇篇都是“文学”,或近散文,或近诗歌,或近散文诗,或类乎小小说。弗洛伊德把文学创作叫作“白日梦”,荣格认为最好的文学作品应该是在无意识心理支配下创作出来的,从创作心理的角度看都是有道理的。有意注意的退隐,使得创造主体言语机制中原本石块般结实的概念、铁链般牢固的逻辑、钢筋般坚硬的语法规则开始“软化”和“松动”,语词的选择和置换、句段拼接和组合都出现了更大的可能性。就像一个人在白天清醒的意识中从不会在悬崖上飞奔、在水面上疾走、与街上的狗对话、与死去的人打架,而在梦中却会非常真切地出现一样。这种置换与组合的灵活性、生动性常常给文学言语的修辞带来出乎意外的独特和新奇。《寐语》中不乏这样的文字:“大楼变成一只笛子”“道路被搓成一根香肠”“地上的文字蹦跳着瞬间变成了蛐蛐”“墙上长着青苔,我的肋骨上也长满了青苔”“猫头鹰自言自语只想吃馍不想吃肉”“一只温顺的白山羊变成了人，不再吃草，而是改行搞收费了，收过路费”……鲜明就是运用这样的话语，若隐若现地表达着他精神深处的憧憬与向往，困惑与疑虑，恐惧与期盼。

对于一个常年写作的人来说，语汇的调遣、句式的安排、情节的推演、意象的渲染都还不是难事。难的是作者凭着笔下一股绵延之气，将那些汉字整合成一个充满张力的“心理场”，让那些普通的汉字呈现出奇异的形迹、色彩、光泽、声响。佛经里说的“一花一世界，一叶一菩提”，在上乘的诗歌、散文里也是可以实现的，这就是“意境”。

写作中这样的境界，只可兴会，难以力求。而读者的接受，也不可画图索骥，凭着自己的某些先入之见去比附，去印证，去求解。在贵州、广西那些自然奇迹的“喀斯特溶洞”里，游客们总是津津乐道那块石头像狮子、老虎，那块像公鸡、兔子，像宝塔，像龙椅，而完全无视岩洞悠远的历史，无视岩洞恢宏的气势，无视岩石或玲珑或浑厚的质感，更不曾用身心去体验洞穴深处明灭变化幻的幽微，去感悟天地造化玄奥神秘的氛围。概言之，游客们忽略的是岩洞与自己的精神层面的东西。

自从人类拥有自己的文化历史以来，机体的进化几乎是微不足道的，至关重要的则是心灵的进化、精神的进化，以及由于人类自身的精神进化而引发的周围世界的精神化。然而，精神在进化的道路上并不一帆风顺，目前也许正在经历着前所未有的坎坷和困顿。如何解除现代社会中精神生态的危机，如何着手现代人类精神家园的重建，文学艺术肩负着重任。

《寐语》区区数万字，从写作到发表花费了整整两年时间。而如今一位网络上“白金大神”每天贴在网络上的作品就不下8000字，每年写作量不低于300万。《寐语》中最长的一篇不过2000字，最短的一篇不足200字。网络上的一部小说动辄数百万字，甚至上千万字，作者自己也说那是在“码字”。

精神产品的品级是不能用数量权衡的。苏东坡的《记承天寺夜游》仅仅85个字，刘义庆的《雪夜访戴》仅仅77个字，是都可以当作小说看的；陈子昂22个字的《登幽州台》说是诗歌，其实不过就是一声叹息。然而这些文字内部却隐含了多少精神的幽深与心灵的蕴藉！

鲜明呕心沥血写下的《寐语》，我不知道能够换来多少稿酬。修炼成“神”的网络写手每年的收入已达数百上千万元，网络写作已经成为一种“买卖”。一位“最具商业价值的网络签约作家”也曾吐露过自己的忧虑：“干我们这一行也很辛苦，我们的创作生命是由读者的手指操纵的，读者不待见，我们也就破产了。”如今是一个“娱乐至死”的时代，网上写作可以给

“大众”带来许多欢娱，自有它存在的理由。

但是，一个健全的时代不能没有自己的“纯文学”。纯文学面对的首先是自己的内心，自己的精神世界、心灵世界。精神性永远是文学的制高点。在当下这个过于重外物、重实利、平庸得近乎猥琐的“小时代”，心灵的深潜与精神的高蹈该是多么的难能可贵！

附录：致鲜明函

鲜明老弟：你好！

这段时间事务繁多，一个月的时间里，在郑州、贵州、北京、西安、无锡、开封、新乡、淮阳、安阳、苏州间穿梭、闪回。你看一个年逾古稀的老人了，还如此折腾，真是有些好笑！

你的两部书稿，我断断续续浏览一遍，说实话，我很喜欢，是产生心灵感应之后的喜欢！

你的诗歌，诗意盎然，诗情蓬勃，诗思则奇崛而透晰，不守常法而自成一格。其中也还是能够看出你对中原古今诗风的承续，如唐代李贺的奇丽谲幻，当代苏金伞的质朴沉郁，而你却又能将这两种大不相同的风格交织在一起，下接地气，上通青冥，那该是你的造化了！

关于文学的真义，我有一个自鸣得意的说法：文学就是用语言表达语言不能够表达的东西。《暗风景》中的许多诗篇完全可以用来验证我的这一说法。

这一本题为《寐语》的文集，就体裁而言，很有些别致。你说类乎卡夫卡的极短篇小说，我又觉得接近鲁迅的《野草》，总之，都是写"梦"的，梦寐之语。二十多年前，我也曾写过一组类似的文章《梦断蛇年》，至今没有拿出去发表。以往我在大学的文艺心理学课堂上讲过，以梦游的状态、梦寐的言语写作，是最接近文学真义的。我曾经给研究生们布置过这样的作业：记录下一周内的梦境。作业收上来一看，几乎篇篇都是"文学"，或近散文，或近诗歌，或近散文诗，或类乎小说。

弗洛伊德把文学创作叫作"白日梦"，荣格认为最好的文学作品应该是在无意识心理支配下创作出来的，从创作心理的角度看都是有道理的。有意注意的退隐，使得创造主体言语机制中原本石块般结实的概念、铁链般牢固的逻辑、钢筋般坚硬的语法规则开始"软化"和"松动"，语词的选择和置换、句段拼接和组合都出现了更大的可能性。就像一个人在白天清醒的意识中从不会在悬崖上飞奔、在水面上疾走、与街上的狗对话、与死去的人打架，而在梦中却会非常真切地出现一样。这种置换与组合的灵活性、生动性常常给文学言语的修辞带来出乎意外的独特和新奇。

《寐语》中的不少篇章都具备这种品第。

你把控语言文字的能力很强。其实，对于一个常年写作的人来说，语汇的调遣、句式的安排、情节的推演、意象的渲染都还不是难事。《寐语》中的某些篇章已近乎神来之笔，仅凭着写作时笔下的一股绵延之气，便将那些汉字整合在一起，形成一个张力场，那些普通的汉字便立时呈现出奇异的形迹、色彩、声响。佛经里说的“一花一世界，一叶一菩提”，在上乘的诗歌、散文里也是可以实现的。

写作中这样的境界，只可兴会，难以力求。《寐语》中的语句，有时也会有掉板儿的时候。对于这样一部书稿来说，自然也是难免的。

一部诗稿，一部文稿，用学院派的标准衡量，都该是“纯文学”。纯文学面对的首先不是社会现实，而是自己的内心，自己的精神世界、心灵世界。这其实也是文学的制高点。

我始终认为，真正的文学作品就应当是作者生命之树上生发出的枝叶与花果。“树要开花”，我理解你为什么如此潜心于文学写作了！

我的这些看法仅供你参考，说得不对，还望多多指正。

即祝　笔键！

枢元　2016 年 6 月 7 日

青青的“诗”与“真”

——一部独标性灵的萧红传记

歌德晚年写下的一部自传，题名为《诗与真》。歌德也不相信绝对真实的存在，即使那是自己为自己作传。但他却希望以饱满的诗情为舟楫摆渡到真实的彼岸，这可能吗？有人说，诗情只能离去真实更远；但也有人说，诗情达成的是一种更高的真实。

这个问题现在又摆放在青青为女作家萧红写下的传记《落红记》面前。

我如今已经很少读大部头的书，青青的这部30多万字的《落红记》，我几乎是一口气读完的。它清新流畅，晶莹剔透，写的是民国旧事，处处又流露出作者的心向与才情。它因史实而丰蕴，因才情而灵动。据说关于萧红的传记如今已经出版了近70部，作传者不乏鸿儒大家，但青青的这部萧红传的面世，仍然让人眼前一亮，立马引起读书界的关注，甚至无意间还与香港大导演许鞍华创制的、投资千万的《黄金时代》扛一膀子。

我已经许多年不写当代文学评论，青青的这部书引发我对文学理论中一些疑难问题的深思，忍不住想说几句。

一、传主与传者

文坛上曾提倡过所谓“零度写作”，要求作家在写作过程中保持思想与情感的中立，不带任何主观上的爱憎去书写对象。这对于小说创作来说难度很大，对于《传记》写作，或许还可以作为一个自成一说的尺度。因为传主端的是一个客观存在的事实，如果真的能够“照本写真”下来，倒不失其文史价值。

青青写《落红记》不是这样，她不但没有“零度”写萧红的念头，甚至也不愿与传主稍稍拉开距离，反而恨不得以“百度”的高温与自己的传主贴在一起，融为一体。她说她与萧红的命运里都拥有一条河，自己童年的老家也有一座后园、一位老人，甚至自己还曾经暗恋过一位祖籍呼兰河、目如秋水的男子。为了写好萧红的这部传记，青青积数年之功勘察了凡是萧红驻留过的地方，她甚至还相信自己得到萧红的幽灵在冥冥中的护佑。写作常常陷入“我与萧红”亦真亦幻的境界。在众多的萧红传里，这样的写法应是无多，《落红记》于是显得自成一格。我读《落红记》就有些恍惚，有时觉得那是一位当代女记者在诉说一位民国年间老祖母的故事，更多的时候则像是一位宽容厚道的成熟女性在关爱体贴一位任性而又命运多舛的姊妹。在我读过的传记文学中，梁实秋写苏东坡多少与此相似，是将东坡引为知己同道的，仿佛写的就是自己身边亲近无比的师友，但也不如青青如此这般生死不渝地投入。这样的好处是情真意切、感同身受、文字灵动、布局活泛，给读者以更多的美的享受，这也正是《落红记》获得许多读者青睐的重要原因。但同时也就带来另一面，由于过多地倚重个人情绪的舒展与流转，对于历史纵深处的观照、对于人性纵深处的探究就显得用力不足了。还由于对萧红深深的挚爱，传者的手术刀也就不忍心往纵深处下手。就我自己的阅读情性而言，我欣赏青青的写法；若是从一个批评家的角度来看，这种写法又有着它的不足。

二、史实与诗情

确切地说，《落红记》是一部"传记文学"，横跨在"史实"与"诗情"之间。传记，最应该写出的是历史的真实还是文学的情愫，一直是存有争议的。有论者指出：《落红记》虽然从头至尾贯穿了作者强烈的情感及人生体验，甚至成了这本传记的主线，却并没有影响到“历史的真实”，原因在于有扎实的资料与翔实的论据作支撑。这话若是说给文学圈子里的人们，听听倒也无妨。但若是遭遇正统的历史学家，那注定是要碰钉子的。

如中国“新史学”的鼻祖梁启超及其后继者胡适、傅斯年、顾颉刚、钱基博一代学人，坚执史学的命根子就是史料的客观性、真实性、科学性，“史学的对象是史料，不是文辞，不是伦理，不是禅学，并且不是社会学。史学的工作是整理史料，不是作艺术的建造”。以此类推，钱基博甚至不惜断然否定了太史公司马迁“历史学家”的地位：“太史公《史记》不为史。何也？盖发愤之所为作，工于抒慨而疏于记事，其文则史，其情则骚也。”其理由就是这位太史公太“抒情”、太“文学”、太“诗意”了。

太史公的《史记》尚且如此，何况青青的《落红记》！

有幸的是，时过不久梁启超、傅斯年、钱基博们的“新史学”便又遭遇到“新新史学”的扬弃。在欧美新崛起的一些史学家看来，历史事件、历史人物当然是曾经“客观”存在过的，但已无法重演，已经成了后来人的“知识性对象”与“话语主题”。于是历史的书写不能不是对这些“知识话语”的再度“建构”，这自始至终都不过是一个充满诸多想象与描述的修辞过程。美国当代史学家海登·怀特(Hayden White)就曾强调指出:历史学注定蕴含着文学性,历史书写避不开诗化的诱惑(前提是不要把文学书写当作胡编乱造)。在历史撰写中,“诗化修辞话语”比“科学逻辑话语”更为必需,以往历史著述中的魅力和情感,也总是来自叙述中的想象成分。怀特的这一判断,倒是为中国古代司马迁“史家绝唱”的崇高地位提供了坚实的证据。

对于这样一部传记文学来说,史料当然是重要的,青青在这方面着实下了大功夫,而且得到许多师长与友人的援助。但对于一部传记文学来说,诗情更是必不可少,正是诗情使那些史料洋溢着生机与活力。史料的真实与诗情的幻化是可以相互认可、融为一体的。传记写作尽可以发挥作者的文学才华与诗歌灵性,青青如此强调《落红记》里绝无虚构成分,反倒显得有些“走夜路唱歌”,自己空给自己壮胆了。

三、性爱与文学

两性之爱,在萧红的生活中无疑占据了显著的地位。在她 31 岁的漂泊生涯中,不止与 6 位男性陷入情天恨海。萧红自己也曾说过:“当我死后,或许我的作品无人去看,但肯定的是,我的绯闻将永远流传。”

对于萧红繁复而跌宕的两性关系，不乏有人站在道德高地上责骂她是一个自私自利、冷血无情的“坏女人”“贱女人”(如靳以的女儿章小东在《南方周末》公开发表的文章)。青青则相反，她在《落红记》中对萧红在婚姻爱情中遭遇的不幸则百般回护、万般同情。从青青对萧红的袒护与辩解中我们可以感觉到同是女人的那颗柔弱善良的心、那种诚挚而又无奈的爱。

但青青的辩护有时又显得如此苍白，比如她在访谈中说：萧红一生都在追寻爱与温暖，她不是追寻男人，她寻找的是灵魂的知己，是亲人般的宠爱与温暖。这实际上是女作家对于进一步谈论两性关系的回避，甚至是落逃。

青青另一解说是“所嫁非人”：命运待她不公，她遇到的男性，都不能算是“对”的人。那么对的人又在哪里？后来的史料说明，未婚夫汪恩甲也并非负心之人；第二任丈夫端木有些懦弱也仍旧是一个好人；萧军毛病的确很多，但萧红临终前最信赖的还是他。

青青自己也说：时代是在进步，女性的处境并没有变好，在爱的历程里，女性的困惑仍然在。看来问题并不只在萧红这里，而是一个“普世性”的问题。

在马克思看来，男女关系是人和人之间最直接、最自然的关系，也是自然界里最亲密的关系。马克思还说，随着人类的进化，这种自然性的关系便拥有了社会性与文化性，他把这看作一种进步。从今天的现实看来，这种进步是以降解两性关系中的自然性为代价的，如同现代人类生活中的其他方面一样，两性关系中的政治性、经济性、技术性、计算性因素渐渐占据主导地位。其中甚至还可以包括进“伦理性”，一如老子所说的“大道废，有仁义；智慧出，有大伪”，“自然废”也才开始“有伦理”。于是，原本“最自然的关系”已经变成“最不自然”“最难处置”的关系。现代文明压抑了人的自然纯真的天性，对此，西美尔的《金钱·性别·现代生活风格》、马尔库塞的《爱欲与文明》中都已经有过精湛的论述。

真正的文学家，无一例外都是一些守护自己本真自然天性的人。1600 多年前，陶渊明在他的诗篇中就曾经慨叹“真风告逝，大伪斯兴”“羲农去我久，举世少复真”。仅从陶渊明留下的一篇《闲情赋》中，我们也可以看出，这位仕途上放旷散淡人在两性关系上又是一个热烈狂放的主儿（为领闻芳、为履亲足、为带束腰、为席承体）。直到民国年间，由郁达夫、沈从文、徐志摩、凌淑华、郭沫若、胡兰成、张爱玲、徐悲鸿乃至鲁迅这些文学艺术家流传下的“绯闻”大抵如此，应验了一句老话：文人无行。

同是“无行”，这些文学艺术家的“婚外恋”“师生恋”“多角恋”，与当下“反腐”战线频频披露的官员们的“嫖妓”“通奸”，是否仍然有所不同?

对于文学艺术家的“无行”,弗洛伊德做出的解释是:第一,他们的力比多(生命力)旺盛;第二,他们的道德伦理观念薄弱;第三,他们有足够的将性欲升华为诗歌与艺术的能力。

常人不一定就没有制造“绯闻”的冲动,不妨自己回顾一下谁个一辈子没有在夜间做过奇异浪漫的“春梦”。但一般人知道梦就是梦,回到白天都可以接受道德与法律的约束,做一个遵纪守法的人。文学艺术家的职业,用弗洛伊德的话说,就是“白日做梦”。更有甚者,总是错把白日当夜晚,错把梦幻当现实,追梦一生。

青青笔下的萧红,就是这样一个一生追梦的人。

这样的萧红,方才是一位自然天真、任情率性的文学家。

萧红是在青春时期死去的,留下来的似乎是一个更为纯粹的人生。假若她一直活到 90 岁,或许就是另一个丁玲。

2015 年 1 月 · 济源

行者：石头的梦幻和呓语

——《灵石不言》序

石头肯定比人类的存在更久远，哪怕是这些苍青的石头。

但只是在人类出现以后，石头被赋予历史，真正意义上的历史。

人类在一个悠远漫长的岁月里，与石头建立了如此亲善的关系。人类栖居在石洞里，以石头做工具、做武器，用一些别致的石头做发饰、做服饰，用另一些石头做法器、做祭器、做葬器、做礼器，甚至还把石头做成乐器，让石头里流出节拍与旋律。那是一些数以万计的年头，那时的人们除了石头几乎一无所有。在那数不清的日日夜夜里，人与石头朝夕共处，生死相依。

石头，作为一种原始混沌的知觉和体验、意象和情绪、关系和模式已经深深积储在人类的记忆里，而石头，在人的躯体的温暖、体贴、交感、孕育中则获得了生机和生气。

顽石变成了灵石。

这里列陈的一些石头，已经不是人类童年时代那种浑然若璞的石头，而是纪元初汉代南阳先民们关于石头的梦幻和呓语。

这是一些被人们心灵刻意点化过的石头，这是一些歌唱着的石头，一些舞蹈着的石头，一些咿呀着、呻吟着、祈祷着、询问着、呼喊着、咆哮着的石头。然而，这又是一些沉默着、静寂着、凝结着的石头，期待着能够与它们对话的人。

果然，从那漫漫人生路上走来一位疾疾前驱着的“行者”，并且，他真实地“遭遇”到这些石头。

“遭遇”，也是撞击，是石之精灵与人之慧心的撞击。在电火的辉耀下，神话在现代生存的空间中敷演，神曲在当下人生的时间里涌流。日月星辰虹霓，凤凰朱雀鹭鸶，虎豹熊兕牛蛇，后羿蚩尤伏羲；同时，还有一位在现代街景市声中徜徉着的“行者”；也许，还有激光电脑桑那浴，卡拉 OK 迪斯科，三菱嘉陵冰激凌，姜昆崔健刘晓庆，梁三江姐李铜钟……

总之，这是一场现代人与古老石头的对话。

身居南阳盆地的行者，是一位才华横溢的年轻作家，他的这本《灵石不言》，于是成为一首题为“阐释”的交响曲。这不是什么邪门，也许倒是唯一的正道。所谓文化史，所谓心态史，恐怕正是这样行走过来的。

无影的太阳雨

不知在怎样的情景中，我说过，我把艺术看得很高，艺术是神圣的，真正的艺术作品是难得的，因而就总是很少。——这话却触动了他的心。

晶莹的镜片后，一双清潭般的眼睛。他说，我自信我写的是真正的诗，其中流动着真正的艺术生命。他说，我的诗就像我踢足球时留在身上的伤痕一样，是真的。说着，他挽起了裤管。

我从这篇题名为《太阳雨》的诗稿中，的确没有看见那些习为常见的线条和颜料、脂粉和羽毛、假金的亮片和自制的商标，甚至也没有看出那作为诗的辞藻，作为诗的章法，作为诗的技巧。我觉得，这写满了纸面的，仿佛是一串显示出生命律动的扭扭曲曲、疏疏密密的符号，是一团浓稠的、粘连着原生悲欢和少年梦幻的意象。是心电图。是脑电波。是一个年轻的生命辐射出的信息和能量。

活的生命在思索探测着生命的活的意义，这是生命力的清新与旺盛，这正是后一代年轻的生命柔韧有力的表征。

不要害怕新的生命与我们的生命不同，不这样，便没有了生命的进化。其实，任何圣明也测算不出一万年后人的生命活动将以何种方式进行。不要害怕新的诗歌与旧的诗歌不同，不这样就没有了诗歌之林的长青。任何桂冠诗人也都不要希望把诗歌永远捆扎在白二的框架上。年轻的生命是一种自然的合理存在，由这种生命萌发出的诗，也是一种合理存在的自然。

然而，清新而又柔嫩、旺盛而又稚气的生命的枝条要发育成长，需要民族文化土壤的培植，需要世界和时代文化风雨的沐浴。从历史的和宇宙的大坐标上看，年轻的诗人尽管把自己的头脑比作地球，其实他的诗歌天地毕竟还是狭窄了些。心中的地球，也是有大有小的。

作者“无影”，真实的名字叫刘士林，还是一位正在读书的大学生。我感到非常高兴的是，这位与那场罪恶的“文化大革命”一起降生的年轻人，却有着一颗泛爱的心。他爱他的当开山工人的父亲，爱他的佝偻了身躯的老师，爱他的兄弟姐妹。在我看来，这样的人会深挚地爱着祖国，爱着人民。有时他也做激烈的嘶吼状，那恐怕多半也是为了爱。

生命的小溪流在山岩、卵石、浅草、野花中间冲突着、鸣唱着、跳动着、伸延着。它渴望融汇更多的生命溪流，它害怕自己在沟坎与沙砾中干涸。我想，这本诗集在艰难中问世，盖出于此。我相信，从一个生命深处发出的呼唤，是会得到生命群体的回应的。

《文论报》1986 年 8 月 21 日

曲令敏:来生做棵树

不止一次,与友人闲谈来生,

我总是声称下辈子决不为人,而要托生为树……

——曲令敏《消逝的田园》

曲令敏的这句话深深地感动了我,我知道,这是她的肺腑之言。也许,她上辈子本来就是一棵树,此世为人,只是一次误入歧途。因为,我还从来没有见过哪位作家能够像她这样与树有着如此通灵的、会心的交往。

在曲令敏的这本散文集《消逝的田园》中,写树的文字占去大量篇幅。那么多写树的文字纷至沓来,但你丝毫不觉得冗长重复。她的那些写树的文字就像她笔下的这些树的精灵一样,或疏影横斜,或若绿云,或突兀峭拔,或婆娑扶疏,或暗香浮动,或低吟浅唱,总能给人以质朴而又亮丽、自然而又独特的感受。

西方哲人海德格尔曾经用他那睿智的目光观照过树，即他在《林中路》中遇到的那棵“开花的树”。在他看来，真正的树，就该“树就是树”，就是立足在地、仰望天空的一种存在，一种生长、发芽、开花、结果的自然过程。若问“树为什么开花？”“那就因为它是树”。这答案几近于禅机。玄妙吗？并不。你只要看一看现在的工业社会中树早已不成为树，树已经成了木材、木料、栋梁、模板、家具、纸浆、一次性消费的方便筷，你就会领悟到这位哲学家的苦衷。树的“源初本真”的含义已经引退，已被遮蔽，这不仅仅是树的悲剧，大自然的悲剧，也是人的生存的悲剧。

在曲令敏笔下，树，依然是树，是那自然中的树、荒野中的树、田园中的树，是天地间一种生长着的、歌唱着的存在。“树，吮着大地，喷涌而起，直旋上蓝天，让云彩和鸟雀筑巢，把低柔或响亮的话语，空灵灵地诉入人的心田”，那是地下的精灵，又是天上的仙籁。在曲令敏的笔下，树是一种与人的生命、与女作家的生命浑融在一起的心灵存在，一种充盈着诗意的存在。人间由于有了树，有了“自然的树”，树旁、树下的人的生活界便因了这树而与自然界亲和起来。

那一树树的槐花、柳絮、榆荚、椿头就是灾荒年穷苦人的救命菩萨。

那祖宗坟前的松柏，是种族血亲生息绵延的历史见证。

那一地的树荫、斑驳的树影，是童年时代嬉戏玩耍的乐园。

那棵与小儿一起拍手的绿树，曾经和小儿一样发出畅心的欢笑。

那棵树散发着清香的麦黄杏，曾经是骡子大哥坎坷情爱生活的结晶。

正是有了树，才有了树间的明月、树下的小河、树干上的青霜白露、树梢头的清风白云、树前村头小路上的依依惜别……树就是清风、白云、明月、溪水，就是树下的小芹、兰荣妮、画儿、长栓、七奶奶，骡子大哥，树就是家乡故土、亲情、母爱、生命的栖息地，正是这些树枝、树根，把自然、生命、人编织在了一个庞大的生存“网络”之中，这是一个比由无线电脉冲制造的那个“网络”高贵百万倍又平实百万倍的生存之网，这个“网络”中，寄托了女作家千般思念、万般柔情。

想起树，就想起我生命途中默默无言的朋友，和它一起听风、听鸟、一起送落日迎明月。进城二十年，北村的洋槐，东庄的杏林，西山的桃花，还有村中井口上那棵霜叶半凋的老柿树，依然历历在梦中。树，是无量天光洒落凡间的才华，是苍茫大地吐放尘世的灵气，是造物最温润的母爱。

——《三月想起了树》

来生如果真的能够做棵树，做棵这样的树，那真是幸福的、惬意的，令人羡慕的。

海德格尔把真正的生活在现世叫作“诗意地栖居”。从曲令敏的这本散文集中我领悟到，能够“诗意地栖居”的，唯有这田园里的树，和那树一样的人！

只是书的题目使我不能不悲哀地感到：田园已经逝去。

田园，是随着树的逝去而逝去的。

生态学界不断有噩耗传来，大片大片的森林被工业的剃刀从地球上割去，大片大片的土地变成了沙漠戈壁。原始森林砍去之后，被人们改种为“用材林”，而“用材林”的归宿则是“木材”“木料”。“森”变成了“林”，“林”变成了“木”，这就是“树”们在今日社会中不可逆转的命运。如果最后一根“木”连它的“根须”也被拔去，那么就只剩下了一个“十”，那便是大自然留给人们的最后的一个警戒，一个象征着寂灭的“十字架”！

来生做棵树，必须保证有一个来生，那就是未来。人的未来和树的未来。不然的话，曲令敏即使来生做了一棵古朴的榆，傲岸的松，婀娜的柳，清俊的杨，由于没有了“未来”的保证，也只能被拿去做成纸浆，印做大众传媒的××日报，或切削成一次性木筷，摆放在某快餐店的餐桌上，也许，她会被制作成华丽的板材，去装点某一位“成功人士”的别墅客厅。到那时，做了树的女儿家依然挣脱不了“万劫不复”的苦难历程。

还是海德格尔说的：哪里有危险，哪里就有得救的希望。真正的诗人，正是暗夜里划过的一点星火。曲令敏的这本《消逝的田园》的意义也正在这里，她是在田园消逝的时刻，以她那满怀深情的絮语，强烈地呼唤着田园的回归。

叶景贤的那座小木屋

读叶景贤先生《我的小木屋》，我一下子就想起了瓦尔登湖畔 H.D.梭罗的那座小木屋。它们都远离市嚣，远离人群，处于茫茫荒野之中，处于大自然的怀抱之中。木屋的主人都怀着一颗和善质朴的心，与树木为伍，与鸟雀共鸣，与泉水共游，与山间的大气共呼吸，将整个身心同化于山川自然之中。读《庄子》，我曾读出一点心得，私下常以为与庄子有灵犀之通：神仙是什么？神仙就是能够化身于自然，与自然共生的人。观山则情满于山，临水则意溢于水。他就是水，故入水而不溺；他就是火，故临火而不焚；他就是天地日月，故而与天地齐寿，与日月同光。这样的人还不是神仙吗？中国古代的陶渊明，美国近代的梭罗都是这样的神仙。我想，深山小木屋里的叶景贤先生也是希望要做这样的神仙的。

不过，叶先生似乎凡心未了，又只能做半个神仙。他总是不时走出他的小木屋，面对世风、士风、官场、商场做金刚怒目状，隐忍不住要发上一顿脾气，说出一番愤疾之言。这也难怪，当年的陶靖节先生，不也时做“金刚怒目”吗？在尘世间做一个读书人，总不能忘却黎民苍生，总不能忘却世上的不义与不平，这是一种知识分子的良知，一种读书人的社会责任。

依我看，叶景贤先生的这本集子中既有对尘寰的逃遁，又有对社会的深入。这并不矛盾，我全都欣赏。或许，正是由于他对天真、自然的热爱，才会有对丑恶、卑污的如许恼恨！叶先生的耿直倔强，在河南的文学界也是出了名的。20 世纪 80 年代初，只因当地领导同志在“清除精神污染”时偏离了政策，他竟一怒将御状告到国家最高领导人胡耀邦总书记那里。那次运动，其实我也在清理之列，说实话比起“文革”的“横扫一切”来，那只能算是龙卷风过后的小小余绪。然而叶先生认“死理”，既然与理不合，他就要像张艺谋导演的电影里那位打官司的“秋菊”一样，一定要争个说法。说法倒是争来了，当地领导被迫改正错误，不过县官不如现管，叶先生从那时以后，文联主席做不成了，调到林业局当了副局长，真的“下野”了。

尽管离开了“文坛”，叶景贤却并没有离开他始终心仪的文学艺术，他依然不停地写，甚至比先前更勤奋。他的一些散文、随笔、杂文在全国各地的报刊上发表，不时引起人们的关注并被选进各种文集，且形成了自己的风格。“风格就是人”，他的文章也如他的为人一样：敏感而质朴，尖刻而友善，快人快语，疾恶如仇。即使那些访古记游类的文字，也总忘不了借古讽今、忧国忧民。

遗憾的是，尽管“忧民”，尽管“疾恶”，二十世纪过去了，新世纪也已经过去八年，人间可忧之事，世上可疾之恶似乎并未减少。庸俗、丑恶、贪婪、腐败随着社会的进步也在“蓬勃发展”，包括先前被人们视为清高、典雅的医药界、教育界、学术界以及文学艺术界，也都在迅速地“下流化”，让人忧不胜忧，疾不胜疾！然而叶景贤先生似乎并未气馁，虽然已年过七旬，仍然宝刀不老，躲在他的小木屋中静观默察，不时地发出一些振聋发聩的声音。古人云：“众人诺诺，不如一士谔谔。”真正的知识分子，真正的作家、作品，总是要发出一些现实批判声音的。没有这样的声音，社会生态就要失衡；杜绝这些声音，时代就会失去生机与活力。

叶景贤先生的《我的小木屋》一书即将面世，一定让我说几句话。我想说的是，像我这样一个大半辈子混迹于文学领域的“专业人士”，以及我身边不少的文学硕士、文学博士、文学教授、文学专家，对于文学艺术的执着、忠贞、热爱、珍惜，比一比，却不如叶景贤先生这样一位“业余”文学人士。说起来只有惭愧而已。

对于叶景贤先生来说，文学就是他的小木屋，那山林深处的小木屋和文学一道,就是他生命的栖息地。如今,这样的小木屋,这样的人已经越来越少了,对此,我们还不应当更加珍惜一些吗?

戊子年清明时节,于姑苏城外

陈学仕的乡土记忆

“世界上有两样东西，我越思考它们就越感到发自内心的敬畏，这就是天空中的星辰和我心中的道德律。”这是伟大哲学家康德的一段名言，学仕将其放在此书的扉页上，说明他对这段话的珍惜与崇敬，从中也就大抵看出此书的主旨和立意。

“天空中的星辰”是自然，“心中的道德律”乃人事，康德的这句话其实照应了中国古代哲学的核心命题：“天人之际”。在中国古代哲学中，“天”就是“自然”，充盈着灵性与神性的自然，“人”生存于天地间，与自然血脉相连。学仕的书中写到这样一段话：

中医说妇女的月经和月亮有关，且有李时珍的《本草纲目》为证：妇女“其血上应太阴，下应海潮。月有盈亏，潮有朝夕，月事一月一行，与之相符，故谓之月水、月信、月经。经者，常候也”;现代医学研究证明:正常的月经周期为28天左右,而事实上月球绕地球一周也确实需要27.32天——令人惊叹不已。据说现代妇女们的月经紊乱,是因为在城市里很难看得见月亮,而本该黑暗寂静的夜晚变成了嘈杂喧闹的不夜城所致。一个充满了未知数、充满了诗意和神性的月亮,被一个冰冷的物质化的月球取代,可能就是现代人厄运的晦兆。

在这段话里,自然与人的关系昭然若揭。天地自然规律的破坏必然使人类社会受到伤害,这实际上就是当前生态危机的症结所在。

“自然与人”,作为中外古今面对的一个“元问题”,一个笼罩“人类生存”的大问题,随着时代的递进不但没有得到适当的解决,甚至还日益恶化了。日益严峻的全球性生态危机,不但蔓延在自然界,也侵蚀了人的情感世界与精神世界。天空的星辰被雾霾遮蔽,人心的道德被物欲吞噬,任何一个稍有良知的当代人对此无不疑虑重重,无不忧心忡忡。

在他的同代人中,学仕对人类生态的关注是比较早的,这出自他善良的先天禀赋与敏感的文学气质。对于当前人类面临的生态困窘,他远不仅是知识的破译、理性的阐释,而是将自己的个体生命紧贴身处的自然环境、以自己的呼吸与心跳感应天地间的变幻与律动,从而吐露自己的真实感受,抒发自己的心声。

于是，便有了这本书。

书里的核心词汇是“乡土”和“记忆”，更确切一点说是关于乡土的记忆。在我看来，这两个词汇就是“自然的人化”“人化的自然”，因而注定是文学的秘府、诗性的渊薮、审美的胜境。

乡土，首先是一方自然环境，是天空、大地、山川、河流、动物、植物、时光、岁月；乡土又是一支聚集的种群，是宗族，是血亲，是祖父祖母、外婆外公、父亲母亲、邻里乡亲、童年玩伴、初恋情人。乡土是生命的源头、人生的起点，是一个由受孕、妊娠到分娩、发育的生长过程。记忆，则是岁月在生命活动过程中遗留的一些情绪和影像，岁月在记忆的池塘中化作一片摇曳不定的天光云影，“窈兮冥兮，其中有精”“惚兮恍兮，其中有象”，生命由于拥有记忆而呈现出精神的华彩。在记忆中，乡土往往成为一个被情感熏染、被想象幻化的心灵境域。在“乡土”与“记忆”这两个美妙的语汇中，蕴含着丰富的生理学、心理学、诗学、美学、文艺学、生态学的内容。

遗憾的是，随着科技的进步、社会的发展，随着交通工具的超高速运行，随着电子设备超巨量的信息贮存，乡土已经漂移，记忆已经凋零。关于乡土的记忆以及记忆中的乡土都已经黯淡无光。

学仕说:“乡土是人类社会的根,家乡连着我们的血脉,载着儿时的梦想,牵着永恒的乡愁,但记忆中的家乡,却在经济发展的大潮中悄然逝去。”当社会的根基遭受严重损伤,当人类的血脉遭受严重的梗阻,经济的繁荣、物质的丰富又能给当代的人们带来多少真实的幸福、这种奢侈的繁华又能持续多久呢?

学仕的家乡永昌县红山窑位于河西走廊东段、祁连山北麓、阿拉善台地南缘,是古丝绸之路上的重镇。这里山地平川交错,戈壁绿洲相间,回、满、蒙、藏多民族杂处,文化历史悠久而自然生态脆弱,这样一方水土自然就会生长出许多人物、故事、风俗、风情、传说、奇闻,这在学仕的记忆中都已经酝酿成文学的篇章,被收录在他的这本散文集中。

这又不是一本通常意义上叙事、记人的散文集,学仕在叙事的过程中又总是能够透递出自己关于世事与人生的思考,他的叙事因此便弥漫着哲理性乃至学术性,这似乎在落实美国当代杰出生态批评家斯考特·斯洛维克(Scott Slovic)关于“叙事学术”(narrative scholarship)的论证。

比如,学仕曾记述了他的小学老师周建英女士的祖母,一位被当地称为“神婆”、通常被称作“巫婆”的老辈人。书中的描述与那些“科学社会学”中对于“巫婆”的论断不同,这是一位“为人特别善良,特别敏感、实在”的老人,她无“欺世盗名”

之心，而是真心地在“治病救人”。或许她拥有强大的精神场，精神的正能量，意念和气场足够强大，能看到常人看不到的形影，能镇住一般人畏惧的邪恶，能凭借其特有的“法术”驱赶害人的鬼怪。与人类对外部物质世界的认知相比，人类对于自己精神世界的探究也仍然是十分肤浅的，将那些当下解释不了的现象归之于“迷信”随便遗弃是草率的。著名精神分析心理学的创始人卡尔·古斯塔夫·荣格(Carl Gustav Jung)就曾观察大量“通灵”“降神”之类的巫术活动并由此建立起他的“集体无意识理论”与“原型理论”，他甚至据此猜测，伟大的耶稣原本就是一位能够号令鬼神、驱魔治病的“巫师”。

科学与迷信之间并不存在截然的界限。学仕的笔锋一转，遂指出“对于科学的迷信，和迷信本身一样不可取”，而那些被科学技术彻头彻尾武装起来的“日本731部队的科学家”才是“地地道道的人间恶魔”！

学仕书中关于神秘现象的记述并未停留在“真”与“假”的层面，他又将其笔触深入到“善”与“恶”的层面：

一个个神奇的灵异故事，为一时一地的百姓提供了信仰的支柱，同时也提供了行善除恶的参照。

在乡下，不仅鬼离人的距离很近，神离人的距离也很近。老人们常说，“人在做，天在看”“举头三尺有神明”。村庄里的神，不但距离乡亲们很近，也很亲。人们把雷神不叫雷神，叫轰隆爷；把土地神不叫土地神，叫土地爷；把灶神不叫灶神，叫灶王爷。

奶奶一边给我讲故事，一边也告诫我们长大走向社会要做善事，不要做坏事。于是，做善事、远离恶事的种子种在了我们这一代人幼小的心灵里面。

学仕说，乡贤们谈论鬼和神，实际都是在谈灵魂的问题。在拜金的时代，还有多少人能够关注灵魂的存在？他援引已故作家史铁生的一段话，从而又将乡土流行的“鬼神”信仰上升到“美”与“丑”的高度：

人死后灵魂依然存在，是人类高贵的猜想，就像艺术，在科学无言以对的时候，在神秘难以洞穿的方向，以及在法律照顾不周的地方，为自己填写下美的志愿，为自己提出善的要求，为自己许下诚的诺言。

学仕将鬼和神比作乡土上空的两只眼睛。这两只眼睛，有时候睁着，有时候闭着。如今，这两只眼睛都闭上了，村庄也就昏睡不醒。睡着了的村庄，还要睡多久？睡着了的村庄，还会醒来吗？

学仕对于文学创作有着始终不渝的深情，他的写作出自他生命本真的冲动，他用文字书写他的心迹，他的文学创作已经成为他日常生活不可或缺的一部分。学仕有着中国传统文化人的怀抱，位卑不忘忧国，时艰尤感任重，这本书里凝聚着他对当下世事人生的潜心思考。虽然，比照文学创作的更高尺度，这本书里的语言文字还可以更贴切、更洗练、更精到一些，氛围的渲染、境界的创化还可以更丰盈、更灵动些。文学的追求，是永远“不封顶”的。

我与学仕建立友谊已经十多年，他对我的生态文化研究给予许多支持与帮助。那一年，他和他的朋友曾经陪同我们在大西北的丝绸之路驱车千余公里进行生态考察，我们是志同道合的朋友。现在，他的这本《仰望苍穹》出版面世，我相信这将为我国生态文学创作领域增添一抹生机盎然的新绿，特意写下这些文字向他表示祝贺。

2016 年 11 月于姑苏城外

周熠的本色

在五光十色的色彩世界中,我最喜欢的是本色。举凡本色,无论是拂晓的朝阳、子夜的素月、初春的花蕾、深秋的红叶,还是蜻蜓的翅膀、乌龟的甲壳、斑驳的城砖、锈蚀的铜鼎,我都能感受到一种舒心的愉悦。

读周熠的散文,我就时时感受着这种愉悦,这种对于"本色"的愉悦。在周熠的笔下,那淡淡的秋水、苍黛的远山、青苍的石桥、香烟缭绕中的小庙,白茬森森的棺木、麦秸茬子搭成的瓜庵、紫铜箭镞般的芦笋、凝重如磐的红薯、闪光的蛛丝、冰凉的野蚕……无不给人以本色的美感。我说过,在技巧与心灵之间我更推重心灵,在言词与情感之间我更相信情感,在名气与天性之间我更珍惜天性。

读了周熠的新作《遥远的风景》,我更加坚信,周熠是文坛上的一位本色演员。甚至,他注定只能是这样一位本色演员。

恕我不敬(并非不敬),读了周熠的散文后,我突然觉得周熠是“一根扁担”。是这样一根“扁担”:用老百姓的说话,形容某块土地肥沃,插上根扁担也能发芽!这谚语的重心在土地,而忽略了那根扁担。这是不公平不全面的。再肥沃的土壤,插上一根钢针,竖上一根水泥电杆,能否发芽呢?我说周熠是一根扁担,是说他原本在天性上就是一棵好苗子。比如:桑、榆、核桃、银杏,不幸的是被用来担茅粪、挑河泥、搬柴草、运化肥,忍饥挨饿,挨打受气。一旦这桑木或榆木扁担被插在沃土上,便又会发出嫩芽、生出枝叶,蔚然长成一棵大树,历尽磨难,方显出英雄本色。“扁担”本就是树木,这是本色。南阳是文学的沃土,周熠便是扎根于这块沃土之上的一棵蓬勃向上的树。

出于本色的文学作品,在我看来起码应具备以下三点优长之处:

天然本真。司空图在《诗品》标定为“自然”,后人解释说“不知其所以然而然”为“自然”,这是一种水到渠成,浑然天趣。生活中、自然中,有些东西你如果有眼光有本领把它搬到作品中来,几乎不加任何雕饰,它就可以成为艺术,具备审美的品位。在我的书房里,有一些形状色彩不一的石头,是我在游览泰山、庐山、天子山、长白山、五指山、浮戏山时随手捡来的,置放在书架上。它比商场里高价买来的“精品”,毫不逊色,且别有一番野趣。开封龙亭午朝门前的一对青石狮子,是宋代遗物，威武雄壮。细密坚实的青石，透出天然古朴的本色。大跃进年头，不知哪位长官的意志竟把这对狮子浓妆艳抹一番，装扮得像是节日街头狮子舞里的玩意儿，石狮子变得像纸扎的一样，失去了本色，历史，失去了重量，审美失去了深度。鉴于此，我更喜欢周熠散文集中的《遥远的风景》《响水滩》《神桑》《故乡的小庙》，就是因为它们淳朴、自然。

生机盎然。我坚信，出于本色的文学艺术作品，必然通体生命之气。

早在10多年前，我曾写过一篇《文学作品要有生气灌注》的文章，至今矢志不移。"生气"究竟是什么？王元化先生最近再次指出，"气"，不是quintessence（原质），而是Vital-onergies（活力、生命），有生气则有精神，有生气则有神韵。在我的感觉里，崖头沟畔的一枝叫不出名字的小花，雪层枯叶下的一丛破土而出的草芽，比起一束价格昂贵的塑料花、绢绸花更美。因为它本色、它有生气。周熠的散文中有不少这样的小花小草，如《红薯》《芦苇》《小石桥》《兰花》，小则小矣，然而通体灌注着生气。它们可能不会登明堂充大雅，却是一种真实的生命存在。

独标性灵。本色，往往是独特的，众多的同类仍然是单一，众多的独特才构成丰富。造化孕育万物，本就独特，所谓一棵树上没有两片相同的树叶。一个人的气质，禀赋、阅历、体验也总是独特的。周熠散文的另一特色是写自我，写他自已逝去的生活、逝去的亲人，甚至逝去的鸡和猫。记忆，尤其是童年和少年时代的记忆，无疑是上帝赠与作家、诗人的一笔财富，而记忆中的生活与所谓客观的生活不同的是，它拥有更主观、更情绪化、更形象化的内涵。周熠散文集中的某些篇章，几乎就是对于这些记忆的“写实”，如《最后的母爱》《父亲，我想让您……》《梅子的故事》《八字形瓜庵》《追念“林妹妹”》等，就只能是属于周熠的。法国超现实主义作家布勒东曾劝诱人们：把你的梦如实记录下来，那就是文学。“记忆”何尝不是如此。保持记忆的本色，也就是保持文学的本色。

如今，随着科学技术的发展，仿真术日趋尖端；随着商品经济的繁荣，伪劣产品日益畅销，不但花草可以做假，古董可以做假，珍珠玛瑙可以做假，连人身上的许多部件都可以做假，睫毛作假，鼻子作假，乳房作假……以假做假，以假乱真，以假胜真，“一天能卖三个假，三天卖不了一个真”。加之“包装”的盛行，一个大活人用有形无形的手段从里到外精心包装起来，本来一文不值，反倒价值千金。在这样的时代潮流前坚守“本色”与“本真”，颇有顽固不化之嫌。

在文学的圈子里，“本色”的旗帜究竟还能打多久？

对此，我充满狐疑，只想问一问周熠君。

1995 年 6 月于郑州

漫谈夏林新著《阅世录》

夏林先生六卷大书《阅世录》终于整体面世，“十年辛苦不寻常”，首先向他表示诚挚的恭贺！

许嘉璐先生在为该书撰写的序言中写道：全球物质不断丰富，人类精神却走向荒漠，在永不满足的欲望驱动下，个人成了世界的“中心”，许多国家和地区碎片化了。人类将走向哪里？路在何方？这部《阅世录》为笼罩着重重“雾霾”的心灵点燃了一支蜡烛。

许先生的序言写得很好，他指出的这些问题，也是多年来我所关注的。当然，也是夏林这部大书中试图解答的。这里，我想接着许先生的话题说一说。

在启蒙理性引导下的现代社会，已经进入一个高速发展的消费时代，巨量的冗余消费正在迅速耗尽地球宝贵的自然资源，制造出有史以来最严重的生态灾难；而现代人在消耗了巨量的物质与财富的同时，人类社会的情感生活、道德生活、精神生活并没有得到相应的提升，反倒引发许多严重的问题。高消费引发的生产竞争、市场竞争，已经在人与人、国与国、民族与民族之间注入“仇恨的福音”；物质主义、消费主义致使现代人类精神萎缩、心灵干涸。正如法国思想家德日进(Pierre Teilhard de chardin)指出的：当人类在拼命消耗宇宙间的“物理能”时，人类自身内在的“精神能量”却日益贫瘠，生活中的诗意荡然无存，生活品位在日益低俗化。如今，看似繁花似锦的现代都市生活其实已经漏洞百出、难以为继！

《阅世录》面临的“世”，就是这样一个现实。

许先生指出：“阅世”是篇大文章，也是门大学问。“世”上万物，纷繁芜杂，要在“阅”中把握其纷攘混沌、虚实真假当中的隐性中心，并做系统思考，何其难也。夏林先生不辞艰辛，十年披沥、十年精思、十年附会，终于给出了一份自己的解答。

书中以人与自然、人与社会的关系为“经”，以个体生命的存在、个体生命的智性生活、情感印记为“纬”，编织了一张包罗万象的文字网络，在茫茫的人世大海中为我们打捞起许多精神的珍宝。

这里我仅只随意采撷数则，稍加阐释。

当你仰观天象、俯察地理，你就会发现：人类并不是自然的主人。天地与人共存,但人因天地而生,循天道而行,说到底人类只是自然的一分子。

人是社会的一分子,社会是大自然的一部分。人与自然就成了一个永恒的主题。

我之所以特别提出这两段话,与我多年来关注的生态问题有关。在我看来“人与自然”的问题,是摆在人类面前第一重要的问题,从人类一诞生就存在,到人类终结那天才会终结,我把它叫作人类的“元问题”。我们以往的政治经济学忽略了这一点,只讲“经济基础”与“上层建筑”,而忽略了在经济基础之下还有一个“基础”,那就是“自然界”。正是这一疏漏,酿成了当前严重的生态危机。夏林的话,再次为当代人敲响警钟!

在不同的人面前,世界的绽放是不同的。

这段语录连同标点符号才18个字,但包容着丰富的哲学、心理学的内涵。心理学上讲,人们在感知外部事物时总有一个特定属于自己的心理定势,定势不同,感知大不相同,比如同去罗马旅游,个人观感各不相同。从哲学的意义上讲,不同人甚至同一个人在不同时期,对于同一事物的接受与阐释不同，即所谓一千个读者就有一千个哈姆雷特；少年时读《红楼梦》与老年时读《红楼梦》也会得出不尽相同的看法，绝对一致的看法是不存在的。大郑州拔地而起的一座座摩天大楼，绽放在一位房地产商的眼睛里与绽放在一位农民工的面前是大不一样的。一位经济学家、政治家如果看不到这一点，就要犯大错误。

蛋壳的命运：被人打破是食物，自己冲破则是生命。

不能支配自己的人，何以影响别人？

生活是一部大书，而自己正是入书的钥匙，读懂了自己，也就明白了人情世理。

这三段话摘自这套书的不同地方，恰恰与刚刚闭幕的第六届“嵩山文化论坛”的主题：“成己成人，共建天下文明”吻合。我有幸应邀出席这届论坛，论坛上深入展开了华夏文明与世界文明的对话。“成己成人”的说法来自《中庸》《论语》，是儒家文化的传统。“成”是成就、完成的意思，“成己”意味着求知求是、明德明理、向真向善、育才育志、不断地自我更新，自我完善，使自己成为一个健全、完美的人。“成人”意味着影响他人、帮助他人、成就他人、完善他人、使他人成为新人、完人。“成己”是“成人”的先决条件，首先“成己”，而后“成人”，成己才能助人，进而改善人的生存环境、改善整个世界（那也就是成物了）。夏林书中的这三句话，讲述的也就是这个道理，首先是通过努力反省自己、成就自己，也就是“自己冲破自己的蛋壳”，然后才能影响他人。许嘉璐先生很赞赏这些话，他在序言中写道：“很少有人愿意稍稍歇脚或闲谈沉思，观人省己，以自己的‘道德理性’率先垂范。”许先生的这段话，在我看来其实也是对夏林其人、其书的最高评价：如果没有自己生命数十年的观人阅世、修养实践，就不可能成就自己；如果自己不能成就自己，又怎能以自己的“道德理性”垂范他人呢？夏林的这部《阅世录》大书，既是阅世，又是醒人，更是率先的自省！

语录体与笔记文，这两种文体是我国古代著述的优良传统。《论语》《朱子语类纂》是语录体，刘义庆的《世说新语》、苏轼的《东坡志林》、陆游的《老学庵笔记》是笔记文的典范。

这些都是文言文书写。

当代人用白话文撰写一部百多万字的语录体、笔记文糅合的大书，实乃罕见，因此也就会有得有失。“得”在它可以被视为一部阅世醒人的“百科全书”；“失”在分门别类殊为不易，这表现在前后行文之间的某些语义重复或语义冲突，表现在有时一则语录中陈述的片面与缺失。比如，一则语录中说：“科学是人类的，文化是民族的，艺术是个体的”，另一则语录中则又说“艺术属于全人类”，二者看似对立，其实都不错，属于康德哲学中所说的“二律背反”，这是在短短数十上百字的文字中说不清的，这就是语录体的局限了。

类似的问题还有以下表述：“当人性完全取代了兽性，并逐渐走向神性的时候，真正的人就诞生了”，这里将“人性”与“兽性”从根本上对立起来了，如果将“兽性”解释为“动物性”“生物性”“自然性”，那么，从生态学的立场看这种对立就很成问题。真正的人性应是人的生物性（自然性、动物属性、兽性）、社会性、精神性（神性）的完好配置。

可以质疑的还有：“人的欲望无止境，没有无止境的欲望也就没有社会的不断进步”。以往，这话不会有人反对，这也是启蒙理念中“社会进步论”的重要理论支柱。但现在看就不够周全了。因为人类如今面临一个新的挑战，那就是地球的资源是有限的，环境空间的容积是有限的，持续发展已经举步维艰，人的欲望不能不受到限制，尤其在这人口大爆炸的时代。

如果是写作论文，作者肯定会说得更严谨、更透彻一些，但语录体由于受到字数的限制，就很难做到。

为了更好地发扬作者的思想，我建议作者在6本书的基础上是否可以出版一本“精华版”或“缩编版”，字数不超过20万，开本适中，便于阅读、便于携带，这或许将会产生更大的社会反响。

最后，我想再说一说夏千舒的画。千舒是夏林的女儿，年方十三(?)，《阅世录》中有她许多插图。小小年纪，画技不凡，很有天分。如“希望之树”“沉重的书包”，结构、笔法都很有艺术感觉。但我更看重的是她的绘画作品中坦露的童趣、童心，即老子《道德经》里所说的赤子之心，那是真心，是贴近自然的心。

用画面呈现某些抽象的语词或观念不是一件容易的事，何况一个十几岁的孩子？然而小千舒表现得很有创意。

《私语》：鸟与蝴蝶、蜗牛、荷花的交谈，甚至是荷叶、荷花、花苞、莲蓬的对话。自然界为人所不知的言语，那肯定就是奇妙的私语了。

《亲近》：人与大鱼的亲吻。这就比画上一对男女接吻更让人感动，真是难得的“亲近”。

《忧伤》：人和大树相拥，对着大树倾诉，到了这步田地，还不忧伤吗？

在对于自然的感悟上，我们真的不如孩子！我们要花费许多思辨的周折，而孩子们是一下子就达到了真理的彼岸。

套用夏林书中的一句格言：“在不同的人面前，世界的绽放是不同的。”

在夏林面前，世界的绽放是浩瀚宽广的，也是深邃平实的；是纷繁复杂的，也是生动美妙的。这些都已经呈现在他的这部《阅世录》中，这是一部既“成己”也“成人”，“成己为人，成人达己”的大书。当然，成己、成人的最终目的还是归结到“成物”上，即对于人类社会、世界、宇宙的创造与养护。

2017 年 9 月 20 日 · 紫荆山南

海盈《且行且歌》序言

我曾经说过，如果德国是“哲学的国度”，那么，中国就是“诗的国度”。尽管世界上每一个国家都会拥有让自己民族引以为荣的诗人、视为瑰宝的诗篇，但是，恐怕没有一个国家像中国这样，在自己漫长的历史年代中拥有如此多的优秀诗人，拥有如此多的美妙诗篇。从《诗经》《楚辞》算起，经由秦汉、三国两晋南北朝，再至唐宋元明清，诗赋词曲如今妥善留存下来的恐不下十余万首，如果加上民歌、民谣、俚曲、时调，其数量之巨，世界上无任何一个民族可比。我一直坚信，汉语言就是一种诗语言，一种最富含诗性的语言。

不幸的是，随着高科技与市场经济的高速发展，诗歌的地位在人们的日常生活中急剧沉降。然而，自去年春天我回到家乡后，看到仍然有那么多人钟情于诗歌写作，或设坛，或结社，以诗言志，以诗会友，显出一派繁荣气象！海盈的旧体诗集《且行且歌》，便是当下中州诗歌园地结出的硕果。

写诗需要天分。海盈说他从小就对诗歌产生了浓厚兴趣，初中时写的诗就得到老师的鼓励与褒奖。写诗需要悟性，即严羽所说“诗道在妙悟”，以现代心理学的解释那就是一种良好的感觉、直觉的能力。海盈说他由于工作关系，长年奔波于路途，随时会有灵感袭来，这便是对于生活的“感悟”。海盈又是一位勤奋之人，有了感悟，便记在随身携带的纸片上，这又使我想起古代诗人李贺驴背上的诗囊。更值得称赞的是，他把诗歌写作视为自己的精神寄托，视为自己修身养性的路径，视为沉重人生的依托与动力，也就是说他把写诗当成自己生命存在的内涵。因此，我们在这部诗集中就看到不少可圈可点的篇章。

如《洛阳东山》：“西山佛来东山青，帝乡王气一望中。炊烟初起波潋滟，香山静谧夕阳红。”今人写旧体诗，往往拘于泥古，遣词往往用力过度，反而显得佶屈聱牙，弄巧成拙。而海盈则能凭情发声、运气造句，让诗句与自己的呼吸、心跳相协调，这样的诗行就显得清新、自然、清爽、顺畅，读之朗朗上口，甚至已经有些回肠荡气了。此诗结句中的“香山”固然是指白居易的故地，但“山”字在这里已经是第三次出现，如果改为“峰”，写出来也许就更好看。旧体诗，是我们的国粹，在我看来，一首古体诗词，不仅是念念而已，还要能够写下来，用毛笔书写在宣纸上，落款处还要钤上两颗朱砂红的印章，那才叫完美！

又如《开封菊韵》："少女御河浣云雁，老者柳丝钓流年。菊香借风飘宋韵，琴音随水入画船。"这首诗的妙处在"浣云雁""钓流年"。妙就妙在"虚"，只有"虚写"，才能写出"空灵"，这里的"空"，不是空无一有，而是涵盖万有，给欣赏留下无边无际的空间。"浣云雁"，直解可以视为"浣洗御河水里大雁与白云的倒影"；"钓流年"，可直解为"垂钓河水中流逝的岁月"，孔夫子说过"逝者如斯夫"，倒也切题。但在这首诗里，伴随着"菊香宋韵""琴音画船"的"浣云雁""钓流年"，其意蕴却要比这些"直解"丰富得多！云雁本是不能浣的，流年本是不能钓的，如果你非要写成"浣衣裳""钓鱼虾"，实则实矣，哪里还有半点诗意！末尾一句中的"随水"，或可改作"随波"，就更上口一些。

又如《忆周庄》："船去白墙动，云来黛瓦虚。波光融月色，梦中总依依。"这首诗除了清新自然、朗朗上口外，好处在于有静有动、有光有色，动、静、光、色又都消融于月色与梦境中，把人带进扑朔迷离、恍兮惚兮的意境中。此诗还有一个佳处，不写船动写墙动，不写云虚写瓦虚，此乃中国绘画中的"背面敷粉"的手法，水上周庄在海盈笔下成了水天一色的幻境。

早年，我谈到语言的诗性时曾经说过，中国的汉语言是一种“流块建构”的语言，其特点是“句读简短，形式松弛，富于弹性，富于韵律，联想丰富，组合自由，气韵生动”，是一种更擅于诗性操作的语言。这就给我们的诗人留下宽阔的书写空间。正因为如此，中国的诗歌从远古到当下千百年来绵延不绝，就其语言运用的风格而言，无论是古风、乐府、近体乃至词、曲，总有一脉相承的因素贯穿其中，那就是汉语言的诗性品位。“旧体诗”，或曰“古体诗”，并不就等同于“格律诗”，严格的诗词格律的出现，只是隋唐以后的事。此前，蔡文姬、曹孟德、谢灵运、陶渊明们的诗歌并没有固定的平仄规律与对仗模式，当代人要想严格按照唐声宋韵写诗已经很难。我不通音律，无法核对海盈的这些诗歌是否合乎格律，我想也不必非要用严格的格律要求今人。姑且把这部《且行且歌》中的篇什看作“旧体诗”的仿照，“旧瓶”装新酒也不是不可以的。况且，“旧瓶”依然流光溢彩，而“新酒”又如此芬芳清醇！

海盈并非专业诗人，他是国家公务员，写诗只是他繁重的本职工作之外的“副业”，是他的强烈的业余爱好。他的这部诗集，自然不乏上乘之作，像我上文列举的好诗，诗集中不止过半。但也有一些急就章，或是由于行色匆忙，或是由于力不从心，间或会出现诸如“今日种下一片绿，来年枝头闪花光”这样的“白话”。再者，通观全集，有些意象与句式的出现似乎频繁了些，这就有待于海盈在诗歌创作道路上厚积薄发、刻苦精进。记得郑板桥谈论自己画竹子的历程时写过一首诗，其中的结句是“画到生时是熟时”，诗艺无止境，保持一些青涩，或许就是永远持守一份生生不息的活力。

2018年1月·郑州

老乡徐反修

徐反修，姓徐名反修。开始，他就用这个名字发表小说。“反修”两个字，当年曾经有着明白的路线指向和确切的政治含义，自从苏联解体、南斯拉夫也改变了颜色之后，就渐渐变得飘忽朦胧起来。

然而，反修其人并不朦胧，我第一次见到反修，是在海南省一次作协全体会员大会上，会间休息的时候，一位年轻英俊的海军少校军官迎着我行了个响亮的军礼，他面孔黑黝黝的，一笑露出两排白牙。在部队写作圈子里他有个外号就叫“白牙”，他索性取其谐音以“白丫”作为自己的笔名，这样不光是牙白，整个都白了，只是性别又有了问题。我曾细细端详过反修，觉得他的牙齿不一定比别人更白，也许只是他的脸比别人更黑一些罢了。

反修自我介绍，说我们是老乡。他老家是南乐，我的祖籍是兰封，都位于河南省的东北部，只是并不一个县，中间还隔着一条黄河，然而，从海南岛来说，我们自然是很亲近的老乡了。

就是在那次会上，老乡徐反修送了我他的刚刚面世的第一部小说集:《不是海风弄潮来》。蔚蓝色的封面显然是天空和大海，几只海鸥在浪花上飞翔。红白相间的题字，许是象征着战士的纯洁与赤诚。

小说中写到了我所熟悉的河南农村和我很陌生的海南军营。那热土干风中的麦浪，那麦场上粗犷高亢的梆子腔，那村头牲口院前的弯腰老槐树，以及槐树下青石板上清脆的儿歌，都使我感到无比的亲切；而那千顷碧浪上的军舰，游弋海底的潜艇，西沙小岛上的高脚屋和南沙礁盘上笨拙而又凶猛的“海霸王”，则使我感到异常的新奇。我在亲切和新奇中读完了反修的这部二十多万字的中短篇小说集，像是在海上重温了一场故乡梦，又像是梦中经历了一场南海游。

老乡徐反修说我是“文学评论家”，又是“教授”，很诚恳地说“多多指教”。我说，“文学教授”早已失去往日的光辉，我还是想以一个老乡的身份，谈谈感受。我说，你的小说，使我想起了咱们农村老家旧时做的家具，用料都是地道货，山榆、红松、水曲柳、卯眼榫头严实合缝，经久耐用，老少无欺，只是样式上有些陈旧，做工上也欠精细，这样的货色如今已难以讨得消费者的欢心，现代人更乐于购置那些式样奇巧，外表光丽的东西，比如仿罗马、仿巴黎、仿维也纳的皮沙发，比如仿俄罗斯、仿西班牙、仿捷克斯洛伐克的金漆壁橱，也许，那真皮或者假皮下面蒙蔽的可能是一堆烂稻草，那金漆银漆下边遮盖的可能是一堆锯末板，这都不要紧。人们更喜欢那形制的机巧和外表的华丽。更有人说这就是“后现代”，反修的小说距离这些“后现代”，相隔差不多一个多世纪。但从我自己的阅读兴趣讲，我更喜欢反修的这些自然质朴的“乡村家具”。

我也曾经和反修商量过。在保证“用料”地道的前提下，能否创新一下形式，提高一些工艺，尤其是在语言的磨炼上是否可以多下一些功夫？比如同是军队作家，同是我们河南老乡的周大新，在形式、技巧、语言、结构诸方面，就要高出反修许多。莫言很有成就，反修注定学不来他那种荒诞和铺张，张承志在海军时，反修是他家中的常客，但他注定也学不了张承志小说的冷峻与激烈；反修小说中那善良与和谐的格调，更接近同是河南农村出身的周大新。不同的是，周大新已经成了一位从农村走进现代都市的作家，徐反修仍然是一位文坛上穿了军装的农民。至少，从他们的作品中看是这样。

我和老乡徐反修，都是从河南迁徙海南的“游子”，实际上又有很大的不同。对我来说这次长距离的搬迁，只不过是从一个大学校园搬进了另一个大学校园，也许这一个校园比那一个校园更空旷些，那一个校园比这一个校园更热闹些，但校园都是校园，我的生活并没有在长距离的迁徙中有什么本质上的转换。反修就不同了，随着 20 年前的那次迁徙，反修由河南农村来到了南海舰队，他手中的锄头变成了钢枪，他脚下的黄色土壤变成了蓝色海水。反修的迁徙等于从一个世界走进另一个世界，从此，在反修的生命中也就多出了一个世界。农民与战士、乡村与军营、中州与南海，成了反修文学创作中两个变幻不定、纠绕不清、相映成趣、相得益彰的旋律，这是一支反差悬殊、对比强烈的管弦二重奏。很少有作家能同时获得这样珍贵丰富的创作源泉，反修又是幸运的。

对于一位中国作家来说，写大海比写农村可能更困难些，大连的邓刚可能是中国文坛上一位罕见的佼佼者，据说他曾经得益于那位美国作家海明威。海明威的语言似乎更适合写大海，尤其是男性战士眼睛中的大海。在三亚海湾，当我和反修乘着一只舢板漂游在蓝色的海面上时，曾向他建议，能否读一读海明威。反修说，巧了，先前张承志也曾向他提出过类似的建议，可是在这里却找不到“老海”的书。看着老乡徐反修那略带惋伤的眼神，我一下子感到，写作技巧的不足，实际上是文化底蕴的缺失，补上这一课，可不是一蹴而就的事，反修的文学创作之路还横置着万水千山。

不久前，反修突然递给我一本封面印有美女像的杂志，其中发表了他写的一个“酒店小说系列”，一共五篇，我翻阅了一下，基本上属于“歌颂文学”，歌颂那些“四星”或“五星”级大酒店的富丽堂皇、歌颂那些“酒店人”温馨真挚的人际关系、歌颂物质和金钱给穷人带来的自信与自尊，不知什么时候，反修已经把市场上流行的浮泛的广告语言写进了自己的小说。“南海”变成了“商海”，反修的这组“酒店系列”，距离海明威似乎更远了，我读后有些失望。

后来，我知道了，反修正在谋划着自己转业以后的工作。三亚有一座八面威风的军港，三亚又是一座纸醉金迷的旅游城市，反修小说的题材由战舰转向酒店。莫非正是他即将由军营转向商城的一个前奏？反修的小说创作中从此将出现农村、部队之外的“第三支旋律”？

关于歌颂当代商业文化的文学创作，一个最大的成功者是香港的梁凤仪女士，不管所谓“纯文学”批评家对梁氏进行过多少贬抑性的评价，梁氏毕竟写下了那么一摞拥有广泛读者的商业小说。显然，这除了与梁氏的文学才能有关外，也和梁氏拥有的财力有关。她本身就是一位腰缠万贯的富婆，可以调动现代商业社会中的千军万马供她调遣驱使。反修可以吗？我的老乡徐反修在河南农村时无疑是一个穷光蛋，后来虽然当了二十年兵，在海南三亚这个城市里，也仍然是一个“工薪族”。对着他的这组“准梁凤仪”式的小说创作，我实在感到泄气。或许，反修是别有他图？

对于一般作者来说，文学毕竟不是养家糊口、更不是发财致富的行径。我曾经去过反修在军营中的家，那是一间临时家属房，年轻漂亮能说一口英语的妻子正在一间星级酒店打工，聪明伶俐的儿子马上就到了上小学的年龄，反修有责任让他的孩子老婆过上一种更幸福的日子。老乡，我理解你。

但我又担心我的老乡会变成一个"桂曾怀"。

"桂曾怀"是反修的小说《那里的阳光很灿烂》中的主人公，在我看来，反修的这篇小说是他写得最好的一篇。

河南农村青年桂曾怀应征入伍在南沙礁盘建哨初期，当了多年的兵，历经烈日、台风、海浪、饥渴乃至死亡的考验，那里很艰苦，那里也很单纯，作为"最可爱的人"，桂曾怀受到人们远距离的热情洋溢的爱戴和尊敬。一旦他离开了这个特殊的环境。复员回到稠人广众共同生存的现实生活中来。他却饱尝了世态炎凉，其中有亲人对他的误解，朋友对他的叛卖，以往的崇拜者对他的无端的蔑视。那个充满商业气息、为金钱壅塞了心灵的现实社会处处给他摆下了陷阱。这位曾经多次立功受奖的战士，最后成了一个拄着铁锨停立路边等候人来雇用的苦工。这时，他又怀念起南沙的礁盘哨所来，那里虽然很艰苦，那里的阳光很灿烂。

我的老乡徐反修可能会摆脱掉桂曾怀的命运，也许，他不但不会沦落为路边的雇工,甚至会成为一位星级大酒店的老总。

酒店里的灯光很辉煌。

不过,我相信,我的老乡徐反修到了那时候依然还会眷恋南沙高脚屋前那迷人的大海,那里的阳光很灿烂。

秋 之 父

——读周建秋的《家父》

写文章，标题常常是个难题。

这篇文章的标题是突然冒出来的。先是想到欧阳修的《秋声赋》："星月皎洁，明河在天，四无人声，声在树间。"此前曾有李白的《悲清秋赋》："荷花落兮江色秋，风袅袅兮夜悠悠。"再往上数，有汉武帝刘彻的《秋风赋》："兰有秀兮菊有芳，怀佳人兮不敢忘"，以帝王之尊写儿女情长，仪态隽永。于是，就冒出来个"秋之父"，作为老友周建秋新著《家父》的评论文章的标题，趣在谐音，想想倒也不算跑题。

文学作品中以母亲为题材的优秀作品不少，当年，俄国大文豪高尔基在中国最有影响的一部小说，就是《母亲》。而能把父亲写好、又写成一位好父亲的实在不多。鲁迅写自己的父亲，仅只给人留下一个病恹恹的印象；曹禺笔下的周朴园成了制造一切祸端的黑手；巴金笔下的老太爷们多为昏聩的遗老；就说《水浒传》里大英雄宋江的父亲宋公明吧，也不过是一个唯唯诺诺的平庸之辈。最好的父亲还只能说出自朱自清笔下，那也只是一个“背影”，一段像老鸟护着小鸟般的亲情。

周建秋写他的父亲，洋洋洒洒写了五十多万字，是在为“家父”树碑，也是在为一个“家族”立传，何尝不也是为一个长达百年的动荡时代撰写历史！正如建秋书中所写，父亲并非叱咤风云的英雄，亦非高居文坛的宿儒，他只是黄河中下游莽莽原野上的一介“草木之民”，用现在的话说，“草根一族”。与河南东部大平原的农民不同，豫西多山，耕地不多而物产丰富，书中的父亲周振杰务农也务工，同时还经商。因此与一般的农民不同，他不但质朴善良，而且见多识广；不但厚道诚实，而且足智多谋，无论在多么艰难困苦的条件下，他都能够存活下来，活出自己的精气神儿，让自己生命的枝丫与根须上薄云天，下接地气，活出一片辉煌来！父亲周振杰生活的时代从风雷激荡的民国初年，到中华人民共和国的六十大庆，跨度不小。周建秋在小说中，通过父系周家与母系常家两个家族之间的恩爱情仇、离合悲欢，以绘声绘色的语言文字生动地描绘了国共合作、抗日救国、国共交恶、中共建国、土地改革、发展经济、“文化革命”、拨乱反正、改革开放一道道历史洪流在豫西山乡、山乡草民中留下的印痕。透过一滴水可以看大千世界，周建秋小说写的是一位父亲，即“秋之父”，透过这位父亲生动饱满的生命，透过他艰难曲折的生活阅历，揭示的却是中华民族底层民众的侠肝义胆、赤心衷肠，是中华民族近百年的精神路向、行进轨迹。从这个意义上讲，小说不但是成功的，而且具有不同凡响的价值。

在与建秋交往的日子里，我曾有幸见过小说中“秋之父”的原型——建秋的父亲。那时他虽然已经 70 开外，筋骨依然强劲，精神依然旺盛。他似乎有些不苟言笑，一旦出口，便掷地有声。它属于中国传统家庭里顶梁柱一类的家长，性情耿直近乎倔强，救危扶困勇于担当，生活的方舟即使遇上最大的风暴，他也能凭着本能率领众人冲破一条生路！面向社会，他贫而不馁，穷而不卑，自尊自重丝毫不啻于一个教授或一个省长！当年，我看着老人那高大结实的身躯，看着他那不怒而威的面孔，觉得他就像非洲狮群里的一位老狮王！我自己的父亲生于民国八年，或许与“秋之父”同龄，虽然生活在城市里，也是挣扎在社会的最底层，对于这样的父亲我并不陌生。

我与周建秋最初相识，是在近 30 年前的一个冬天。凑巧的是，不久前海天出版社出版的我的 80 年代日记中记录下了这一天，是十二月十五日：“连日来偕鸿生、占春陪介人游黄河，驰马高岸；游洛阳龙门、关林、白马寺。路过巩县（现巩义市）回郭镇，鸿生挚友、该镇年轻书记周建秋君赏饭。秋性喜文学，风华正茂，遂结为新交。”日记中的王鸿生、耿占春如今都已经是享誉学界与文坛的教授、博导、文学评论家;“介人”是《上海文学》杂志的理论编辑周介人,可惜英年早逝,日记中还记述到这位南方文化人对北方冬天山野里的树木少见多怪的赞叹:真像是《清明上河图》中所画的一般!从那以后,建秋的生活道路千转百回,而我也由河南辗转海南、江南,联系始终未断,友情也历久弥新。

建秋是真的喜欢文学,写过小说、写过诗歌、写过剧本。他出身于底层,靠自己的打拼闯荡世界,生活阅历十分丰富。他还拥有天然的艺术感觉、表达能力,一件生活中的小事,到了他的口里,总能说得活灵活现、意趣盎然,引人入胜,发人深思,说他具有“话语天才”并不过分,这当然就为他的文学创作提供了先天的便利。读这部《家父》,其话语风格总是让我想起我最推崇的两位河南作家,一位是写小说的李凖,一位是写剧本的杨兰春。与建秋一样,他们也都生活在豫西一带的山乡。他们的小说《李双双》、剧本《朝阳沟》,都已经把河南话在文学创作中运用到美轮美奂、天衣无缝的地步。周建秋的《家父》,有意无意间在承继着中原文学创作的这一优良传统。

周建秋可能并没有读过“小说叙事学”之类的理论,他的《家父》也很难拿现代小说作法的尺度衡量。我读《家父》,感觉这部55万字长篇大著的成功,首先得之于作者丰富的社会阅历,如同他自己说过的,做过生产队的饲养员、民办教师,当过炉前工、化验工，做过官、经过商，还厕身书画界显现出骄人的业绩。除此之外，我以为这部小说的成功，就是得之于作者对于他所表现的对象的强烈的情感。这部小说是以周建秋自己的父亲为原型的，他对父亲的感情一是出于血缘上的父与子的关系；一是基于伦理上的民族文化传统；再就是“家贫出孝子”，艰难困苦的岁月里，父亲的舐犊之爱，儿子的报恩之心，铸就了周氏家族这种可贵而又牢固的亲情关系。尽管小说作法之类的书中可以为一部小说创作的成功列出千百条道理，我只相信一条，那就是作者必须对他创作的对象怀有饱满的、持久的感情，以及对于这种感情的发挥、宣泄、节制与掌控。在我看来，此乃所谓“情节”的真义。“情节”并不简单地等同于“故事”。

许多年前，我在谈论长篇小说的创作心理时曾经说过：“情节”中的“情”，是情感、情绪、情怀、情愫、情欲、情爱、情谊、情义、情味、情趣、情志、情致、情操、情思、情境、情调，或许还有弗洛伊德说的“情结”。这些于作者是一种胸襟怀抱、心灵人格；在作品是一种气度格调，神韵风范。对于文学创作，“情”是具有本体论意义的。有真情方能有至文，此话当是不虚。

至于“情节”中的“节”，应当是“节律”“节拍”“节奏”“节制”，也还含有“关节”“环节”“节骨眼”的意思。如果说“情”是文学创作的冲动力，而“节”更多地体现为创作过程中的约束力、控制力。“情”更多地具有“本体论”的色彩，“节”更多地富有“方法论”的意味。《家父》的成功，就在于暗合了文学创作心理的潜在律令：情的宣泄、节的掌控。

就如同小说中讲述的一样，由于突然的脑溢血，“秋之父”晚年不幸成了植物人，在床上一躺就是七年。其间，我曾经陪同建秋回巩县老家，在特设的病榻前，亲眼看到秋与“秋之父”的父子情深，亲眼看到父子执手、泪眼迷蒙的场景，令人久久神伤。如今老人已经去世多年，所谓“墓木已拱”。建秋的这部《家父》，却让走进另一个世界的魂灵起死复生，而且比之生前更鲜明、更生动地走进人们的视野。《家父》的出版不仅显示出一位“业余”小说家的创作实力，作为一个文学理论教师，我深感这也是文学之幸！

秋，是一个色彩缤纷的季节，一个万物成熟的季节，一个收获丰满的季节。酿造了秋天的是“秋之父”，是为这个丰收季节操劳一生的父亲。甲午年仲秋，月色澄澈，桂花弄影，我写下这篇短文，权作为奉献给“秋之父”的一片敬意，一个祝福。

2014年9月8日·独墅湖畔

一脉清流

——读向阳近作

诗，总是源于爱，哪怕写出来的是恨。

中国诗歌中有一股清流，那就是爱的绵延。这一脉清流，流淌在天地间，流淌在人心里，既被人性、万物浇灌，也滋润了人性的饱满与天地万物的葱茏。

两千年前，由无名氏写下的《古诗十九首》，秉承《诗经》"关关雎鸠，在河之洲"的余绪，就已经书写下这样的情爱之歌："迢迢牵牛星，皎皎河汉女""河汉清且浅，相去复几许！盈盈一水间，脉脉不得语""涉江采芙蓉，兰泽多芳草。采之欲遗谁？所思在远道"。这些汉诗，曾被诗评家誉为"文温以丽，意悲而远，人代冥灭，而清音独远"！

晚唐大诗人李商隐，更是一位写情爱的高手："沧海月明珠有泪，蓝田日暖玉生烟。此情可待成追忆，只是当时已惘然"；"萼绿华来无定所，杜兰香去未移时。玉郎会此通仙籍，忆向天阶问紫芝”。朦胧中密密的情愫，枉费了一代又一代文人骚客的阐释。

苏轼对他心爱的女人一往情深，虽阴阳相隔，仍念兹在兹、生死苦恋：“料得年年肠断处，明月夜，短松冈”，“高情已逐晓云空，不与梨花同梦”。做这样的男人的女人，值了！

南宋的李清照，以女性的灵性写爱情诗，将爱情诗的品位推上悠远深邃处：“云中谁寄锦书来，雁字回时，月满西楼”“花自飘零水自流，一种相思，两处闲愁”“莫道不销魂，帘卷西风，人比黄花瘦”“梧桐更兼细雨，到黄昏、点点滴滴。这次第，怎一个愁字了得！”

那位出身于叶赫那拉氏的满族青年纳兰性德，乘着漠北大草原的风霜入主中原，仍能以自然之眼观物，以自然之舌言情，遂成为大中华诗国的情种：“一往情深深几许？深山夕照深秋雨”“回廊一寸相思地，落月成孤倚。背灯和月就花阴，已是十年踪迹十年心”。

即使在喜马拉雅山的边陲雪域，那位身居高位的藏族喇嘛，受汉文化圈的熏陶，为独自身世、境遇的逼迫，竟也写下诸多刻骨锥心的情爱诗歌：“你见，或者不见我，我就在那里，不悲不喜。你念，或者不念我，情就在那里，不来不去”“不舍不弃，来我的怀里，或者，让我住进你的心里”“那一夜，听一宿梵唱，不为参悟，只为寻找你的一丝气息”“美人不是母胎生，应是桃花树长成……世间安得双全法，不负如来不负卿”。

现代诗人戴望舒的《雨巷》，可谓一个时代爱情诗的翘楚。爱，像细雨一般迷茫，像小巷一样悠长，满怀愁绪的诗人在雨巷中邂逅一位柔弱、姣好、洁净的姑娘，就像“梦中飘过的一枝丁香”。被压抑的欲望幻化为惆怅的爱怜，诗的雨巷也就成为一条精神升华的渠道。

中华文学史中千百年来流淌下来的这些诗句，说来不过风花雪月、卿卿我我，柔弱似水、轻盈如烟，如今读来仍能令人回肠荡气、感慨唏嘘！这是文学中的一道清流，诗歌中的清流，也是人类世代赓续的血脉！

昨天在开封祥符区朱仙镇绿杨垂柳的阡陌上、荇藻纵横的池沼边，与几位乡间野老谈起镇上的那座“老郎庙”，又称“明王宫”，谈起梨园行供奉的唐明王李隆基，那也是一位诗文戏曲的爱好者，一位帝王中少有的情种。由此，又说起民国年间一位河南豫剧坤角名伶，十七岁上遭遇爱情的创伤，此后竟终身不嫁，除了唱戏，不再多看其他异性一眼，连夜晚睡觉也总是栖身于两层罗帐之后，一层白色，一层黑色。身后留下的一曲“秦雪梅吊孝”：“你可见那春日柳梢燕飞过，你可见那冬阳檐下舞双鹊，你可见那绿水池边鸳鸯卧，你可见那青山崖前白鹭落，是飞鸟它还知不离伙伴，商郎啊，你怎忍心把妹妹一旦舍割!”这是中原民间草根阶层的咏叹调,无疑也是一首感天地、泣鬼神的爱情哀歌!

在现代社会高速发展的今天,天际线已被层层摩天大楼遮挡,大地已被钢筋混凝土焊接,森林变成胶合的板材,江河被大坝节节斩断,星星月亮也已经被人造的光源吞噬,雨雪中溶解进二氧化碳,春风里吹来的是汽车排放的二氧化硫,玫瑰花里散发着氨基甲酸酯农药的气息。自然界的风花雪月全都已经变质,人类精神领域的爱情之花失去生长的土壤,男女之间本来属于最自然的情爱关系,已经变得日益浑浊、凝滞起来。

一位大脑不是很健全、因此便也融不进现代社会的乡村女诗人,凭一句“穿过大半个中国、穿过枪林弹雨去睡你!”向这个失爱的时代发出愤怒的吼声,犹如当年手托炸药包的董存瑞,不惜以自己的血肉之躯去轰炸种种时代症结筑起的堡垒。这是诗与爱的同归于尽,固然壮烈,也惨不忍睹。诗歌在狙击一个时代的恶俗、腐败、僵化时,也让自己变得粗粝、狞厉。

五千年的中华诗情难道就此了断?

最近读到何向阳的一组新诗,一组写在当下的新诗,让我顿时感到深涧幽谷里毕竟还有一股清泉流淌,在雾霾笼罩、物欲四溢的都市里毕竟还有人守望着那片精神的蓝天。

杏花开了又落了，香气里藏有我的灵魂，
没有你的十年，血仍然奔流在褐色的树干！

暮春，一阵风吹过枝头，
最小一朵花的最轻微的战栗。
…………
屏住呼吸，
把花香交还给花，
把我交还给你。

灰暗是欢乐的背影，
一朵花不会挣扎地开放，
麦苗返青，
只是自性的一种证明。
遍野罂粟，
不过是人性本来的面目。

午后湖上的波光，
你树荫下的侧影，
翅膀上的风。
不像我对你的爱，

始终深藏，
虽然它的讯息，
也会偶尔闪现于万物之中。

以上诗行已经不是向阳诗里的原貌，而是经过我的感受、我的选摘。在这些诗句中，向阳虽然操持的是现代汉语的语汇，我们仍然不难从中看出古诗十九首的“温丽”、李商隐的含蓄、苏轼的执着、李清照的幽婉、纳兰性德的自然天成、仓央嘉措的脆弱与柔韧。

谁用古老的血液
彻夜打铁，
怎样的话语，
如一枚闪亮的铆钉，
驻扎进这夜的寂静。

寥寥数语，看似白话，却拼接出如此强劲的张力场。这种超越语言、营造诗歌意境的手段，原本是古代诗人们的不二法门。

在男人中我是女人，

在女人中，

我是诗人；

或者倒过来：

在男人中我是诗人，

在诗人中，

我是女人。

向阳在这里纠结的，似乎是她的“女性”诗人的身份。由于男尊女卑的社会体制，中国传统的爱情诗多半出自男性诗人之手，然而男诗人写情诗无论如何也离不开女人。与社会现实不同，爱情诗中男人、女人尽管确实浑然难分，占据主导地位的，我总觉得还是女人。在爱情诗中，女人是神；从生态学的意义上讲，女性总是与自然、大地、生命、万物贴得更近。女人的爱，更纯粹、更洁净、更执着、更柔韧。《红楼梦》的作者曹雪芹（他爷爷曹寅是纳兰性德的同窗好友，论辈分该是纳兰的侄孙）有一句名言：女儿是水做的，男人是泥做的，也是如此崇尚女人。结了婚的女人沾染上男人变成浑水；而男人这把泥土往往因为受到水的滋润才变得更有人情、更有灵性。女人天生是更适合于诗歌的，你看，中国自“五四”以来，由于女人取得了与男人相对平等的社会地位，“女诗人”遂在诗界占据了半边天，半边清格凌凌、烟波浩渺的水天。

何向阳便是这半边水天里的一脉清泉，她最近写下的这组诗歌，多少可以作为凭证。

2018 年 8 月 16 日・紫荆山南

批评的平台

——读泓峻的《文学修辞批评》

关于文学修辞，前不久我曾经多次反思过早年的一些想法：1990年，我的《超越语言》一书刚刚出版，在一次会议上，一位资深的语言学家、年长于我的先生说，这是一本讲修辞的书。这位先生的话，明显是带着肯定口气的，但我听了以后，却不以为然。为什么？因为在我的印象里，“修辞”只是一种说话、写作的技术、技巧，“信言不美，美言不信”，说话、写作过于讲究文辞的修饰，总给人一种“咬文嚼字”“巧言令色”的嫌疑。

其中当然有我的偏见，以及我对修辞学认识的不足。

偏见，来自我对20世纪50年代以来文坛上各种清规戒律、法定程序、通用格式的不满，因此便迁怒于文学创作中一切有关规律、程序、规格、技巧的东西；至于对修辞学的认识不足，也绝非故作谦辞，因为那时我知道的修辞学不过是大学课堂上背诵过的几个“修辞格”。鉴于上述“偏见”和“无知”，我在《超越语言》一书中，开篇便对形式主义、结构主义的文学批评观念大加挞伐，对文学言语活动中的规矩、规则、结构、程序、方法、技巧表现出强烈的不信任，乃至轻易的嘲讽。

十五年过去，80 年代的拨乱反正已经成为历史，当代的修辞学研究取得了许多方面的重大突破，以语言学为指导的文本批评更是取得了显著的成效。这些学术研究的新气象，于是便自然而然地成为泓峻《文学修辞批评》一书写作的时代背景。

20 世纪 90 年代初，泓峻曾随我攻读文艺学硕士学位研究生，记得当时开设了“文学言语学”课程，主要还是讲我的《超越语言》一书中的内容。现在看来，泓峻并没有受到我的那部书中片面性的影响，反而在被我无意忽略或简单摈弃的地方开始了他的研究工作，最终写出了《文学修辞批评》这本书。对此，我甚感欣慰，他在这本书中所下的功夫，在某种意义上弥补了文学言语学学科建设上的欠缺。

书中，泓峻首先对“修辞批评”进行了细致、周到的界定。在他看来，修辞批评是一种牢固地建立在修辞意识之上的批评，是一种严格地从文本出发开展的批评，是以对文本修辞技巧的解读为重点的批评。文学修辞批评作为一种批评方法，建立在对文学作品进行语言分析与篇章结构分析的基础上，它强调对文学作品的解读与阐释，必须面对文本。它把文学作品的社会学的、意识形态的、思想文化的内容以及文学作品所表现出的美学意蕴、美学风格，首先看成文本产生的语言效果，并以此为出发点、突破口，借助语言分析、篇章结构解析，揭示文学作品意义产生的内在机制。依我理解，泓峻的意思不外乎是：一部文学作品，它的内容无论多么恢宏、精微，多么警策、奇妙，多么动天地、泣鬼神，多么垂训百世、流芳万代，它毕竟是要用文字、语言的操作、表达固定下来的，即采用一定的“修辞”手段加以实现的。

泓峻的这一出发点是颠扑不破的，因此，他的修辞批评的立足点也是坚实牢固的。

修辞批评的这一立足点并不显得多么地高蹈、宏阔，正如泓峻自己声称的：“文学修辞批评是一种近距离的、小视角的批评方法，但并不因此没有存在的必要。”在我看来，这种“近距离的”“小视角的”文学批评不但是必要的，它甚至还应当成为其他一切文学批评得以开展的基础，以现下流行的行话讲，“修辞批评”将为文学批评搭建起一个“批评的平台”。当前文学批评界面临的一个危机是，文学性在众声喧哗的文学批评中日渐流失，在众多文学批评的光顾下，“文学”反而被“批评”架空，若是悉心推究，对于文学语言、文学修辞这一基础层面的忽视，该是一个重要原因。《文学修辞学》在此时问世，对于纠正这一时代性的偏颇，无疑是一个贡献。文字与语言的层面，是上演形形色色文学批评的一个最为根本的平台，有这样一个平台与没有这个平台是绝不相同的，有了这样一个“平台”，其他批评，诸如社会批评、文化批评、审美批评等等种类繁多的批评才能够脚踏实地地开展起来。

《文学修辞批评》的另一突出的特色，是对中国古代文论遗产的重视。中国当代文学批评界盛行的“语言学批评”，多是舶来品，批评者言必称拉康、巴赫金、托多洛夫。而在我看来，汉语言、汉文字与西方国家普遍运用的语言文字无论在表达形态上或文化底蕴上都有很大的不同，在艺术创造领域其差异更是显著。简单地把西方语言学批评的理论套用到汉语言、汉文字的文学批评中来，不但经常地造成语汇生僻、理路艰涩，而且往往不免隔山取火、隔靴搔痒之憾。相对说来，中国古代长期积累下的浩如烟海的诗话、词话批评及评点式文学批评中潜藏的许多话语批评、文本批评、修辞批评的精华，却没有受到应有的关注。泓峻在他的这部书中，花费了很大的精力，占用了充足的篇幅对“汉语语境中的文学修辞批评”进行了深入的论证，并以金圣叹的批评实践为例，展现了汉语言修辞批评的特有路径与独特魅力。由此观之，《文学修辞批评》搭建的这座批评的“平台”，又是一座富含中华民族风致的“平台”，表现了作者坚定的民族文化自信心。

泓峻并不讳言,他搭建的这座批评的平台,应该是一座客观的、理性的、规范的平台,似乎只有这样才符合严格的学术规范。我对于他的这番努力,是一喜一忧。喜的是在这个一派轻狂浮躁的治学氛围中,泓峻仍然能够操持一种严谨的治学态度;忧的是他也许仍然低估了文学艺术作为精神创造的复杂性、奇妙性。

而在我看来,自从量子物理学问世以来,学术的严谨性已经不再等同于学术的客观性,在人文学科的探讨中尤其是这样;其次,学术的生命也并不拘囿于学术的规范性,而是孕育、生长于规范与反规范的持久冲突之中。仅仅希望依靠“程序”与“规范”建造一个文学批评的平台,恐怕将只是一个过于坚硬与方正的平台,对于文学艺术批评赖以生存的天地来说,它可能会显得欠缺了一些温度与弹性。

泓峻在他的书中深为信服俄国形式主义批评家日尔蒙斯基关于“艺术加工程序”的一段论述:

程序包括了使作品产生艺术性的一切艺术安排和构成形式,这包括对语音、形象、情感、思想等材料的选择、加工与合理安排;对节奏、语调、音步、韵律、排偶的精心组织,以及词的选择与组合,用词手法、叙述技巧、结构配置和布局方式等等,总之一句话,凡是使材料变形为艺术品的一切方面,都可称之为程序。

这里，我想为泓峻提供另外一段关于文学话语奥秘的话：

也许一篇小说应该是这样的：句子和段落构成了多层多角的空间。在支架上和空白间潜隐着作者的感受和认识、勇敢和回避、呐喊和难言，旗帜般的象征，心血斑斑的披沥。它精致、宏大、机警的安排和失控的倾诉堆于一纸，在深刻和真情的支柱下跳动着一个活着的灵魂。

这是我国作家张承志谈到自己的创作体验时写下的一段话，与批评家日尔蒙斯基关于文学言语生成的阐释不尽相同。这种不同，并不仅仅是表述风格的不同，也多少透递出文学批评观念的不同。在那位俄国理论家看来，文学的话语构成主要是一个选择、组织、配置、布局的理智清明的活动过程；在这位中国的作家看来，文学语言的展现，更接近于生命的有机活动过程，一个和生命活动同样复杂、混沌、奇妙、幻化的过程。作家与理论家讲的都有道理，说到底，还是中国古代文论中一个纠缠不清的话题：言与意的关系——其中包含了现象与存在的关系、结构与心灵的关系、方法与目的的关系、工具理性与绝对价值的关系，甚至现代哲学可能关注的一切问题。语言的修辞，包括文学语言的修辞，其实又是一个广阔无垠的、绵延不绝的精神空间。

面对这些繁难的问题，泓峻已经努力做出自己的解答，搭建起一个文学批评的基础平台，这个平台久已被人们忽略，因此就显得更为重要。我只是期望，这一平台仍然应当是一个开放型的、拓展性的平台，并且成为人类整体知识与生命系统活动的一个有机组成部分。而要做到这一步，就需要我们共同坚持不懈地探讨下去。

2004 年 7 月 18 日

朝阳沟:一帘乡土春梦

第一次看《朝阳沟》,已经记不清是在舞台上还是银幕上。也不知是跟着广播站的"小喇叭",还是出版社印行的唱本,竟也学会了其中的不少唱段:"银环上山""银环下山""前腿弓后腿蹬""亲家母咱都坐下""我要在农村干他一百年"等。

20 世纪 60 年代初在开封师院上学时,《朝阳沟》已经在校园里大普及,其中的剧情对我很有些不利。原因是剧中的"银环妈"是一个既庸俗、又势利的反面人物"小市民"。那时严格讲阶级出身,我们班上绝大多数同学来自农村,出身于贫下中农,只有我一个属于开封市的"市民"。于是,一位自称"老贫农"的同学就常常以轻蔑的口气喊我"小市民儿",这就使我一下子想到撒泼打滚的"银环妈",顿时便觉得矮了半截!

但这并没有影响我对豫剧《朝阳沟》的喜爱。1965 年下到通许县四所楼公社参加"四清运动",住在一个叫"砖寨"的村子里。虽说是“工作队员”，也不过刚刚20岁，很容易与村里的年轻人打成一片，晚间牲口院里聚会，昏黄的灯光里弥漫着麦秸干草的气息、牛马粪便的气息。不知由谁提议：“老鲁哥教我们唱《朝阳沟》吧！”得到一片声的响应。唱歌绝非我的长项，记得上初中时总是被音乐老师为难，别人都下课了，我还要唱最后一遍，老师看我人还老实，就法外开恩给了60分。但此时是干革命，再不行也推辞不得，于是就放开嗓子带领大家吼起来：“咱两个在学校……”一曲唱完，掌声四起。一个叫孬蛋的小伙说：“老鲁哥的大本嗓真不错，和王善朴有一比！”

从那次社教运动结束后，我再也没有当众唱过《朝阳沟》。

许多年后，我已经到海南大学教书，大作家张承志到海口开会，我们坐在一起。说起他的《黑骏马》，我说草原已经大变样，今非昔比了。张承志说哪里还有马？驴也没有了！承志是能画画的，说着又在稿纸上给我白描了一匹马，还写上“送给枢元大哥”。会后我和张平请承志吃饭，吃什么呢，承志说“羊肉泡馍”。就在这家小馆子里，说起河南，承志得意地说，他会唱全本《朝阳沟》。这使我和张平大吃一惊！这位在中国文坛历来以坚忍、刚毅甚至严苛、狞厉著称的作家，这位精通英语、日语、西班牙语、阿拉伯语，对蒙古语、满语、哈萨克语亦有所了解的学者型作家，怎么能和悠扬婉转、泥土味十足的豫剧《朝阳沟》搭上界呢？承志说，当年他曾在豫西一带参与中国历史博物馆的考古活动，经常转悠在邙山洛水间，豫剧就是那时学会的。我想，必定因为喜欢才肯学。这至少说明，张承志喜欢《朝阳沟》，或曾经喜欢过《朝阳沟》。

喜欢它什么呢？

就剧情而言，戏曲不像电影，故事情节往往线条分明并不复杂，《朝阳沟》尤其如此：城市高中学生银环响应政府号召，跟随恋爱对象、同班同学拴保到其家乡朝阳沟参加农业劳动遇到重重阻力，她开始时对乡村生活充满好奇与理想，后来又产生动摇，经过一段思想反复，终于决心扎根农村当一辈子农民。这样的主题，显然是迎合了当时的政治形势，但从当时和以后时代的进展看，这台戏与现实生活的实际状况却存有很大的距离。1958年“大跃进”“大炼钢铁”“小麦放卫星”，左路线已经达到荒唐无稽的地步，“祖国的大建设一日千里”也是浮夸；随后便是三年的大饥荒，中国农村蒙受大面积苦难，成千上万的农民死于饥饿；接着是“文革”十年浩劫，“知识青年上山下乡”作为“文革”的一个重要组成部分，最终也以失败告终。被动员下乡的城市青年多达2000万，最后真正自愿留在农村“干革命”的百不挑一。《朝阳沟》诞生20年后的1978年，党中央下发红头文件组织下乡知青重返城市。邓小平对这场运动总结说：“国家花了三百个亿，买了三个不满意。知青不满意，家长不满意，农民也不满意。”60年已经过去，如果承认实践是检验真理的唯一标准，那么当年的上山下乡运动无疑是失败的。时代的真相是农村青年背井离乡涌向城市打工，千百万“拴保”，如今被捆绑在“血汗工厂”的生产流水线上；城市高中生里的“银环”们都在憧憬走进名牌大学的殿堂，甚至出国留学，没有哪个愿意下嫁给农村的“拴保”。

然而，就是这样一台粉饰现实生活的《朝阳沟》，却仍然一致得到民间与官方的偏爱，以及知识分子们的偏爱，而且是发自内心的偏爱。

于是，《朝阳沟》60年的长盛不衰成了一个现代戏曲史上的公案。

常见的解释是《朝阳沟》拥有的戏曲表演艺术上的审美质地超越了它所负荷的政治思想内涵。譬如它那性格各异的人物搭配、跌宕起伏的叙事结构；譬如它那质朴、风趣、贴切、娴熟的戏曲语言；譬如它那悠扬婉转、淋漓酣畅的优美唱段；还有，当年那一群出类拔萃、匠心独运的青年演员。种种戏曲艺术元素的有机结合，使《朝阳沟》在艺术天地中达成“自身的圆满”，就像中国现代话剧《雷雨》《茶馆》那样，拥有了“自洽”的生命力，这就叫作“经典”！

我也坚信这是对《朝阳沟》经久不败、历久弥新的艺术魅力的最佳阐释。尤其给力的是杨兰春的戏曲语言和王基笑（以及姜宏轩等人）的唱腔设计。

我在80年代踏入文坛，同时还和政坛蹭了个边，在郑州市政协做了个兼职副主席，主管文史方面的一些工作，与豫剧表演艺术家王希玲女士同僚，因此和戏曲界有了些交往。也正是这个时候我认识了编剧杨兰春、作曲王基笑二位老师，他们都是我仰望已久的偶像。

《朝阳沟》的诞生，与他们二位有着至亲的血缘关系。杨老师熟悉底层社会生活，就像熟悉自己的家人、邻里，那是融入血脉之中的。他写《朝阳沟》的剧本只用了七天时间，其中的情节、细节、妙语连珠的唱词似乎就是顺手拈来、不费功夫，而且总能出神入化。

王基笑老师温文儒雅、仪表非凡，我初见他时，想着不知他是哪所音乐学院的教授。后来才知道他是东北人，解放战争中参军入伍做文工团员，演唱、演奏、作曲、指挥的十八般武艺全是自学的。至今我还纳闷，一个东北人，怎么就将河南豫剧的音乐悟得如此透彻？豫剧音乐对于这个东北汉子好似“鬼魂附体”，那些调门、旋律、声腔、韵味就如同从他身体内自然流淌出来一般！

《朝阳沟》的成功，显然得之于这两位艺术家独特的涵养与造诣，以及他们之间天衣无缝的合作。

然而，《朝阳沟》在中国现代戏曲史上成为一枝奇葩，仍不止于此。

记得1958年与《朝阳沟》同时上演的，还有豫剧《人造卫星闹天宫》，庆贺“苏联老大哥卫星上天”，类乎当前的“穿越剧”，也是配合时事政治的作品，刚上演时也曾热闹一阵子，如今恐怕连圈内人士也记不得它了。

我猜想，《朝阳沟》的深层奥秘也许在于它对“乡村”“乡土”的真诚的讴歌。在中国人的集体无意识中，“乡村记忆”要比“城市印象”古老得多、也美好得多。尽管近代社会以来，乡村在沉沦、在衰败、在式微、在“空心化”，就像鲁迅小说中描写的那样。但同时也还是在鲁迅小说中，如《故乡》《社戏》中描绘的，乡村依然具有动人心魄的魔力。其中既有美好的自然风光，也有质朴的民风民俗。或者，这就叫作中国人的“田园憧憬”“乡土情结”。反思我自己，我生在城市、长在城市，但从小就对乡村、田野生活充满向往，暑假回到姥娘家所在的村庄，和一群乡下孩子“窝进”双洎河（古洧水）畔的瓜庵里，吃着偷摘来的甜瓜，听着瓜田里的蝈蝈叫声，那情景就像《故乡》中的“迅哥儿”回到安桥头外婆家那个“极偏僻的，临河的小村庄”，“两岸的豆麦和河底的水草所发散出来的清香，夹杂在水气中扑面地吹来，月色便朦胧在这水汽里”。农村生活虽然艰苦，在我或者“迅哥儿”的童心里却是“乐土”。现在的城市里的“白领”“银领”“金领”们一身摩登，却还要花钱到乡下寻购“农家乐”！那同样是出自人们内心深处的“乡土情结”。《朝阳沟》的戏文里，通过二大娘之口曾经道出这一心结："那城里的学生来到山里，捡个石头蛋也装兜里，见个黄蒿叶也夹书本里！"二大娘不知道，那其实也是生命与土地天然的亲近。人类的生命之根毕竟是深扎在贴近自然的乡土之中的，而不是扎在城市的柏油马路上。

《朝阳沟》中"银环上山"那段脍炙人口的唱词，虽说是银环这个城市女学生对于山乡风光的观感，实则也是一般人心目中的"田园憧憬""乡土情结"：

走一道岭来翻一架山
山沟里空气好实在新鲜
这架山好像狮子滚绣球
那道岭丹凤朝阳两翅扇
清凌凌一股水春夏不断
往上看通到跌水岩
好像是珍珠倒卷帘
满坡的野花一片又一片
梯田层层把山腰缠
小野兔东蹦西跑穿山跳岩
这又是什么鸟点头叫唤
东山头牛羊哞咩乱叫

小牧童喊一声打了个响鞭

桃树梨树苹果树左右成行

花红梨果像蒜瓣把树枝压弯

油菜花随风摆蝴蝶飞舞

庄稼苗绿油油好像绒毡

朝阳沟好地方名不虚传

在这里一辈子我也住不烦

这段唱词中既有陶渊明、杜牧的“田园诗”，又有荆浩、关仝的山水画，只不过是用“兰春体”的现代河南话唱出来而已。唱词底里，是潜隐在人们心灵极深处的集体无意识，是中国百姓魂牵梦绕的“田园憧憬”与“乡土情结”。也正是在这层意义上，《朝阳沟》贬抑城市、褒扬乡村、嘲弄城市人、讴歌乡下人的主旨才具备了“自洽性”。也正是在这样的意义上，“上山下乡运动”这一中国千百万知识青年的“噩梦”才幻化为银环、拴保这对年轻人浪漫的“春梦”，一场寄托乡土情结与田园憧憬的春梦。

如果杨兰春老师在天有灵，也许不会同意我的上述判断。但这也不打紧，我坚信杨老师在创作此剧时想得更多的是如何配合当时的政治宣传，但那只是他创作心理中的表层意识；可贵的是他浑然不觉、情不自禁地写出了他对于田园的向往、对于农民的热爱、对于乡土的钟情，那是他创作心理中的深层潜意识，或曰“无意识”。按照心理学大师荣格的说法，“无意识”创作出来的文学艺术才是最可贵的！

上文引证的这段唱词，一度曾被修改得面目全非。改编者完全套用政治宣传口号以及样板戏里现成的句子：“劳动人民用双手把山河打扮，多少汗水浇在里边”；“旧社会咱山区十年九旱，吃水更比吃油难”；“解放前寸寸土地主霸占，解放后党领导才有今天”；“那架山为什么削掉一半，修水渠用石料叫它把家搬”；“牛满坡羊满山像彩色照片，在学校怎见这壮丽画面”。除了“阶级斗争”就是“生产斗争”，“乡土”被“砍削”，“珍珠瀑布”变成“人工大渠”，“田园美景”变成“彩色照片”。末尾还又加上一句“王银环我成了公社社员”，而“人民公社”不久便也寿终正寝。这样的改动蛮横地阉割了原剧中“田园憧憬”“乡土情结”的内涵，使这台经典戏剧变成了一躯空壳，这时的《朝阳沟》其实已经死去。所幸河南省豫剧三团在 2001 年复排时将剧本恢复原貌，这才终于挽救了《朝阳沟》的艺术生命，使经典得以赓续下来。

中国近现代的现实政治经济，可以说得之于农，也失之于农。农村、农民、农业“三农”问题是国家治理中的重中之重。

当前，“三农”问题已经获得前所未有的高度重视。今年的中共中央一号文件强调：中国要强，农业必须强；中国要富，农民必须富；中国要美，农村必须美；农村工作是现代中国立国的根本、强盛的关键！文件同时强调“农业”也是一种“文化”，也是一个有机的“生态系统”，要把农业问题放在生态体系中衡量；要尊重农民的主体意愿；要切实保护优秀的农耕文化遗产，用优秀的农耕文化凝聚人心，教化群众，淳化民风。在我看来，这“田园憧憬”“乡土情结”以及在此基础上酿成的“乡恋”“乡愁”，不但是“优秀的农耕文化遗产”，而且是中华民族“优秀的精神文化遗产”，只是很长时间以来没有人去重视它、研讨它、表现它而已。

文件中也还写道：要鼓励城市中的青年学生、科技人员上山下乡，支援新农村的发展建设。这并不只是我们中国的政策取向，日前我在美国有缘见到著名生态思想家、绿色GDP创建者、有机农业倡导者、93岁的小约翰·柯布先生（John B.Cobb Jr），多年来他就一直建议中国政府：不要让农民离开土地，中国的社会、经济、政治、教育、生活结构要营造一种环境，让年轻人自愿选择务农。希望中国政府在乡村和大学之间建立密切的工作关系，鼓励成千上万青年学子组成团队，去村庄与村民同住，去倾听农民关于如何改善自己生活的想法。柯布先生的忠告与中央一号文件的指示，都再度彰显了“知识分子重返乡村”的理念。但这并非此前“知青上山下乡接受再教育”政策的继续，新的理念是建立在一种“后现代生态农业观”的前提之下的。2018年5月18日，全国生态环境保护大会在北京召开，习近平等中共中央政治局常委基本全部到会。柯布先生在家中接受新华社记者采访时，说起他自己这个“文化人”在中国深入乡村考察的感受：农业和乡村是生态文明建设的基础，自己在丽水莲都的生态村落里、在贵州黔东南州苗寨的有机田边与中国农民们的交流，对他们搞生态文明建设的热情和决心深表敬佩，中国正在生态文明建设的道路上真心实意地做事情。

值此纪念《朝阳沟》诞生60周年之际，这里我想提醒我们河南戏曲界的朋友，不必把上述言论作为《朝阳沟》升级版的口实，因为与60年前相比，当下文化人上山下乡的场景、路径、主体、使命全都已经转换。你可以再写一部“上山颂”或“下乡赞”，就别再折腾《朝阳沟》了。

记得当年现代豫剧《红果红了》首演时，王老师对我说：枢元，这次可能已经超过《朝阳沟》了！他指的是他的作曲。我看过戏后对王老师说：很抱歉，我看仍然没有。现在看来我的回答也有问题，作曲不单是作曲，它还是《朝阳沟》这个艺术生命的有机组成部分，是不能将其割裂开加以比较的。

从根本上来说，谁也不必再和经典较劲，就让经典定格在经典宝座上吧！

2018年6月·紫荆山南

浅议豫剧新编大型历史剧《玄奘》

艺术创造，是人类与生俱来的生命冲动。人类在还不会说话的时候，就已经会唱歌；在还不很会两条腿走路时，就已经会跳舞；在还没有文字的时候，就已经会画画。或许，从人类会做梦的时候开始，人类就已经在编戏、演戏！纵观人类上万年的文明史，艺术创造活动一天也不曾间断过。在现代社会，艺术与人的基本生存活动似乎已经拉开距离，但艺术作为人类生命的原动力并未消失，艺术的“造山”运动也从未停止。

不久前，我观看了河南文化界一群兢兢业业、矢志不移的戏曲人合力打造的一台大型历史剧《玄奘》，我被震撼了，在我眼前呈现的分明是一座戏曲美学的高地，通过这台戏，河南豫剧的审美品性被全方位地提升到一个新的高度。

在我看到的关于这台戏的一些评论中，异口同声地赞叹：一是“好”，一是“难”。

首先就是剧本难写。一般而论，写“才子佳人”容易讨巧，写“帝王将相”容易讨好，像玄奘这样一位宗教家、哲学家、翻译家如何入戏，实在是一个大大的难题。以小说《西游记》为题材的戏不少，“高老庄”“盘丝洞”“蟠桃会”“闹天宫”“真假猴王”“三打白骨精”，但没有一个是以唐僧为主角的。况且，吴承恩的《西游记》与玄奘自己写的《大唐西域记》，与当代历史学家朱偰撰写的《玄奘西游记》又有着本质的不同。《西游记》的读者千千万，读过《大唐西域记》的人或许不到其万分之一，要想推出一个接近历史真实的唐三藏该有多难！霍建起执导的电影《大唐三藏》倒是尝试了一下，知名导演、明星阵营、高科技、大制作，上演后效果也平平，与其投入大不相称。如今要将这一题材搬上戏曲舞台，而且是河南豫剧的舞台，简直有些异想天开了。

然而，河南戏曲界的名宿孟华先生还是一往情深地做出了选择。在他成功地塑造了中国首席哲学家老子的舞台形象之后，便又开始移师《玄奘》。

“难行能行”，是佛家的偈语。于难行处另辟路径，另开天地，方显出践行者的心力与功力。孟华先生的剧本《玄奘》，显然是以朱偰教授的学术著作《玄奘西游记》(1957 年初版)为底本的。有趣的是，此书中华书局 2007 年版的彩图中就选登了四幅玄奘的绘像：中国的玄奘、日本的玄奘、朝鲜的玄奘、欧洲的玄奘。从形到神，差异甚大。看来，同一个玄奘，也是可以有许多不同的艺术表现。孟华先生笔下的玄奘，当然更接近那幅中国人画的玄奘。然而这还不足，作为艺术的创造，孟华笔下终归还是要塑造出他自己的玄奘，一位在河南地方戏曲舞台立得住的玄奘大师！

从剧本上演后的反应看，孟华先生这一努力最终是实现了。

剧本乃一剧之本，其重要性首先是建立在对于全剧整体结构的把握之中的。对此，清代的李渔曾喻之为生命之受孕、结胎、赋形；喻之为工师选址、筑舍、建宅，若命题不佳、结构未善，即使惨淡经营、用心良苦，终不能“被管弦、副优孟”。

《玄奘》一剧，截取玄奘一生中最艰难、最辉煌的一段岁月，从赴西天取经，到在印度习法、弘法，正是玄奘“艰难困苦、玉汝于成”的历程。甘蔗难为两头甜，而孟华恰恰就截取中间最饱满、最甘饴、最关键的一段。这段岁月大故迭起、坎坷艰辛、奇缘交汇、功业昭著，充满戏剧冲突，为剧作者提供了足以选择的素材。东土与西域两位如花似玉、独具性灵的公主，首尾相呼相应，不但为一台“男人戏”增添了诸多华丽的彩段，而且使得全剧既整体通透，又严实合缝，剧作家的大手笔由此可见一斑。

剧本当然有虚构，然而主干则又以史实为依托。至于写什么、不写什么，因人而异，不必苛求。玄奘大师就是一座巍然高山，蕴藏无限。再有能耐的剧作家也只能“弱水三千，我取一瓢饮”。

《玄奘》一剧公认的“难”，还表现在音乐唱腔设计上。这是一台“男人戏”，剧中男生的唱腔占百分之八十。众所周知，男生唱腔始终是河南豫剧中的一个大难题，以往尽管有诸多著名生角演员的各自突破，但仍然没有形成一个规律性的通则。如今这道难题又放在为《玄奘》作曲的耿玉卿先生面前。

耿玉卿先生是一位天赋充盈而又富于探索精神的戏曲音乐家，人称“耿大师”。近三十多年来，河南豫剧音乐、声腔的改革，许多时候都是他在“兴风作浪”，誉满街衢，而质疑之声也不绝于耳。有识者曾为耿先生的音乐创作总括为两个字，一曰“浪”，一曰“奇”，我想这多半还是见之于旦角，并不全合适生角，尤其难加之于佛门圣僧玄奘大和尚。

大师毕竟是大师，从多年的创作历练中耿玉卿悟出解决男生唱腔并没有一个通行的规则，而因人设腔，因材施教，扬长避短，虽然要下大气力，却是一个屡试不爽的办法。实际上，却又是一个没有定法的办法，无法之法为乎上法。在《玄奘》一剧中他找到玄奘的饰演者孟祥礼多次促膝长谈，当面听他演唱，事后再听录音，尽量摸透他音质音色、行腔归韵的个性特色，然后结合佛教音乐的风格，为孟祥礼“私人订制”一套唱腔。对于戏中的其他男演员的唱腔，如戒贤的饰演者李多伟、高昌王的饰演者吕军帅的唱腔，也是如此打造的。这让我联想起旧时代那些享有盛誉的戏曲表演艺术家，他们为何能成为大师，为何受到一代一代人的推崇，就是因为他们是在各自的天分、禀赋、经历、习性之中孕育出自己独树一帜的唱腔的，这其实也是“因人设腔”，是建立在尊重艺术个性的基础上的。耿玉卿较之前人更深入一层的是，他不再受传统声腔套路的局限，作为一位现代戏曲作曲家，他可以将演员的声音特质与角色内涵充分结合起来，既有套路，又不为套路所拘，不但增强了豫剧的歌唱性，也大大拓宽了豫剧音乐的审美空间。

看新编大型历史剧《玄奘》，我深深被戏曲演员的敬业精神所感动，他们对艺术的付出几乎是超负荷的。在这场大戏中，著名演员孟祥礼一人的戏份恐不少于六成，与影视界相比，戏曲演员的付出与所得，全不成比例。我由衷地认为，当代的戏曲艺术家们应当得到社会更多的尊重！

《玄奘》一剧演出的成功，以及在台湾宗教界、在上海戏曲理论界获得如潮好评，无疑与孟祥礼先生的精彩表演密不可分。

孟祥礼先天生就一副歌唱家的好嗓子。早年，我曾看过他演出的《朝阳沟》《香魂女》，很是叹服他那上下通透，婉转自如的歌唱。但也同时感到或许正是由于先天条件太好，又值年轻气盛，似乎体验角色内涵用功不够，飞扬过之，把控不足，有时将戏演过了，这让我多少有些惋惜。

相隔多年，这次看孟祥礼饰演的玄奘，顿时让我产生“别见洞天”的感觉。舞台上的孟祥礼器宇轩昂、仪表庄严、言谈聪慧、抑扬有节，真格一位高僧大德的形象。从扮相上说，孟祥礼的玄奘不弱于众人称道的电视剧《西游记》中的唐僧；从气质上说，也已经超出黄晓明饰演的大唐玄奘。豫剧舞台上的这位唐三藏由内到外透递出佛心、佛性，可以感受到那是一种深层的含蓄和内敛，按照斯坦尼的表演理论，这是需要演员对角色悉心地体会与感悟的。

我虽不是宗教徒，却有些神秘主义的倾向。我甚至有些怀疑，孟祥礼的演出如此到位，或许已经在冥冥中受到玄奘在天之灵的诸多加持，不然他如何做到如此这般出神入化呢？

通过这部戏，我相信孟祥礼的艺术表演生涯已经进入一个更高、更新的阶段。

除了孟祥礼饰演的唐僧外，其他演员的表现也都可圈可点。且不论杜永真、朱旭光饰演的性情各异的二位公主以娴熟的演技为舞台增添许多靓丽。即使开场中匆匆一现的那位饰演公主府小黄门的演员，也演得神情贯注、一丝不苟、绘声绘色、活灵活现！

在现代戏曲观众里，我该算是一个保守主义者，我不赞成在戏曲舞台上大搞高科技，过度凭借“声光电”扮靓舞台，那是导演与演员自信心不足，“肉不够，汤来凑”。《玄奘》一剧的舞台设计，借助绘画中大泼墨、于大写意的手法，巧妙运用灯光的游弋变幻，于简洁中显恢宏，于单纯中显富丽，收到强烈的视觉效果。略显遗憾的是，这一手法的运用未能贯穿全剧，第四场、第六场那烂陀寺经堂的场景设计有些单调呆板，缺少变幻，缺少空间的深度，且视角偏低，显不出这座著名伽蓝宝刹应有的气度与氛围。

值得称道的是，这部戏的化妆与服装设计也完全跳出以往河南豫剧脸谱、行头的模式化，切合剧情发生的时代、地域特点以及人物身份精心设计制作。主要人物玄奘的服装，吸收了南方昆曲的诸多元素，质地、款式、色彩、搭配都经过缜密处理，既庄重又飘逸，既单纯洁净又丰蕴细腻，大有“曹衣出水、吴带当风”的韵律。随着演员的载歌载舞，这一套套服装已不再是外在的物件，同时也成了角色生命体的有机组成部分，拥有了生机与活力。

我还特别留意到了高昌王的那双靴子，与我前年在新疆博物馆里看到的从高昌古城出土的唐代文物别无二致，感觉是同一款式，同一颜色，同一质地。当时我就感慨，幕后的那些负责服装道具的舞美艺术家们不知付出几许精力！

现在该谈到新编大型历史剧《玄奘》的导演了。

我在大学是讲授文艺理论的，也会涉及戏剧，知道戏剧是一门综合艺术，涉及文学、诗歌、音乐、美术、舞蹈不同的艺术门类，而导演就是要围绕一个主题将这不同门类的艺术融汇成一个有机整体，展现在舞台上。一般情况下，导演并不亲自登台演出，但是舞台上的人物、场景、道白、唱词、服装、道具、音乐、灯光，情节的推演，空间的转换，无不渗透着导演的意图与心迹。如果把排戏看作一场战役，导演就是统帅。我喜欢看戏，其实对戏曲并无研究，讲课讲到戏剧时，怕麻烦，往往把这门“综合性艺术”给隔了过去。

李利宏导演在当前中国戏剧界享有盛誉。业界人士将他视为“河南戏剧界创作水平的代表性人物”，对他的导演艺术的专门研究也已经很多。我自忖没有能力对他的导演艺术做出评价。不过，当我在剧场第一次看《玄奘》，散场后忍不住就给戏剧圈朋友的短信里写了这么一段话：“导演高效整合中外戏剧艺术或古老或时新的诸多元素，通过这一台戏，将河南豫剧的审美品性全方位地提升到一个新的高度。”这就是说，《玄奘》当之无愧地成为当前戏曲审美的一座突兀的高地。我所强调的"高效整合"与"全方位提升",内心就已经是在向该剧的导演致敬!

导演虽然是这台戏的统帅,其实并不自由,既受到诸多因素的支持,又必然受到诸多因素的限制,题材的限制,剧本的限制,剧种的限制,演员的限制,舞台条件的限制。毋庸讳言,排演这样一部大戏,没有上级领导部门的支持是绝对不行的,但同时也就要受到行政领导部门有形无形的许多限制。有人讲,导戏就像双手捧水银,一不留神,甚至会全盘尽失。

据说,这个戏原本是上级主管部门的"命题作文",要求配合宣传河南历史文化名人、中原人文精神。现在看来,这一目的已经实现。如果从配合时事需要,努力做好宣传的意义上讲,《玄奘》其实还可以立下更多的名目,比如"'一带一路'的历史光辉""中西文化的古代交流""前进路上的不改初心",等等,但这些都不过是当代人赋予这个历史人物的外在光环。一位急功近利的导演可能就会借此大做文章,斩获满满,时过境迁,热闹过后,也就束之高阁。

做一名现代导演,不但要有舞台经验,而且要有理论思考,要有自己的戏剧理念。据我对该剧的体会,李利宏导演伙同编剧一起苦苦探寻发掘玄奘的深层内涵,最终为此剧奠基下两个字,那就是"信仰"。更确切地说,是"信仰的力量""精神的力量”,而且是“一个人的精神力量”。

面对西行路上的“九九八十一难”,小说《西游记》的对策是孙悟空的金箍棒,再不就是上天下海搬救兵、求外援。而在这台河南豫剧里,面对重重艰难险阻,就是这么一位活人肉身的唐玄奘,很多时候还只是一个孤身的行脚僧。前年,我曾经在“西域”走过一趟,甘州、凉州、武威、酒泉、瓜州、玉门、高昌、吐鲁番的火焰山,尽管行程全在汽车奔驰的高速公路上,尽管身边有不止一位年轻朋友相伴相随,望着那茫茫戈壁、漠漠荒山,仍然倒吸一口冷气,玄奘如果没有超人的毅力、没有强大的精神力量,那真是寸步难行。

“难行能行”,这句佛家偈语彰示的不就是一种精神力量吗?我们弘扬“唯物主义”许多年,不料如今却变成了“唯物质主义”“唯物质消费主义”;我们多年批判“唯心主义”,不料竟将“良心”“真心”“恻隐之心”“仁爱之心”也纷纷丢弃了,于是导致当下人类面临的生态危机,尤其是“精神生态”的危机,环境污染与精神污染同时并举!坐在舞台下的观众,其实不必多费思量,你只要被玄奘、被剧情、被舞台上炫幻的灯光色彩、被弥漫于剧场的优美旋律感动了、陶醉了,你的心灵自然就会受到了一番清洗净化,你的精神就会受到一番激励鼓舞,导演以及所有参演戏曲人的辛苦付出同时也就得到了回报,这应当比争得几个大奖更重要。

撇开“文革”时期“样板戏”的政治背景，单说其“磨戏”的功夫，我认为还是值得借鉴的。《玄奘》初演已经获得成功，好评如潮，但也并非没有改进的余地。

比如，“外道辩经”一场戏，冲突激烈、氛围浓郁，剧场效果很好，但却与事情的原委不符。玄奘的对手“婆罗门顺世外道”，即印度原始佛教，又称“小乘”教派。小乘讲的是“个人修身”，重道德修养；玄奘所宗为“大乘”，大乘志在建“佛国净土”，主张“万法唯识”，讲“因明”，讲佛理逻辑。因此，讲知识，讲学问，婆罗门外道显然不是玄奘的对手。但这个“外道”并非“歪门邪道”，只不过是大乘门派之外的另一个教派。[①] 中古时代，在印度佛学界，这种“百家争鸣”的学术辩论是很正常的，即使“以头颅作抵押”，也不过表示为真理而牺牲的精神罢了，《玄奘》剧中将其“丑化”“妖化”了，是不恰当的。况且，日后在人世间盛行的正是主张“见性成佛”的小乘佛教，而玄奘以义理、逻辑立教派的“唯识宗”，即“法相宗”，反而因为义理太深奥、疏远了一般民众而渐渐衰落下去了。

我只是出生在古城开封的一个戏曲爱好者，童年时代就在家门口的戏园子里看李玉林、张新芳的曲剧，看王秀兰、王

---

① 朱偰：《玄奘西游记》，中华书局，2007年，第96页。

敬先、关灵凤的豫剧。从观看《玄奘》的演出，又引发出我对河南地方戏两个久思不得其解问题，希望在这里提出来求教于方家。

一是关于唱词。

记得汪曾祺先生曾经指出过京剧的语言太粗糙，有时甚至文理不通。在我们河南人眼里，京剧已经够“高大上”了，身居京剧窝的汪先生却贬之毫不留情。豫剧的语言呢？比起京剧恐怕还要过之。汪先生将京剧的这些不足归之于“板腔体”，说“板腔体的剧本都是浅显的”，往深处写很难，因为它限制太死。而我们的豫剧也是板腔体，这就与京剧患上了同一个病。我仔细地揣摩了《玄奘》的剧本，感觉从整体上看，从文学语言的角度要求，剧本的唱词反倒弱于道白。这是否也是因为受了“板腔体”的局限呢？汪曾祺先生给出的解困之道是不妨向曲牌体学习，但若是要让豫剧中的崔莺莺来一段“晓来谁染霜林醉，总是离人泪”，那还是豫剧吗？真的让“草根”雅起来，雅得“草民”尽失，那才真是豫剧的末日呢！

这么说，豫剧的唱词创作难道就无改进的余地了吗？

当年杨春兰、李准创作的《朝阳沟》《李双双》《人欢马叫》里有许多脍炙人口的唱段，好在哪里？好在将河南方言从遣词到归韵用得那么上口、活泛、机灵、传神。拆开看全是现成大白话，放在一定的语境中，却成了“高精尖”，妙趣横生。比如银环下山，"我往哪里去，我往哪里走，好难舍好难忘的朝阳沟。我口问心，心问口，满眼的好庄稼难舍难丢"，用汪曾祺的话说，这叫"现成"话写出"尖新"效果。只求现成，不能冒尖出新不算好唱词；而只求冒尖出新，达不到明白如话、朗朗上口也不行。

汪曾祺追求的其实是一个很高的标准。汪老说自己在《沙家浜》中写下的唱词："风声紧雨意浓天低云暗，不由人一阵阵坐立不安"，也只实现了一半，上句还好，下句就"水"了。[①]

剧本《玄奘》第七场中蔻儿的一段唱，最后三字一句的唱词写得很精彩："走走路，开开眼，游游水，玩玩山，问问道，化化缘，读读书，访访仙，遁入一座东西合璧的尼姑庵，帮师父抄书译经奉伽蓝！"既是现成的白话，又是尖新的唱段，真好！再看看前边的七字句："大唐的文明好璀璨"，"大唐的神秘诱人探"，也就显得"水"了、"拗"了！

在李准、杨兰春的时代，剧作家面对的几乎全是农村题材，熟悉河南农村生活的他们，操持的是河南土语，"我心里塞块半截砖""亲家母你个老妖婆"，不但现成，而且冒尖。如今时代大变，河南豫剧面对的社会生活更加宽广，面对的观众群

---

① 汪曾祺：《人间有戏》，天津人民出版社，2014年，第146页。

体也更加复杂，日常生活中的河南方言也在变，豫西、豫东、豫南、豫北的话语特色在消退，一种“河南普通话”应运而生，方言在地方戏中的优势正在失去（这也成了东北话一枝蹿红的语境），当下的河南剧作家，如何恰当地运用好当代河南人的语言，恐怕是一个不小的难题。

第二个问题是关于唱腔。

二十世纪八十年代以来，“改革开放”成为时代大潮，革新创新也成了豫剧唱腔领域的主流，并取得了令人瞩目的成就，不少改革后的唱段，得到观众的认可，在社会上传唱不已。“改革”有突变，有渐变，对于文学艺术而言，突变是例外，并且注定还要经过岁月的淘洗与沉淀。既要勇于变革，又要谨慎变革，我很钦佩程砚秋先生晚年的一段夫子自道：

以我个人的经验来说，我感到京剧的腔调本来很简单，但改腔时要在原来的基础上慢慢地给它变化、发展，这样观众才容易接受，特别是我们的观众对传统的唱腔都有很深的印象，很多腔他们都会唱，大概也正因为这样，所以创腔时要是独出心裁地完全换一个新的，他们就会不容易接受。这就像我们住惯了四合房，要是突然给你一座洋楼，就是好也会感到不大舒服一样。这是个习惯问题。所以创腔时总要慢慢地变化、发展，先改变一点，观众觉得新鲜而不陌生；再改一点，又与以前不同，慢慢地发挥，以后就可以什么都引进来，又新奇、又熟悉、又好听、又好学、这就是观众的心理，我们必须要懂得。

我创腔时，不是把旧有的腔调一脚踢开，而是在旧腔的基础上变动，所以也可以说全都仍然是西皮、二黄、反二黄，但又全都有变化，就是大同小异。二十六岁以前，我采用的都是这个办法。

二十六岁以后，一方面由于自己慢慢地胆子也大了，一方面也由于知道创什么腔观众容易接受了，所以这一时期吸收外来的腔调很多，拿《锁麟囊》及近年排的《英台抗婚》来说，里面就吸收了好多剧种，如梆子、越剧、梅花调甚至外国歌曲的腔调；根据这么多年来观众的反映，还没有听人说过我唱的哪儿的腔，怎么唱得这样特别？这些吸收来的腔，要是不说明，大家就看不出痕迹来。①

唱腔创新的一个重要途径是跨剧种地吸收、嫁接。比起程先生在世的年代，在电视传媒普及的今天，跨剧种革新的步伐迈得更快。但我们不能不留心现代社会“齐一化”的威力，

---

① 程砚秋：《程砚秋文集》，中国戏剧出版社，1959 年，第 116-117 页。

跨越、融会的结果会不会失去本剧种的特质，做成一种“流通货币”？

就豫剧多年改革带来的一个现实问题是，原先的流派已经在渐渐消失，或者说渐渐淡化了，而新的流派实际上并未形成。最近听吴素真女士的《春秋配》“捡柴”，地道的陈派祥符调。顿时让我这个“老开封”魂牵梦绕、心旷神怡，似乎一下子又回到故乡四月天弥漫的槐花（对我来说不亚于“梅花”）芬芳中！

老腔老调不改变，就要被历史淘汰。日前听曲剧已故名家李玉林先生二十世纪六十年代的录音《探窑》，那正是我童年时代在开封白衣阁戏园子里跟随奶奶听过的唱段，如果原封不动地搬到今日的舞台上，可能会吓跑一多半年轻人。但李玉林先生那种发自肺腑的苍凉、哀婉、幽怨，近乎天籁，那绝对是民间艺术的真谛。老腔不能照搬，但也不容丢弃，老腔如何化为新声而又不失老腔的精髓，豫剧走出传统之后再回归传统，包括我们耿玉卿先生领跑的一些戏曲音乐家在内，已经做出许多尝试，至今恐怕仍是河南戏曲唱腔改革的艰巨任务。

最后请允许我再次声明，我只是个戏曲爱好者，对河南豫剧并无专门研究，看了《玄奘》这台大戏，心有所感，大胆放言，还望诸位方家姑妄听之，不吝指教。

丁酉年梅雨时节，姑苏城外

为大地造影　为生灵守望

——读《河南摄影50年》

在大众日常文化活动领域，“图像文化”“视觉艺术”占据的空间正在急剧拓展，以至于有人判定，一个“视图时代”即将到来，并把它看作是“后现代社会”的文化标志。激进者进而预告，图像将取代文字的传统地位，成为人们提取信息与意义的主流载体。于是，一场难以避免的争论便在学界激烈展开。

其实，任何一句有意义的话语、一段有生气的文字的后面，都会浮现出某些意象和景象，而任何一幅图像下面也都会隐伏着某些潜在的语言——无论是弗洛伊德的潜语言、荣格的潜语言，还是拉康的潜语言。在文化艺术的精神空间里，语言文字与图像应该拥有更为细密的、相互融渗的内蕴。地处中原的河南人对此也许会有更深切的体会，因为图文相映的“河图洛书”就出自河南，形意合璧的“甲骨文”也首先出自河南；《诗经》中的大部分“国风”出自河南，现存的大部分“汉代画像”也出自河南。在我看来，真正的艺术是一种生命活动，是一种精神取向，无论是图像还是文字，它都应当是一个民族生命的原点、精神的顶点，是这个民族生存的出发点和制高点。

《河南摄影50年》，作为河南省三代摄影艺术家心血的结晶，作为以现代科技手段创作的集束视图信息，它在凝缩河南人50年的视觉记忆的同时，也生动地展现了半个多世纪以来中原大地上的生存状态和精神状态。

对于“河南”或“河南人”，近年的国内舆论多有物议，似乎那已成了中国现代化的某种累赘。这些舆论其实充满了误解、偏见和短见。河南的历史古老与发展迟缓、人口众多与经济滞后、思变心切与躁动不安，与我们整个中华民族在世界经济一体化时代的境遇十分相似，许多西方人心目中的中国，其实就像许多中国人心目中的河南。对此，我们实在不该再轻薄地自我贬抑，我们需要的是冷静的思索和悉心的感悟。而《河南摄影50年》正是在这一意义上为我们提供了一个生机盎然的资料库、一个意象奔涌的信息源。正如河南省摄影家协会主席于德水先生所陈述的，他始终在思考的是“土地”“生活”与“文化”的关系，而这些关系正越来越成为一些世界性的难题，甚至世界性的危机。

在河南这块广袤、厚实的大地上，的确长期滋生着闭塞和贫困，甚至还有憨愚。但决不全是贫困和憨愚，同时还有质朴、倔强、坚忍、达观，就像那黄土高坡上虬枝盘旋的老树，太行山上嶙峋峻峭的岩石，黄河滩上葱茏茂密的庄稼，乡间弯弯小路上的羊群、牛群……你看贫瘠原野上那些涂脂抹粉正准备庙会演出的大姑娘、小姑娘以及老大娘，他们那一脸灿烂的笑容，也正像田野上的豌豆花、牵牛花、灰灰菜、狗尾巴草，那也是从这块土地上生长出来的，那也应当是我们中华民族的“国色天香”！那庄稼地里鼓书艺人的丝弦和声腔，与大地上的水泻深涧、风过绿杨一样，无疑也该是澄明本真的天籁、地籁。就说那端着一只粗碗、蹲踞在村头吃饭的村民吧，那面孔上也许不乏憨拙和愚钝，然而，你再看看现代都市星级酒店豪华盛宴上那一张张充满了贪欲与算计的精明的脸，这“憨愚”不是反倒更可亲、可爱一些吗？

社会生活注定是要向前发展的，开放将取代封闭，科学将取代愚昧，富裕将取代贫困，农民将走出乡村，农村将拓展为城市……半个多世纪前中国人民的美好理想似乎就要通盘实现。许多隐秘的信息，从那些农户“主人”家的“场景”中已经透递出来：财神、灶爷、观音菩萨与穿泳装的美女挂历；秫秸隔墙上的虎头风帽与易拉罐装的可口可乐；旧式婚宴上的迪斯科与传统葬礼上的电声乐队；木制的脚蹬织布机与捆绑着肥猪的摩托车；古色古香的土壁瓦瓮与皱皱巴巴的西装革履，这一切都显得丰富而驳杂、动荡而紊乱。城市也在发展。在河南的一些大城市的中心地段，林立的楼群、宽广的马路、富丽的天桥、典雅的广场，已经呈现出上海、香港、纽约的种种气象，然而，却再也见不到那些桑叉、牛车、麦秸垛，见不到那些月色、溪水、野草花，听不到那些天籁和地籁，一切自然的东西全都退出了人们的生活界和审美视域。千年的沉静和悠闲已被打破，天地似乎在一瞬间改变了模样。然而，你只要瞥一眼那些"农民工"无助的眼神，瞥一眼那些"上班族"急促的身影，你就会觉得，对于这些乡村的生灵和城市中的生灵来说，幸福的降临却仍然有待于时日的验证。

至于文化的多样性，即使在河南摄影艺术自身，也已经充分显露出来。较之王世龙、魏德忠等第一代河南摄影艺术家那纯粹、娴熟的现实主义手法的应用，在更年轻一代的摄影艺术家那里，自然主义的、唯美主义的、魔幻现实主义的、新写实主义的，类似于达达主义、野兽主义的表现手法，统统被尝试着用来表达他们的体验感受、思想情绪。文化的多样，以及技巧手段的多样，带来的也许是"艺术的进步"，但更多的该是"艺术的迷惘"。艺术的迷惘往往是生活的迷惘，社会意识的迷惘。你看，那或站或坐或蹲或卧全都虚悬在空气中的男人、女人，不正象征着人与人的疏离、人与存在的疏离，以及人在心灵深处的无依无靠；而那肉色鲜活的生殖器，正勃起在摊开的书本里，勃起在电视的荧屏里，勃起在多功能的会议大厅里，勃起在日历的每一页中，随处充斥的只有欲望、欲望，而拥有生殖器的生灵却不见了踪迹。在新一代艺术家的镜头里，那快速飞动的光影，那斑驳陆离的色彩，那瞬息万变的模糊，那残缺支离的拼接，无疑也真实地反映了艺术家的精神生态，同时也间接地表现了现实中扑朔迷离的生活世相。生活虽然已经富足，却也已经断裂；文化虽然开始繁闹，文化已经破碎。包括人类在内的诸多生灵也因此失去了自己的历史的连续性，失去自己渊源深厚的生存之根。

二战时期法国杰出的女思想家西蒙娜·薇依（Simone Weil）曾经指出：

> 扎根（enracinement）是人类灵魂中最重要的也是最为人所忽视的一项需求，这是最难定义的事物之一……每个人都需要拥有多重的根。每个人都需要，以他作为自然成员的环境为中介，接受其道德、理智、灵性生命的几乎全部内容。①

无论社会进化到何种阶段，我们的生存都不能失去自己的根。我们的根，只能扎在这块古老而又现代的大地上，这是

① S.薇依：《扎根——人类责任宣言绪论》，三联书店，2003 年，第 33 页。

我们祖先生殖繁衍的故土，是我们每个人生命的栖息地，也是我们共同的精神家园。精神的守望，不是一味地复旧倒退，那是对于生命之根的眷恋；社会的进步，也不会是直线的跃进狂奔，那将使我们跌进虚妄的深渊。守望而稳步向前，前进而守护生命之根，是一种天、地、神、人的和谐。创建和谐社会，那也应该是文化的责任，是一切文化人的责任。

我想，《河南摄影 50 年》的意义，就在于它以如此深沉灵动的画面，向人们谕示了大地、社会、文化、人生的种种内在的玄机，从而也显现了人们各自应当担当的责任。因而，它的参照意义恐怕就不仅仅局限于河南人，也不仅止于中国人。

生态文学要关注弱势群体

对许多生态批评家而言，为自然辩护是与对社会正义的追求紧密联系在一起的。

——Kate Rigby

关注弱势群体，是世界现代文学创作的优良传统。同时代人在评论陀思妥耶夫斯基的文学创作时曾指出：作家的任务主要是观察和描写那些“卑微的、不幸的人”，“文学家们习惯于一有机会便到最污秽、最鄙陋的地方走走，同那些为商人和官吏所鄙弃的人友好谈话，带着怜悯的目光去观察最村野的现象”。在我们从童年时代以来获得的阅读经验里，很容易找到那些难忘的“弱者形象”：契诃夫的“凡卡”、安徒生的“卖火柴的小女孩”、狄更斯的“奥利弗”、雨果的“冉阿让”、托尔斯泰的“玛丝洛娃”，鲁迅的“闰土”“孔乙己”“祥林嫂”，沈从文的“翠翠”“萧萧”。往远处说，还有《聊斋》对那些花仙狐妖的敬重,《红楼梦》对那些柔弱少女的怜惜,《水浒传》对那些江湖草莽的偏爱。同情弱者,似乎已经成为文学命定的律令。而那些违背这一律令,趋炎附势、逢迎权贵的文学作品,很难具备文学的品行,反倒成为文学史上的笑柄。

同情弱者,体现为一种"社会正义"。对于文学来说,那更是一种超越意识形态之上的"社会正义"与"天然良知"。

当前我们所处的社会中的弱者是相对于富豪的穷人,相对于权贵的平民,相对于男人的女人,相对于城市人的农村人,相对于白种人的有色人种。还有,相对于资本与市场的自然界,相对于机器制造工业的文学艺术创作。

很早以前,当"大地"还被人们视为"母亲",当"女人"还被尊奉为"女神"的时候,地球上的自然生态仍然是平衡的、和谐的。作为人类童年时代的记忆,这一时期的情景还朦胧地潜存于各个民族的神话与传说里:林木上结着硕果、大地上流淌着蜜汁、空气里散发着芬芳、草地上徜徉着麒麟、天空中遨游着凤凰。那时的人们还不怎么会说话,但已经很会唱歌;走路的步伐也不很稳实,但很会跳舞;当然也没有文字,但人人都能画画。那时的文学艺术(唱歌跳舞画画)其实也就是人们生存的方式。人们劳作在大地上,也诗意地栖居在大地上。

随着人类社会的发展进步,这种原始的生态平衡渐渐被打破。而在进入工业时代以来,这种平衡已经变成"强"与

“弱”的严重冲突，冲突之剧烈已经造成人与自然的背离，人与人的怨怼，乃至人的自我的遗失。

首先是自然的蒙难。德国马克思主义生态批评家狄尔鲍拉夫指出：工业时代的前期，人类仅以简单的形式和原始的手工业技术开发自然，对大自然的利用也比较有限。此后，工业技术却对大自然进行了毫不客气的破坏和无限制的剥削。马克思只讲了资本家剥削工人的方面，而工业时代对自然界剥削的程度，比资本家剥削工人要大上几千倍。美国当代著名环境保护主义者 R.F.纳什指出，大自然成了受压迫的少数群体。原本丰饶、繁茂、强盛的大自然，在工业文明持续发展的剽掠下，已经成了一具憔悴、羸弱、残破的病体。

与自然同时蒙受侵扰的是女性。英国学者凯特·索珀把矛头直指“现代工业与现代科技之父”的培根，正是由于他将作为“女人”的“自然”许配给了“工业技术”，“自然”便成了“工业技术”“求欢”“诱奸”“强奸”的对象，“征服了她，还强行与之交合”。与此同时，女人在男性主导的社会里，遭遇到与“自然”同样的命运。著名的女性主义活动家安德烈·科拉德指出：从历史上来看，女性的命运和自然界的命运是不可分割的。自然界、动物、植物是和女性位于同一个阶层的，目前都被迫处于一种弱势的，无权力的境地。

从社会学的意义上看，在自然生态危机中受害最深重的则是“穷人”。美国当代社会生态学家、社会经济学教授詹姆斯·奥康纳引证大量事实说明:穷人是生态灾难的最大承受者。这里所说的“穷人”,既包括新旧殖民地的被压迫、被剥削的民族,也包括一个国家内处于贫困线之下低收入阶层的人群,“生态问题对他们来说是一件生死攸关的事情”。强国与富人在利用地球的大量资源获取大量财富的同时,却把生态灾难留给弱国与穷人。他举例说:以色列凭靠其丰饶财力与尖端科技对约旦河水资源的过度占用与开发,已经导致巴勒斯坦土地的迅速盐碱化与经济的进一步衰竭。密西西比河的泛滥,对那些居住在河边平地上的穷苦黑人的打击,要远远大于那些居住在高地上富裕的白人。我国当下正在发生的情景也在印证着这一点:经济高速发展中获益最多的是富人,而由此引发的生态灾难(如持续高温、严重雾霾)的承受者注定是抗灾能力低下、无可逃避的平民与穷人。

在地球生态危机中与“自然”“女性”“穷人”同时沦为“弱者”的,其实还有“文学艺术”,而这一点则常常容易被人们忽略。在中国的唐朝、宋朝,像杜甫、韩愈、白居易、苏轼、苏辙、欧阳修这些诗人作家原本都是“国家干部”,甚至正是由于他们诗词文赋做得好,才当上“大官”的。如今,诗歌才调、浪漫情怀反倒多半会削弱一个人仕途升迁的机会。“文学艺术才情”绝非组织部门选拔干部的条件,甚至包括选拔文学艺术部门的主管官员。伟大的爱因斯坦曾抛出一句惊人的话："生态危机在熄灭艺术的纯真声音。"新世纪的事态发展正在证实爱因斯坦的判断，但若要对此做出解释并不容易。美学家苏珊·朗格、哲学家斯蒂格勒都曾讲到"自然之光"与"自然之声"，认为那是"艺术知觉"与"艺术直觉"的源泉，同时又是"艺术表现"的媒介与形式。如今，在"自然之光"已经黯然失色、"自然之声"已经寂然哑然的时刻，"艺术的纯真声音"的"熄灭"也就在逻辑之中了。

由启蒙运动、工业革命开启的现代社会发展至今，自然、女性、平民以及文学艺术都成了这个社会的弱势群体。这既是生态学意义上的失衡，也是社会正义的旁落。这也证实现代社会的确是一个存在严重缺陷的社会。

文学历来具有关注弱势群体的传统，生态危机扩大了地球上弱势群体的阵容，所谓"生态文学"就更应该责无旁贷地关注这一"弱势系统"的存在，从而在生态与社会的双重意义上促进人类走上健康和谐的发展轨道。

然而，文学自身已经成为弱势群体的一员，它还具备拯救的资格与能力吗？

首先我们应该明白，依靠"强者"改变"弱者"的命运原本就有些虚妄。例如多年来实施的凭借高科技来救治生态灾难，我们看到的是科技的确日益攀高，而生态依然日益下滑。

以往的历史证明,“强者”拯救“弱者”的宣言,如若不是蓄意的骗局也多半会走进歪路,最后的结局反而是强者更强,弱者更弱,例如:眼下中国的城市与农村,房地产开发商与农民工。

美国生态主义诗人加里·斯奈德信奉中国道家哲学、崇拜中国古代诗人寒山,他宣称:他的使命就是要成为那些“在政府议会中没有权利、没有代表的‘自然之民’的代言人”,他说他代表的选区叫“荒野”。

唯一的出路在于弱者的自救。

作为人类精神活动现象的文学,相对物质与权力而言,从来都是弱者。而柔弱的精神反倒可以发挥出恢宏的效应,其强固超出帝王的皇宫城堡,其久远超出互联网的电磁波。试看契诃夫、安徒生、蒲松龄、沈从文们以柔韧的文笔,创造出的那些柔弱的人物,其强大艺术张力至今仍恢宏于人类的精神长空,持续地震撼着人的心灵!

生态文学创作尤其应当关注弱势群体,与作为当代弱者的自然、女性、受侮辱受损害的人们联起手来,共同寻回社会生活中的正义与自然生态中的平衡。

文学，恢宏的弱效应

——在淮阳中学的讲演

近年来，我曾在国内以及海外做过多次讲演，讲稿也曾在《文汇报》《光明日报》整版刊登，但这次来淮阳中学讲，却让我感到实在为难。

（多年前，应邀给中小学校长的培训班讲过一次，很失败，没有讲完，人走了一半。）

原因是，我面对的是90后、00后的中学生，是已经进入信息时代的年轻人。我像你们这样的年纪，我的中学时代，已经过去50多年，半个世纪！后来也很少接触到中学学生，不像北大教授钱理群先生，对中学教学、中学校园生活有实际的了解。

你们现在的日常生活是不是可以由这样两大块组成：一是主业，即上课听讲、下课做作业、做各种模拟试题；二是业余，即课外，那就是上网，手机上网，微信、微博。

对于你们的主业——各门功课的学习、考试，我也不甚了解。我们现在的学校奉行的方针大体上是“应试教育”，现在学校里最受尊重的学生是“学霸”，各门功课都学得很好，考试总是名列前茅，是各个名牌大学争抢的对象，前程一路看好。（我的学生的孩子中不少是学霸，清华、北大的保送生；入学一两年，便不时地出入国门，美国、欧洲到处跑。）

今天的讲演，最好是给大家讲讲如何努力学好功课、各门功课都考 100 分，做一个学霸。但我实在不行，我小学时的功课都是刚刚及格，上初中时还有两门功课不及格。

对于你们的“副业”，即课余的网络生活，我发现自己也已经严重落伍。其实我从 1998 年就开始用电脑写书，快 20 年了。近来感到自己快成了“电子文盲”，不但没有微博、微信，也不会网上购物、不会网上交友，不会电子游戏、不会滴滴打车……对于你们关注的网络红人，网红，早先曾听说过芙蓉姐姐、奶茶妹妹，如今又横空出世了一个“papi 酱”，她的节目的一个贴片广告在 6 分钟里卖了 2200 万元！（我看鲁迅一辈子也没有见过这么多的钱，前边的韩寒、郭敬明要想挣够 1000 万，要一年时间，这个小女子只用了 6 分钟！）据统计，痴迷网红的，40%是中学生，其中 7 成是女生。我要是能够给你们讲一讲“如何做网红”，不说 6 分钟挣 2000 万，就是 6 天挣 1 万，肯定也会大受欢迎！

可惜，无论是课内、课外，你们熟悉的、关心的、热衷的、效仿的，我基本上是不了解的，甚至是排斥的。那么今天这个讲座如何讲下去呢？

我想，对人讲话的方式可以有两种，一是"加油"，让已经跑得很快的车跑得更快，飞起来！一是"泼水"。给过于发热、发烧的现象泼些冷水，这也未必不是好心助人。

"网红""学霸"已经够热了，我就不再"加油"了。今天倒是想说一些被大家冷落的话题，那就是"读书"，尤其是读文学方面的书。我在大学是教授文学理论的，这或许还是我的长项。

今天要讲的题目是：文学，恢宏的弱效应。

什么是文学？这里我不给大家讲文学理论的概念了，没什么意思。

我的老师，如今已经97岁的文学教授钱谷融先生60年前说过一句很有名的话，今天还仍然被文学界热烈响应着，那就是"文学是人学"，文学是人写的、写人的、写给人看的。无论是诗歌、散文、小说、戏剧，归根结底，文学是教人如何做人的。

而且主要不是教人如何做科学家、政治家、医生、商人、工程师，也不是教人如何做“学霸”与“网红”（当然，要做好一个学霸、网红，也还真需要一点文学）。

文学要教给（养育、陶冶）人的是如何做一个有良心、有情怀、有品位、有精神、人格健全、内心丰蕴的人！

我们眼下的教育，无论是高等教育还是中小学教育，都存在着严重的偏差：重理工轻文史，重才智轻情感，重共性轻个性，重实用轻精神。

这不仅是存在于我们中国，当代美国一位著名思想家雅各布斯老太太，曾经指出：现在的学校把学生当作可以在生产流水线上高效加工处理的原材料，当作在市场上可以热销的产品，而不是当作活生生的人！她说，这样的教育将会为人类社会造成严重的后遗症！

教育走“生产流水线”，实际上并不太难。

我在韩国参观过现代汽车的生产流水线，这边进去的是钢板，到了那一端，一辆现代牌的汽车就开了出来。看上去很神奇，实际上对整个过程的要求就是两点：标准化与程序化。

而我们当前的教育也在遵循这样的原则。

这样的原则造汽车可以，要想生产出一个精神健全、内心丰蕴的人,是不可以的。

而这恰恰是文学的使命。

这牵涉到一个人们常常问到的问题:文学有什么用?

看似无用的文学,其实有大用。

下边我以自己读书——读文学书的例子略加说明。

我最初读到并留下深刻印象的一本文学书籍,是丹麦作家安徒生的《卖火柴的小女孩》,距今也已经快60多年了。那是在我的童年,在故乡那座破旧的图书馆里,在一本绘有彩图的儿童读物上(大学时的英语课堂上我有幸再次读到)。故事的情节想大家都很熟悉,不再重复。作家安徒生最后写道:

“奶奶,请把我带走吧!”为了留住奶奶,她划着了手里所有的火柴。新年第一天的清早,人们才发现,在大街上的一个墙犄角里,冻死了一个小姑娘,她脸庞红扑扑的,嘴角露出一丝微笑,手里还拿着一把燃尽的火柴。

读完这个故事,我难过极了。

同是孩子的我,当时自然而然地产生的一个冲动是,如果我在街上遇到了这个女孩,我会把身上所有的零用钱给她,会把她领到自己家中,给她端上一碗放了葱花的面条。安徒生的这个童话故事使我在小小年纪品尝到什么是忧伤，什么是悲痛，什么是同情。那是一种对于弱者的同情心，一种发自人性深处的友爱与良善——那就是一个伟大作家的文学作品，超越了时间与空间，在一个生活在古城小巷里的孩子的心灵中激起的反响。60年过去了，那反响依然像深山梵寺里清幽而又浑厚的钟声一般，始终缭绕在我的心头，成为我做事、做人的底蕴。

有人借着这篇童话如此评价文学家安徒生："一根火柴，点亮了全世界的童心。"一根普通的、纤弱的、转瞬即逝的火柴，居然能够点燃全世界儿童的心灵，并且又使这心灵之光一代一代地传递下去，这句话恰恰证实了我今天讲座的话题：文学，是一种恢宏的弱效应。文学很轻微、柔弱，文学又很博大、绵长、恢宏！

对我来说，读书产生类似效应的，还有阅读蒲松龄《聊斋志异》中的《王六郎》，那时我刚上小学不久，读的是地摊上的小人书（连环画），一分钱看一本。篇中叙述：

一位渔夫在夜晚捕鱼时和一个水鬼交上了朋友。水鬼王六郎本是一位溺水而亡的年轻人。阴间的领导——阎王爷指令：明天有一个人将落水溺亡做你的"替死鬼"，你就获得了托生做人的机会;第二天,水鬼看到落水的竟是一位前来洗衣裳的年轻母亲,失足落水后,她的娃娃在岸上大哭。水鬼不忍心,就将这位妇人托回岸上,自己仍待在阴冷的水底做鬼。渔夫知道后很是感动,两个人成了阴阳两界的知心朋友。

没过多久,阎王知道了王六郎做下的善事,就提拔他到远方一个县城做了当地的"土地神",在他的治理下,当地风调雨顺,他因此深受当地百姓的拥戴。

做了土地爷的王六郎想念老渔夫了,就托梦给他。老渔夫只为梦中的一句诺言,不惜跋山涉水千里赴约,与那位以前是"水鬼"现在成了"土地神"的王六郎相会;做了神的王六郎并没有因为地位的改变而改变自己的态度,倍加热情地接待了这位老朋友。

小说家蒲松龄最后描绘了长亭惜别的情境——土地神王六郎化作一股旋风紧紧跟随渔夫不愿离去,难舍难分。渔夫对着旋风说:六郎,送君千里终须一别,别送了,回去吧!那真挚的友谊真是催人泪下。

从那时起,《王六郎》的故事在我心中扎下了根,"善良""仁义""真诚""友爱"这些中华民族的传统道德在我心中也扎下了根。蒲松龄先生这一不足千字的短篇,在我的精神生长发育中究竟拥有多大的价值,我说不来。但我清楚,那是我今生今世精神收藏中的瑰宝。

到了高中阶段，开始读一些完整版本的文学经典。其中俄罗斯伟大诗人涅克拉索夫的一本叙事长诗《俄罗斯女人》，给了我巨大的影响。

诗中描述了几位十二月革命党人娇弱的妻子，如何不惜抛弃贵族的身份、冒着隆冬严寒的暴风雪，千辛万苦、长途跋涉到西伯利亚的矿井中去探望她们服劳役的丈夫。

那时我似乎正在开始我的初恋，涅克拉索夫笔下那凄婉、感伤、坚贞、悲壮的诗句，几乎终日缭绕在我的心头。从那时起，我感悟到做一个男人，要敬重女性、要善待女性。

这样的文学是柔弱的，创造出这样的文学的文学家在他们的有生之年往往也属于“弱势群体”。

安徒生出生在一个经济贫困、地位卑微的家庭，第一个父亲是鞋匠，父亲死后母亲带着他出嫁的第二个父亲还是鞋匠。他从孩提时代就到农田里捡麦穗，到织布厂当童工，甚至一度成了流浪街头的乞儿，受尽了苦难和凌辱。困苦的生活养成了他怯懦而善良、谦卑而敏感、柔弱而多情的个性。即使在他成名之后跻身于上流社会，北欧一些国家的君王纷纷向他表示敬意、报纸杂志上登出他的大幅照片时，他仍然没有能够

"自我膨胀"起来,仍然保持着他那谦卑、羞怯的天性,习惯于过一种低调的、内向的生活。一次在去海牙的旅途中,他被车站上手拿报纸的民众认出,自己反而慌乱得手足失措,几乎搭错了火车。这个柔弱的鞋匠的儿子(我们省里的头牌大作家李佩甫,他父亲也是做鞋的),终究以他那同样柔弱的文字,攀登上人类精神的峰巅,永远地活在世人的心里。

蒲松龄在科举道路上一再受挫,连续"四届高考"都是落榜生,算不得学霸。他一生落魄,靠做家庭教师教几个顽童养家糊口。比他晚一点的曹雪芹虽然出身世家,但早已经败落,先是在宗族的学堂里当"杂役",后来靠卖画、扎风筝维持生计,穷得连稀饭也喝不饱。

在西方,如伊索出身于奴隶,卢梭曾流浪街头,杰克·伦敦跑街卖报,狄更斯在鞋油作坊当童工,欧·亨利在药房当学徒,卡夫卡在保险公司做小职员,涅克拉索夫因为热爱文学被赶出家门成了贫困生……

文学家是柔弱的,文学是柔弱的。

许多文学作品与经国治世、文韬武略无关,与生产力的解放、国民经济的增长无关。比如:"床前明月光,疑是地上霜""夕阳无限好,只是近黄昏""采菊东篱下,悠然见南山""西出阳关无故人”“两个黄鹂鸣翠柳”“烟花三月下扬州”……仅就字句而言，都是一些普普通通的常用字，一些近似大白话的句子；就内容来说，也不过是身边常见的一些景色风物、心中的一点情思感悟。

与安徒生笔下的“卖火柴的女孩”、蒲松龄笔下的“落水而死的书生”相比，它们甚至更柔弱、轻微。

然而，随着岁月的流逝，多少金戈铁马灰飞烟灭，多少殿堂宫阙坍塌败落，多少钟鸣鼎食的贵胄世家荡然无存，多少帝王将相的文功武治沦入忘川，而一句“烟花三月下扬州”、一句“月落乌啼霜满天”倒被人们绵绵不绝地吟诵了上千年！

大明宫，大唐帝国的政治中心和国家象征，先后有 17 位唐朝皇帝在此处理朝政。如今只剩下埋在地下的一些残砖碎瓦。“云想衣裳花想容，春风拂槛露华浓”，李白创作于那个时代的许多诗歌至今仍被万民传诵！

赵宋王朝的 300 年里先后产生过 169 位宰相，如今人们能记住名字的有几位？反倒不是宰相的苏轼、苏东坡永远活在了人们心中，还不是因为他那些“大江东去”“明月几时有”的诗句！

文学，现在的名声不是太好。

在80年代(也就是在座的诸位同学你们的父母亲年轻的时代)名声与地位是很高的。那时的青年男女在征婚广告上还往往要写上“喜欢文学”“会写诗歌”,这样,在爱情的天平上就会多一些分量。

如今谁要这样写,一准被当成神经病!

看看今天的征婚广告,最重要的是有房、有车、月薪6000元!全是些刚性的、有分量的东西。

这不全是文学的错。

就像小沈阳当年穿的那条大裤衩子,时代也会跑偏的。

我们这个时代太物质化、太功利化了!把精神文化全不当回事儿!即使在我们的大中小学里,也往往不把精神文化当回事!

(据张晓兵老师介绍,我们淮阳高中很有些反潮流,在普遍不重视人文精神教育的当下,学校领导和教师反而强调全体学生重视读书,重视学生人文情怀与人文素质的养育,这是非常有远见、非常难能可贵的。

但我又担心,在如此重物质、重技术、重功利、重时尚消费、重高分、重排名、重升学率的社会里,淮阳中学校长们的办学理念能否坚持下去,能否得到学生、家长尤其是教育领导部门的认同与支持。)

今天我郑重地告诉大家:是我们的时代出现了偏差!由启蒙理念开拓出的现代工业社会、商业社会犯下的一个最大的失误,就是片面地执于一端,只知白不知黑;只要强不要弱;只要前进而不懂回归,结果酿成了今日的种种生存困境。

这里,我忠告大家,切莫小看了微弱、柔弱的东西。

弱能胜强,柔能克刚,是中国的古训。

这也是中国古代首席哲学家老子的谆谆教诲。

在苏州,离我家不远的金鸡湖畔建立了一座老子的塑像,因为把老子的模样塑造得太丑,曾引起市民的争议。但雕塑家的立意显然是可取的:

老子张开大口,让人往他的嘴里看。

看什么?

看:牙齿全都掉光了,没有了,但舌头还健在。

这就是说:刚硬的早早消失了,柔软的依然存在。

这就是"柔弱胜刚强"!

老子曰:"弱者道之用",道心惟夷、惟希、惟微。"道之为物,惟恍惟惚。惚兮恍兮,其中有象;恍兮惚兮,其中有物;窈兮冥兮,其中有精。其精甚真,其中有信。"(不太好懂哦!)

如果将这里的"道"置换成"文学",倒是非常吻合我这篇文章的立意。文学功能也是看似柔弱、微弱的，文学的真义和精义，也正在“恍惚”“窈冥”中；“天下莫柔弱于水”“水善利万物而不争”，文学也是水，文学的力量和效用也正在它的“细微”与“柔弱”中。正是这如水般的“天下之至柔”的文学，反倒能够“驰骋（驱使）天下之至坚”，取得持久而恢宏的博大效应！

西方大哲学家维特根斯坦说过的一句话：“科学没有什么神秘，倒是文学艺术中有一些神秘不解的东西”。不管是安徒生的童话也好，还是蒲松龄的小说也好；不管是曹雪芹的《红楼梦》，还是莎士比亚的《哈姆雷特》，其中都可能有一种“恍惚”“窈冥”“惟夷”“惟希”“惟微”的东西，深入到我们的人性深渊、文化深渊，激活我们的情绪记忆、原始记忆，从而引领我们进入人类集体无意识的库藏，把不同时代、不同种族、不同年龄的人的心灵沟通起来。

要做到这一点是不容易的。要凭靠我们中小学教师、首先是语文教师的辛勤劳动。我现在已经步入老年，但我的那些中小学语文老师的音容笑貌至今仍然鲜活地保存在我的记忆中，到死也不会忘记！

让文学对于一个人的情感与精神发挥恢宏的作用，是一个奇妙的过程，不能简单化对待。

来淮阳前，我在网上看了 papi 酱宣讲莎士比亚的四大悲剧。三言两语，快刀乱麻，把莎士比亚掀了个底朝天！你不能不佩服 papi 酱的聪明才智，这是个有文化的主儿，她是真正读过莎士比亚的。但我还是有些恼火，他把莎士比亚这棵橘子树在马路边上榨成果汁，一块钱一杯贱卖了！喝上去甜甜酸酸方便可口，喝过之后，再没有人想起那棵根深叶茂的橘子树！

闲时听一听 papi 酱忽悠加白货，不是不可以，挺快意的。

但这不能代替读书。真正阅读莎士比亚，阅读安徒生、蒲松龄、曹雪芹、涅克拉索夫、李白、杜甫、陶渊明、苏东坡，还是要青灯作伴、一卷在手，悉心地阅读、领会！

总之，读书，尤其是读文学作品，那是人的一种内在的需求，灵魂深处的需求。

要让自己做一个内蕴丰富、深沉有致的人，就一定要读书，读一些经典的文学作品。

尽管我这样说了，在座的诸位，散会之后也还是可能有人读书，有人不读书。

这里我来引述刚刚荣获“国际安徒生奖”的北大教授、儿童文学家曹文轩教授的一段话，作为“世界读书日”的礼物，赠送给诸位：

阅读是对一种生活方式、人生方式的认同。读与不读，区别出两种完全不同的生存方式。这中间是一道屏障、一道鸿沟、一座大山，两边是完全不一样的风景与气象。

那么，让我们大家翻越这道无形的屏障或鸿沟，都来读书，让文学滋润我们的灵魂，让我们的人性因此变得更优雅、更聪慧，让我们的生活因此变得更充实、更美好！

谢谢诸位！

2016 年 5 月 14 日河南·淮阳

走进生态时代的陶渊明

——答《文汇读书周报》记者朱自奋问

1. 您的《陶渊明的幽灵》2014 年获得鲁奖。当初为什么会写这本书？陶渊明对当下时代有哪些重要价值和意义？

鲁:《陶渊明的幽灵》一书是我在 2012 年结项的一个国家社科基金项目的最终成果。如果一开始就将“幽灵”做选题，恐怕很难通过。我最初申报的选题是“自然在中国文学中的地位及演替”，而陶渊明实际上是一位贯穿中国文学史的自然主义诗人，通过陶渊明个案的分析，是可以达到我预设的目标的。

至于为什么选取陶渊明？20 世纪 90 年代，中国生态批评方兴未艾，美国那位 19 世纪的诗人梭罗成了众人的偶像，《瓦尔登湖》成了生态批评的圣经，对此我多少有些不服气。文学贴近自然生态，在中国悠久的文化历史中是有着优良传统的。早在一千六百余年前，在中国江西庐山的山脚下，就曾经诞生过一位伟大诗人陶渊明，他与梭罗一样批判既定的社会体制，维护自然与人的统一，追慕素朴的田园生活，亲历辛苦的农业劳动并创作出许多优美的诗篇。更值得称道的是，陶渊明在乡间生活了二十多年，梭罗的隐居生活才不过两年半，在一部中国文学史中，"陶渊明的幽灵"始终绵延不断。

2008 年，在清华大学举办的一次国际研讨会上，那次研讨梭罗的会上，我呼吁将我们中国古代生态类型的伟大诗人陶渊明推荐给世界。这其实也符合梭罗本人生前的愿望，作为一位生态运动的世界主义者，他曾渴望聚集各个民族古老的生态智慧以应对日益险恶的生态危机，其中就已经提到中国古代的生态"圣书"。

就是在那次会议上，我结识了美国当代著名生态批评家斯考特·斯洛维克，他对我的研究给予多方支持，还曾为《陶渊明的幽灵》英文版撰写了热情洋溢的推荐语。碰巧的是，几天前，在此书的英文版出版发行之际，我们又在上海相聚。

在当下世界性的生态危机面前，我认为中国古代的陶渊明与西方现代的梭罗，其价值和意义都在于创造了一种有益于生态和谐、社会和谐的人生观念，一种与自然和解的生态型的生存方式，这种生存方式我把它称作"低物质消耗的高品位生活"，其实也就是"诗意地栖居在大地上"。

2. 对于西方人来说，谈到中国传统文化，一般可能会知道孔子、老子、庄子等，但知道陶渊明的人可能就少了。您这本书由著名的学术出版社斯普林格出版社推出，可以说是第一次以学术专著的形式向西方学术界推出陶渊明。写这本书时，您研究了西方生态文学、生态批评中，与陶渊明有精神默契的作家、学者的思想和创作。您称其为陶渊明在西方的精神盟友。您认为陶渊明的思想、创作和生活方式，对当代西方文明有哪些参考意义？

鲁：我始终相信人类在其本性上终归是有许多相通、相融之处的。陶渊明身上具备的许多品行，在古希腊时期雅典的学者、启蒙运动中法国的诗人、现代性反思中的瑞士心理学家那里都可以找到踪迹。遗憾的是，长期以来东西方之间差异被夸大，被人为地设置了许多鸿沟。现代社会是崇尚物质的，因而拥有强大物质优势的西方现代国家主导了交流的话语权，东西方之间文化的交流也就显示出严重的不平衡，强势的话语实际上也可以说是一种“工业时代”的话语。究其生态智慧而言，我认为工业时代还不如农业时代，陶渊明的诗思与哲思是中华民族悠久的农业社会意识与潜意识的结晶，起码在与自然和谐相处方面是现代西方人可以借鉴的。在整个地球人类都开始关注人与自然这个“元问题”的时代，用当年梁启超的话说：把“自然之美”与“人生之妙”结合为典范的陶渊明，也应该是现代世界的典范了！

3. 这本书之所以能被这么快就译为英语出版，其间的因缘过程，请略述。

鲁：我虽然常年在大学教书，我其实更像一个“民间学者”，并不怎么专业。将《陶渊明的幽灵》一书翻译出版、推向世界，开始我并没有这个奢望，因为这绝非我个人的能力所及。《陶渊明的幽灵》出版后，我在第一时间收到北京大学乐黛云老师的电子函件，她说：“十分震撼，这就是我多年来追求的在世界文学语境中诠释中国文学的最佳范本！”乐老师还在第一时间向有关出版社加以推荐。那时，这本书还没有获得“鲁迅文学奖”，国内的评论还不多。当然，获“鲁奖”对于这本书的外译出版是有利的，尽管如此，这本书在国家社科基金外译项目评审中并未获得通过。是外研社领导的坚持，这本书被纳入“中华学术文库”（乐黛云老师是编委之一）才得以最终出版。

我很感激乐黛云老师，我和她其实并无深交，好像只是在哪次会上远远地见过一面。（2012 年）5 月 22 日，也是我刚刚拿到样书之后，乐老师便发来邮件说：“《陶渊明的幽灵》英文版新书面世，枢元，太为你……高兴，我摔断了腿，情况危殆。”这是她一年多的时间里第二次跌伤，我曾提出到北京看望她，被她谢绝了。然而，6 月 6 日，在她伤势稍稍稳定后又给我发来短信，叮嘱“这样的开创性事件，要注意宣传评价”。“学术乃天下公器”，鲁枢元不过一区区常人，在乐黛云老师的胸怀里惦记的是“天下学术”！

4. 西方学界对这本著作有何评价和反响？

鲁：*A Case Study of Tao Yuanming* 刚刚面世，现在谈西方学界反响为时过早。但从西方几位有影响的学者，如耶鲁大学教授玛丽·伊芙琳·塔克女士为此书撰写的序言、美国人文科学院院士小约翰·柯布先生、爱达荷大学教授斯考特·斯洛维克先生为此书撰写的推荐语中可以看出一些反响，或者说他们对于此书的期待。

就在上个周末（6 月 9 日），我到上海师范大学参加一个研讨会，有幸会见到美国西部大盐湖高地的特丽·威廉斯与布鲁克·威廉姆斯夫妇，他们都是美国生态文化界有广泛影响的作家、学者。特丽的《心灵的慰藉》是美国自然文学的经典之作，曾被李克强总理的夫人程虹教授翻译成中文，在中国读书界拥有诸多“粉丝”。我开玩笑地说，我与布鲁克家族有一定的渊源，因为我和他的名字中都有一个“鲁”字，我想给布鲁克起一个中国名字：“鲁布柯”——“大地布满青枝绿叶”！布鲁克欣然接受，还当时就与我称兄道弟叫起“brother”来。

更让我十分意外的是，特瑞女士竟然告诉我说，最近两个月里，我的这本书竟然成了布鲁克的“精神寄托”。原来他们夫妇来中国访问前，就已经从塔克教授那里得到了该书的校样。在接下来布鲁克的演讲时，他现场向大家出示了随身携带的厚厚一本《陶渊明的幽灵》书英译版的复印件，几乎每一页都有他用绿色的便条写下的阅读时的标记！一部重重的复印件途经万里，被他从美国西部的大沙漠地区带到中国华东沿海，我很感动：我们的陶渊明终于在当代西方遇到了知音！

5. 有些作家或学者比较爱惜羽毛，希望译者能原汁原味地呈现原著的面貌和风格。而您则比较考虑中西方读者在接受您的著作时可能有的阅读视角和知识储备的差异。您这本书在准备翻译成英文时，您自己先做了删文处理，原书 24 万字，删成 18 万字的中文书稿，交给翻译者翻成英文。您删节时是怎么考虑的？

鲁：翻译，是一门高深的学问，对此我完全是一个外行。我当然期待译著能够大抵清楚地表达我的初衷，能够得到英语读书界的认可。但我也深深知道翻译一部著作，在一定程度上说就是一个再创作。而阅读，其实是一次再创作，一个持续的接受与阐释的过程。一定要求“原汁原味”是没有道理的。

此书的翻译，可以说是一波三折。因为“汉译英”要比“英译汉”困难许多，国内这方面的专家稀少，出版社的选择也很严格，所以，有人愿意承担这项繁难的工作，我就已经很感激了。经过几番筛选，事实证明，最后承担此书翻译的孟祥春博士，是一位很称职的人选，我称他是“可以信赖的文化摆渡人”。

中文版《陶渊明的幽灵》24 万字，*A Case Study of Tao Yuanming* 压缩到 18 万字，这不是出版社的要求，而是我自己主动要求精简压缩的，目的在于方便西方读者阅读，同时也降低些出版的成本。删去的部分有些是中国现当代文学史上关于陶渊明阐释的一些纠正；还有一些是对于西方哲学常识性的解说，这对于西方专业读者来说并不必要。至于中国古代文化典籍中一些重要的哲理，尽管我知道翻译起来很不容易，但还是蓄意保留了。比如，《老子》第二十八章关于“知白守黑”的阐述；《庄子·达生篇》中“返气相天”的观念，尽管意蕴深奥、难以翻译，但事关中国古代优秀文化的对外介绍，我还是保留了。

6. 此书的翻译过程，有何故事？请您简述。

鲁：关于“外围”的故事，比如乐黛云老师的关心支持，前边已经讲了一些。至于翻译“核心”里的故事，大约只有翻译者孟祥春博士知道了。这里我摘引他的"译者序"里的一段话,备用。

《陶渊明的幽灵》的英译本自身就是一部跨文化的批评,它首先是原作者鲁枢元的跨文化批评,其次才是译者的跨文化批评。为了把中国的很多古典概念与范畴传达明白,力求既要晓畅通达,又不至于繁复冗长,我一方面须尽力保留这些概念的"中国性",另一方面还往往需要从西方的视角来审视,也正是因为这种"西方视角审视",我才有可能用改造过的西方概念或范畴来再现(re-present)中国的古典概念与范畴,如the mysterious female reminiscent of Gaia(让人联想到地母盖亚的"玄牝"),all natural beings as the so-of-itself being in a perfect state of being(自然自在), the Peach-blossom Springs as an Arcadia, or a Shangri-La, or a land of promise (作为阿卡迪亚或者香格里拉的"桃花源"),等等。在翻译过程中,我往往把中国物事与思想和西方物事与思想并置齐观,然后再会通融合成一种整体性的全新言说。这种做法我们不妨称之为"批判思考,合璧言说",在今天的语境下,它似乎具有某种生态意味。

7. 外研社这套丛书已出了二十八本。据了解还将继续出版下去。对当下的"中国文化走出去"的时代热点,您是如何看的？

鲁：外研社这套丛书计划可谓应运而生、适逢其会。身处生态时代的思想界，无论东方还是西方，其面对的核心问题即在于重新审视并调整人类与自然的关系，缓解地球生态系统的危机，促进人类社会的和平与和谐。在人类社会进入生态学时代之际，中华民族传统文化思想中素朴的现象学思想、先天的整体论与生成论思想、和谐的自然美学、自发的生态哲学思想，已经成为人们再也无法拒绝的学术资源和精神能源。与近百年来中国学术思想界总是“顺水西漂”不同，在新的世纪里，它将扮演更为积极主动的角色，而其凭借的不仅是时代潮流的“峰回路转”，还有它自身拥有的文化传统和学术精神的实力。这也将是中国学术走向自主自立的开始，将是中国学术精神世界化的开始。

著名物理学家普里戈金曾经指出：“我们相信，我们正朝着一种新的综合前进，朝着一种新的自然主义前进。也许我们最终能够把西方的传统与中国的传统结合起来。”

我相信这位世界顶级物理学家的推断。

相聚在常青树下

——美国克莱蒙第12届“生态文明国际论坛”散记

人间四月天，我们来到美国南加利福尼亚州克莱蒙大学城，参加第12届“生态文明国际论坛”。大学城已有百余年历史，是洛杉矶沙地上的一块绿洲，绿树掩隐下有全美顶尖的7所大学坐落在这里，营造出“大树多”“博士多”的美好声誉。20世纪30年代，京剧艺术表演大师梅兰芳就是在这里的波莫纳学院被授予博士学位的，世人乐道的“梅博士”，盖源出于此。中国现代学术大师胡适也曾4次驾临大学城，被克莱蒙研究院授予名誉博士学位。克莱蒙博士多，也有中国人的一份贡献！

这届论坛，以“生态文明与共生性发展”为主题，呼吁人与自然和谐共生的发展理念。来自中国、美国、英国、日本、韩国、越南、新加坡、缅甸等国的160余位学者围绕这一主题展开研讨，气氛友好而热烈。

论坛上，我不忘10年前的“初心”，坚持在这样一个隆重的国际论坛上宣扬中国古代伟大诗人陶渊明。在我看来，面对地球人类苦苦追求的“共同福祉”，陶渊明的“田园时光”、西方学者主张的“有机农业生态愿景”与中国政府倡导的“新农村建设”已具备了共同语境。

小约翰·柯布：生态运动的常青树

克莱蒙历届国际论坛的灵魂人物小约翰·柯布先生，就是享誉世界的“有机农业时代的先驱”。柯布先生(John B. Cobb,Jr.)是美国国家人文与科学院院士，美国中美后现代发展研究院创始院长，生态经济学家，绿色GDP学说的创始人之一，推动工业文明向生态文明过渡的重要思想家。柯布先生的妈妈与宋庆龄有同窗之谊，柯布先生热爱中国，多次来中国访问，亲临田间地头考察，坚信生态文明的希望在中国，建议中国跨越西方工业文明的误区，直接进入生态文明。如今已经93岁的柯布老人依然思维敏锐、身体康健，被誉为“生态文明运动中的常青树”。

今天是论坛开幕的隆重日子，柯老又穿上他最喜爱的那件枣红缎子、福寿团纹的“唐装”和那双“老北京布鞋”。虽然已经在会上累了大半天，他仍旧精神旺盛、神采奕奕。

当天下午，我们黄河科技学院一行五人在中美后现代发展研究院常务副院长王治河博士陪同下，应邀到柯布老人家中做客。老人为了资助生态文明运动，早已将祖产豪宅卖掉，如今住在老年社区一个狭窄的房子里。小小的客厅仅可容膝，卧室里有一张不足一米宽的小床。老人热爱东方文化，书架上除了英文书还有中文书，墙壁上悬挂着他的夫人在世时手绘的“中国山水画”，床头上方是中国生态运动的力行者梁晓仪女士题赠的“藏头诗”：“柯山夕阳无限好，布道九旬人未老。”另有一幅装裱精致的《老子青牛出关图》。

话题自然由怀特海的有机过程哲学谈起。怀特海的哲学是柯布一系列生态思想的肥沃土壤，他的生态经济学理念、绿色 GDP 创意、有机农业畅想全都是在这块土壤中生根发芽、茁壮成长的。而这些生态观念的建树，已经对当今社会的许多领域产生良好影响。会上我遇到一位须发皆白的老建筑师，仍然像小学生一样尊崇柯布老人，他说他的建筑学理念得益于柯布老师的哲学思想：建筑体也是一个生命体，建筑群就如同一个血脉相连的族群，看似无机，实是有机的。

我对柯老说，20 年前我就痴迷上怀特海，我早期的《生态文艺学》中就写有怀特海的专节，我现在的研究室里悬挂有怀特海的肖像，他的《科学与现代世界》是我从事生态批评研究的“圣经”，是我指导的历届研究生的必读书。但是，除了这部书,怀特海的其他著作对我来说太艰深了,我很难读懂。怀特海同时又是数学家,而我的数学很糟糕,读中学时还有两门不及格!柯老听了哈哈大笑,说:换了我那就干脆放弃了!

据长年工作在柯老身边的王治河博士说,柯老很赏识我写的那本关于中国伟大诗人陶渊明的书。我这次在论坛上的主题发言,也正是讲“陶渊明的田园时光”“柯布先生的生态愿景”“中国当下的新农村建设”。柯老本来是在主席台就座的,待到我发言时,老人特地从台上走到听众席,仔细观看我展示的英文PPT。讲演中引述了许多柯老的观点,我问柯老,我的那些阐释不知是否合乎您的原义?柯老笑着并不做确定的回答,他说:一切理论都是可以商榷的,商榷才有互动,互动才是有机哲学的应有之义。

最近,空前隆重的中国生态环境保护大会在北京召开,从新华社发布的消息可以看出,柯布先生又在及时地频频发声,力挺中国的生态环境政策,受到中国顶层领导与基层民众的一致好评。

大卫·柯藤:“全球化”的狙击手

柯藤先生年逾八旬,敦敦实实的中等身材,浓浓的花白胡子守护着他那张刚毅沉着的面孔。我面对柯藤突发奇想:一辆冲锋陷阵的战车！

大卫·柯藤(David Korten)，曾任哈佛大学商学院教授和哈佛国家发展研究院成员，据新华社报道，这是一位代表“穷人”抵制“全球化”的斗士与思想领袖。他认为全球化过程中跨国公司为了追求一己利润牺牲各个国家和人民的利益，严重地加剧了社会矛盾，加速了地球生态恶化。他于1995年出版的《当公司统治世界》一书，在西方引发“反全球化”浪潮，成为许多国家群众游行示威抗议世贸组织、国际货币基金组织的思想武器，尽管他本人只是静静地待在书斋里。

柯藤先生又是罗马俱乐部的资深成员。这里需要解释一下，现在的年轻人可别把这个“俱乐部”当作唱歌跳舞的娱乐场所，这是一个成立于1968年4月，总部设在意大利罗马，由世界顶尖学者跨国组成的民间学术机构，一个面对全球问题向各国政府提供建议的智囊组织，曾对全球的生态运动产生过深远的影响。其出版的《增长的极限》一书被翻译为34种文字，总印数达600多万册。1984年此书被翻译到中国，回想起来，我就是因为读了这本书，才开始关注生态问题的。

会议间隙，我会见了这位反对“全球化”的思想家，我自己是认同他关于“全球化”的思考的，并坚持用生态型的“人类纪”取代经济型的“全球化”。我还向这位资深罗马俱乐部成员“套近乎”：30年前我曾造访过位于意大利罗马城“林赛科学院”的俱乐部总部。那时我随中国作家代表团访问意大利，由于我的坚持特地安排了这一项目。创始人奥莱里欧·佩切伊已经去世，继任者亚历山大·金也不在总部，科学院的院长弗郎西斯科·加勃里耶利与两位社会学教授接待了我们。临别时我还向院长赠送了我刚刚再版的《创作心理研究》一书，或许这本书仍旧静静地躺在学院图书馆的书架上呢！

柯藤先生去年曾在中国人民大学讲学。在这次论坛上他再次指出：人类历史已经到了决定性时刻，除非我们能够找到一条全人类共生、共享的生态文明之路，否则我们就有可能成为首个故意自我灭绝的地球物种。同时他也深切地表达了对于当代中国的关注与期待：如果中国选择通过文化和制度上的深刻变革来领导全世界走向生态文明，那将是整个世界的福音。

霍尔姆斯·罗尔斯顿：走进荒野的哲学家

论坛部分学者在美国过程研究中心中国部主任樊美筠教授率领下，飞行两个多小时来到科罗拉多州的首府丹佛市，就是为了听霍尔姆斯·罗尔斯顿（Holmes Rolston）的一场讲座。他是科罗拉多州立大学名教授，国际环境伦理协会的创会主席。不怕说句犯忌讳的话，来美国之前，我还以为这位

“老牌”生态运动的旗手已经“作古”了呢！这是因为老先生在我的心目中已经存在太久、太久。我刚刚从事生态批评，就读他的《哲学走向荒野》，我在2007年出版的《心中的旷野》一书，多半是受了他的启发，在该书的题记中我就虔诚地向他表达过敬意，并颇费周折地刊出他的一张照片。

这次在科罗拉多大学见到罗尔斯顿，从他自己调侃的话语中，也可以看出他的“古老”：“人们都称我是生态伦理学之父，那是不对的。我是生态伦理学的祖父，在座的你们才是之父！”当然，这位祖父之上也还有父辈，那就是出生在1887年、被尊为“大地伦理学之父”的奥尔多·利奥波德。

借这次丹佛见面，我告诉罗尔斯顿先生，在我主编的《自然与人文——生态批评学术资源库》一书中，收录了他22条语录，比柏拉图的多，也比康德、黑格尔的多，他开心地大笑起来。

罗尔斯顿也曾多次到中国来，与中国生态美学界的人士多有接触，他的《哲学走向荒野》为他在中国带来盛誉。在我看来罗尔斯顿该属于“深绿”生态学者，他强调荒野是一切生命的伟大源泉，人类并不是地球的主人；人类只有看护好地球，人生才得以美好，人性才得以圆满。这与我接待过的美国环境美学家伯林特教授、芬兰环境美学家瑟帕玛教授多少有些不同，他们二位都有“人本”倾向；而不曾谋面的罗尔斯顿更容易让我引为同道。

然而从他这次演讲中，我却发现他对中国生态文化可能存在着某些误解。比如，他批评中国文化中缺少对于“自发的原生自然”即荒野的审美，而偏爱“人性化的艺术自然”，诸如园林，这恐怕是以偏概全。《诗经》中的“鹤鸣于九皋，声闻于野。鱼潜在渊，或在于渚”，《楚辞》中“风飒飒兮木萧萧”“石磊磊兮葛蔓蔓”“雷填填兮雨冥冥”“猿啾啾兮狖夜鸣”，写的全都是荒野中的一派生机；唐诗“大漠孤烟直，长河落日圆”写尽荒漠的雄浑之美；元代诗人马致远的“枯藤老树昏鸦，古道西风瘦马”写出荒野凄清之极致。中国传统美学历来推崇自然美，近代以来对于人造自然美的青睐，或许是“舶来品”，是接受了西方工业时代美学观的影响，比如铲除野草，种植草坪。

由于时间仓促，我这些想法只对罗尔斯顿说出了一半。看来，东西方之间关于生态文化、生态文明的对话，还有待于进一步展开。

菲利浦·克莱顿：月光下的柚子树

离开克莱蒙的前一天晚上，中美后现代发展研究院现任院长菲利浦·克莱顿先生(Philip Clayton)作为东道主，邀请黄科院参会代表一行到他家中做客。看得出这是一个温馨幸福的家庭，优雅的女主人，可爱的一对双胞胎兄弟，一只相貌平平却善解人意的小黄狗。皓月当空，庭院里两棵柚子树硕果累累。克莱顿说，尊敬的中国客人，请每人摘下一只柚子，作为迎接你们的礼节！年轻人迫不及待地剥开柚子，那甘美的汁液象征着连接世界人心的生态观念已经沁入肺腑！

克莱顿教授是生态哲学家，同时又是一位循循善诱的生态教育家。他的学术思想也曾影响到中国政府的政策制定，环境保护部部长陈吉宁在全国人大常委会上做报告时曾经提到：有一位学者是做过程哲学的，叫菲利普·克莱顿，他认为中国领导人正致力于推进中国成为后现代或生态文明国家。

前年夏天，克莱顿院长曾偕他的团队过访我们黄河科技学院，并亲自参加我校“建设性后现代与生态文化研究中心”的挂牌仪式，时间虽短，气氛热烈。

今晚，是对地球生态的共同关注、对绿色生活的共同向往，让我们跨越太平洋走到一起来了。草坪上的餐桌已经摆上比萨、苹果馅饼，以及各种红、白葡萄酒。柚子树下众人“举杯邀明月”，共同祝愿大地常绿、月常圆、友情长久！

最后，不能不说说王治河、樊美筠这对博士伉俪。

两位都是北京大学哲学系的高才生，并先后获得哲学博士学位，出国前已经是活跃在中国学术界颇有建树的青年才俊。治河担任副主编的《国外社会科学》杂志是我常年订阅的刊物，他主编的《后现代主义辞典》是我案头必备的工具书。美筠供职的北京师范大学、中华美学学会，有我许多年长、年轻的朋友。他们夫妇共同撰著的《第二次启蒙》汇集了中西生态智慧，为即将来临的生态文明和后现代转折提供了坚实的理论基础。当下，他们夫妇都是克莱蒙中美后现代发展研究院的中坚力量，他们横跨中美的特殊身份，使他们成为沟通东西方生态文明互动的桥梁。

这次赴美参会，我才真切看到他们的工作是何等的繁重，何等的艰难。研究院是非营利单位，生态项目筹款不易，我亲耳听到柯布老人当众对美筠的痛惜与夸赞："她一块钱掰作两半花，一个人当作几个人用，明看做不到的事，美筠竟也做成了！"

当论坛圆满结束，各国来的代表欢天喜地离去时，我看到美筠病了……

返国已经多日，总会忆起论坛开幕那天各国学者围在柯布老人身边摄影留念的情景：脚下是芳草如茵的绿地，背后是终年常青的松柏，头上是湛蓝的青天，大家能够相聚在这片青翠的天地中，是一份缘分，也是一份职责，一份对于地球与时代的职责。

2018 年 5 月

与刘海燕谈文艺学研究与时代精神

刘海燕:鲁老师,您出生、成长于开封,毕业于河南大学中文系,后又在郑州大学工作多年,在河南度过了前半生,但我以及熟知您的人都会感受到您的精神气质里有种异质的东西,和河南本土文化人有些不太一样的气息,这种异质的气息大致可以描述为:自由的性情和现代性的思想;但您的思想底蕴又是东方古典情怀的,这使您一开始就呈现出力图融贯中西的气象。我很想知道,您的这些特殊的地域文化气质是怎样形成的?最初您怎么走进文艺心理研究的学术领域的?

鲁枢元:山东大学的朋友也曾开玩笑说,你们豫东盐碱地上怎么还出了你这样的学者?其实不止我一人,还有孙荪、耿占春、艾云、张月都是这块盐碱地上的产物。现在北师大任教的刘成纪也是豫东人。你和同济大学的王鸿生也都在兰考的荒沙盐碱地上生活过。我总认为,一个人能够做什么学问,成为一个什么样的学者，和天性、遗传基因以及乡土的文化积淀都有关系。

开封这块土地上积淀的历史文化，无形中在我生命的最深处种下某些基因。胡朴安在《中华全国风俗志》中如此介绍开封地区的民风民俗："梁、魏之墟，人多俊髦，好儒雅，杂以游豫，有魏公子之风，难动以非，易感以义。""地居土中，物受正气，其人性和而才慧，其地产厚而类繁。""俗尊年齿，学尚经术……平原修野，故其人坦易；巨涛大河，故其人结博。"（据汉《地理志》及《通典》等）这可能不是如今人们对河南人的印象。开封曾经是七朝古都，虽然早已经衰败，但"王气"尚未消尽，不信你站在城北的龙亭向南望去，仍可以感觉到千年前的恢宏气势。北宋，是中国历史上科技最发达、经济最富裕、文化最昌盛、艺术最繁荣的朝代，正如陈寅恪先生所言："华夏民族的文化，历数千载之演进，造极于赵宋之世。"其时，开封的城市生活可以与世界上任何大都市媲美而有过之。

我是在开封市井里出生、长大的。我们家在开封城的东北一隅，东边是司马迁《史记》中写到的"夷门"，即魏国信陵君倚重的那位隐士侯嬴当差的地方；北边是宋徽宗时代的艮岳、明清时期的贡院，民国时期的河南大学；西边是北宋的御街、樊楼，《水浒传》里杨志卖刀、燕青私会李师师的地方；南边有一条不显眼的小街"教经胡同"，据潘光旦先生考据，那可是犹太人一千年前在中国的聚集地。在老家，我总恍惚觉得信陵君的车驾与范仲淹、苏东坡的坐骑就曾经从我家门前驰过。

当然，这一切都是潜意识的，成了我潜在的文化底蕴。

从心理素质上讲，我大约属于内向感觉型，柔弱，内敛，凡事求诸己，不擅与人争锋。20世纪60年代大学里讲阶级斗争，我们班里的同学大多是贫下中农出身，作为开封市民，反而成了“劣势”，被蔑称为“小市民”，这让我总是活得忐忑不安、战战兢兢。这倒好，大约从那时起，我就时时提醒自己切不要有小市民习气。我的父亲是一位勤苦的劳动者，虽然生活在城市的底层，倒是没有马克思批评的歌德的那些庸人气味。他善良、正直、诚实、公道、乐于助人，同时也拥有底层人的生存智慧，在街坊邻居中很有威望。他已经去世30年了，我还会不时梦见他。我的母亲出身农家，却有极好的艺术感觉，她是开封市汴绣工艺界的前辈，不但绣一般的花鸟虫鱼，还可以绣凡·高、莫奈、约干松的油画。

我五岁多一点上学。从小学到中学，属于那种毫不显眼的规矩孩子，学习成绩中等。但我很喜欢读书，读书很杂。除了中国古典名著《水浒传》《西游记》《三国演义》《今古奇观》，除了当时流行的《红旗谱》《青春之歌》《牛虻》《钢铁是怎样炼成的》，还在旧书摊上买过鲁迅的《三闲集》《二心集》《中国小说史略》，常任侠的《中国古典艺术》，欧阳予倩的《一得余抄》，吕凤子的《中国画法研究》，普希金、马雅可夫斯基的《诗集》，苏联专家杜伯罗维娜的《达尔文主义》。青春期与同班一位女同学要好，她的父母都在大学教书，母亲是30年代作家殷夫的学生、朋友。她曾借给我一本涅克拉索夫的《俄罗斯女人》。书里讲十二月党人的妻子不辞千辛万苦追随流放的丈夫到西伯利亚的故事，那优美的诗句让我深深感动，教我学会对女性的尊重与同情。

1981年我调入郑州大学教书，至于我怎么跨入文艺心理学研究领域，并参与了新时期中国文艺心理学学科的重建，至今仍然说不清楚。

大约1974年前后，我在"文革"中被查封的禁书中"窃取"一本人民教育出版社1962年版的《西方现代心理学派别》，作者是美国哥伦比亚学派的主要代表人物R.S.吴伟士（Robert Sessions Woodworth）。我大学上的虽然是师范学院，但并没有学过"心理学"这门课程，这本书就成了我的心理学启蒙读物。

接触到R.S.吴伟士的书，是一件很偶然的事，却又像是命运在冥冥中注定的，如果没有看到这本书，我随后就无从介入国内文艺心理学学科再建；如果没有80年代初文艺心理学研究的浪潮，这本书看也就看了。

当时国内流行的心理学理论多以苏联的认知心理学、实验心理学为蓝本，而 R.S.吴伟士的这本书，使我一开始便把目光投向西方心理学史。以此为线索，我尽力搜求当时能够找到的西方心理学的书，对构造主义心理学、机能主义心理学、行为主义心理学、精神分析心理学、分析心理学、格式塔心理学、人本主义心理学以及心理学的日内瓦学派、苏联的“维列鲁”学派逐一进行了虽然粗疏却兴致盎然的扫描，后来结集成《文艺心理阐释》一书，由上海文艺出版社出版。我的用意倒也单纯，就是试图直接从积淀深厚的西方心理学资源中探测、寻觅与文学艺术相关的知识与理论，让文学理论与心理学理论在我的视野内发生碰撞，这种撞击如果能够涌现出什么新的东西来，那可能就是我的发现。

至于初衷，直接的可以说是好奇心。我承认我不能像许多批评家那样冷峻与超脱，我对于杰出的作家、诗人、艺术家始终怀有神秘感，怀有敬畏之心，认定他们是天地间的精灵，几乎是不可言说的。最初，我致力于创作心理研究就是出于这种好奇心，即所谓试图打开文学艺术创作的“黑箱子”。如果虑及研究者的天性，即我的“内倾感觉型”人格，加之受中国传统文化的浸染太重，总相信“被褐怀玉”“重于外者而内拙”之类古训，而这恰恰也是弗洛伊德、荣格精神分析心理学的研究取向。

刘海燕：您很注重东方智慧和西方思想的融合，这使您的研究既能还原真实性，沿袭中国的文脉，又能升腾飞越，具有世界性的指向。譬如，80 年代末 90 年代初，您在我们的研究生课堂上，讲中国古代文论中的“神韵说”“境界说”与西方现代心理学中的格式塔理论的契合点和差异性；在中西相通的艺术神韵中，讲文学作品的生气灌注；多次谈及老子、庄子、魏晋风骨、性灵派等，还让我们留意明末奇人金圣叹及他的“评注六才子书”等；受此影响，后来我的师弟张红军，硕士毕业论文就做了金圣叹研究。

在文艺心理学领域，您受到影响较大的中学、西学有哪些？

鲁枢元：从事文艺心理学研究时，开始是弗洛伊德，后来是荣格。荣格的理论根系扎在古代文化里，有文化保守倾向，但很深刻。近乎神秘。还有皮亚杰的发生认识论心理学。列维·布留尔的《原始思维》、杜夫海纳的《哲学与美学》两本书对我的启发很大。启蒙思想家中，喜欢卢梭，喜欢他的温情、坦率、自然主义的浪漫。中国古代典籍中我特别喜欢《庄子》，包括它的文体。在文艺创作心理学研究阶段，我在最大程度上吸收了陆机的《文赋》。此外。我还偏爱古人的“诗话”与“笔记文”。我给山东大学的研究生讲课时说：我没有什么学问，只有一些知识碎片，这不是谦虚，我的长处大概是能够把这些碎片串起来，用我的好奇心和兴致把它们整合起来。整成一个似是而非、似非而是的东西。就像自己的孩子，无论丑、俊，总是我亲生的！

刘海燕：我感到您在每一个阶段的研究，和同时代学者相比，都更关注人的内心。如您初版于 1985 年的《创作心理研究》，当时，虽然西方的各种文艺思潮涌入中国，但占据文艺界主导地位的依然是社会决定论，您这本书却是在心理学的层面上，对作家自己也难以把握的创作过程的研究，是对个性化的作家主体的研究；因为您研究的既是创作主体，又是动态的过程，无论在当时还是今天，都可以看出其难度。这本书，从 1985 年到 1987 年，两年之内 3 次印刷，可以看出在当时受到的关注程度。时隔将近 30 年，《创作心理研究》修订再版，依然有新意在延伸。书中的研究路数，既没有人能够超越，也没有人能够续上，成了中国当代文学研究的一个地标。

这种对人内心的关注，到了 90 年代以后，呈现为更为厚道、宽广的学术良知，即对世道人心和当代人精神生态的关注，及对现代社会问题的反思，等等。

还有，就是您的学术研究，是一种充满激情、兴趣和活力的原创性研究，有艺术理想在。这一点是我们今天的学界尤其缺乏的。

回溯过往，和您一起走过来的 80 年代的那些学人，不少都走散了，但您一直这样坚定地走在这条道上，在每个时期，都能发挥引领学术思潮的作用，至今仍不见衰退的迹象，就像同济大学王鸿生教授说的，在中国文艺理论界您这一页一直没有翻过去。究其原因，我认为和您学术研究的这些基质很有关系。

譬如，1986年，您在《文艺报》发表《论新时期文学的“向内转”》一文，在当时的文学界引起了广泛反响和争鸣，“向内转”的讨论对当时的文学界和您本人产生了什么影响？

鲁枢元：文学心理学在中国80年代的重建，与新时期的文学思潮、文学运动是完全一致的。您提到的《文艺报》发表的《论新时期文学的“向内转”》一文，也可以说是我对这一文学时代浪潮的个人的回应。这篇文章也在相当一部分作家、评论家那里引起共鸣，在某种程度上纠正了长期以来中国当代文艺理论过度重集体、轻个人，重生活、轻体验，重外物、轻内心的偏颇。我这篇文章中所说的“内”，还是指人的“内心”，“心灵世界”。后来一些“海归”青年学者认定文学的“内”只能是语言、文本、结构、叙述方式，成了“两股道上跑的车”，跑到另一层面去了。但这些西方引进的结构主义理论也让我开了眼，长了见识。

刘海燕：80年代中期，我在华中师大中文系读书，西方的各种批评方法眼花缭乱地涌入视野，就我个人而言，受到的西学影响要比国学大，多年后深感需要补中国古典文化的课。

这时补课的好处，就是能在一个相对多元的视野中去理解和吸收。

当我回到文化的源头去看，很是惊讶。如与孔子所生活的时代较为接近的古希腊悲剧诗人埃斯库罗斯，他在《奥瑞斯提亚》三部曲里，以戏剧艺术的形式，建立了人类历史上第一个模拟法庭，让古希腊人见证了正义实现的过程，把古希腊人从仇仇相报的野蛮时代引向民主与和解的理性时代。这种复仇与赦免的故事，赦免，尤其赦免的过程，在中国文化里是很陌生的。在我们对于战争、敌我的理解和表述里，都是置对方于死地，死了该死，没有伦理学上的困惑；敌我双方都没有把彼此当成人，当成人类生活链条上有机的一环，去思量和改善。而这个古希腊剧作家，他试探着以理性的力量改善人类的生活，其程序之透明，法则之严谨，让后人有规可循，我觉得他简直是人类最早的有人文关怀的大法官！

不同的文明有着不同的开端。开端不同，以后漫长的流向也就不同，离得远才能看得清。

鲁枢元：不同的文明有着不同的开端，但既然同属人类的文明，也就会有着相同的地方，尤其是在开端之处。比如你说的"宽容"与"和解"，在中国古代，也有孔子的"恕道"与墨子的"止战"。还有我们的豫东老乡宋襄公，主张以"仁义"兴国，打仗时对敌人也以礼相待，即使打了败仗也不后悔。宋襄公遵循的是古代贵族之间的理性精神，心中的道德高于实际的功利。至于为了目的可以不择手段，则是后来的历史发展了，中国有秦始皇、曹操、袁世凯；西方近现代诞生了培根、俾斯麦、罗伯斯比尔、列宁、托洛茨基。历史离开源头便分而流之，甚至愈行愈远，国与国之间势同水火。就伦理道德领域，我看不出人类历史的进步究竟有多大。从最善良的愿望加以推测，在“建设性后现代思潮”的推动下，世界也许又有了“大同”的趋势。我们中国还在强调自己特殊的国情，将来的世界是“大同”于美国，还是“大同”于中国，还是折中了中国、美国以及其他国家，尚有待历史的验证。

刘海燕：今天，时隔 30 年之后，您怎样看待 80 年代文学理论界的方法热？

鲁枢元：80 年代，文学理论视野的开拓与文学研究方法的更新开创了中国文学的新篇章。从单一的社会学批评到心理批评、形式批评、文本批评以及叙事学批评、符号学批评、女性批评、后殖民批评、解构主义批评，此起彼伏如转轮，十多年间几乎把西方百年来文学批评的历程复演一遍。中国的文学理论界犹如常年饥饿的贫汉突然面对一桌西餐大菜，吃得虽然气势磅礴，却一时难以消化。记得王逢振先生在天津的一次会上介绍“德里达”与“解构主义”，我直听得一头雾水。会下与逢振兄在路边的排挡喝酒，仔细向他请教，仍是雾水一头。我甚至怀疑，那时（1986）的“德里达”在逢振兄的脑子里也还在腾云驾雾。我还记得有一年陕西师范大学中文系请我主持硕士学位论文答辩，四位研究生的论文一律“拉康”，而我这个主持人也不过刚刚知道拉康是法国人，他的父亲是一个卖醋的商贩。结果，“婴儿镜像”“欲望能指”“二级压抑”“想象异化”意气风发、囫囵吞枣地扯上一阵，论文一律通过。事过不久，在一次聚会上我向从事分析哲学研究的徐友渔先生请教拉康的结构主义精神分析学，他说，国内真正弄懂拉康的人不会超过四个。我想这四个人里，文学理论界不知是否会摊上一个。然而，尽管有些饭食夹生、消化不良，这场西方文化的大引进毕竟还是打开了中国学者的眼界，为中国当代的文学批评、文学理论研究提供了足以选择的思想资源与学术资源。如同五四运动的“文学革命”一样，20 世纪 80 年代的文学思潮，包括对西方文学理论方法的引进，对于解放中国人长期被禁锢的思想，推动中国社会的政治变革，也起到重要作用。到了 80 年代末尾，中国社会似乎又呈现出 70 年前五四运动的精神气象，中国社会的变革与转型被推上一个突出的临界点。

遗憾的是，这一躁动不安的风潮很快就受到重创，归于沉寂。随后，国人的注意力便被引向发财致富的金光大道，市场经济、消费文化迅速占据了人们的公共空间乃至私人空间。

包括医疗卫生、高等教育、新闻出版、宗教信仰这些历来属于精神文化的领域，也纷纷遵循市场规律，鼓捣起量化管理。版税多少，票房高低，也就成了衡量文学艺术成就的标准。前几年在五台山，一个偏僻小庙里的和尚向我诉苦：处在旅游点上的大庙香火旺盛，和尚们一个个富得流油；而他们这里游人冷落，收入微薄，养老已经成了问题！

刘海燕：从您这一代学者身上，能看到学脉里有师承，有敬畏，有规矩。从《梦里潮音》这本80年代的文学记忆里，可以看出，您在学术之路上，曾得到钱谷融、王元化、徐中玉、蒋孔阳等一代大家的无私扶持，并建立起“忘年的情谊”。

在1983年的一则日记里您谈到：您和许子东在钱谷融先生家吃饭、品茗、聊天，先生和你们谈及治学，大意是让你们多看书，看好书，多看作品，最重要的还是做人。还有一则日记记道：钱先生由上海寄来奶糖、饼干各一盒，新式影集一册。钱先生当时是学界德高望重的长辈，对外省的一个青年才俊如此殷切呵护。另一则曾记：钱谷融、王元化二先生就文章的大局和细节给您谈了修改意见后说：“将来的事业，还是要靠年轻一代的。”

可以看出，他们是在使命感中做人，在大的人格中治学。这种建立在精神和学术根底的关系，使你们的学人情谊里有了持续一生的亲人情谊。如您和钱先生的情谊，去年冬天，您向我谈起钱先生的日常生活状况，那种忧虑，我感到您已把他当成了“师父”，我知道您时常去上海钱先生的寓所看望他。前几日我给您打电话时，您正在无锡和 98 岁的钱先生一起，真是能多陪一次就多陪一次。放下电话，我心中一阵感慨。

今天学人们普遍精于自谋，无暇顾及公共的精神生活，20 世纪 80 年代学人之间的那种美好关系已难以再现。一个时代的脚步声愈来愈远。

我有时感到自己很幸运，虽然没有上名校，但跟随您，的确契合我的性情，河南文艺出版社的郑雄副总编前几天还戏说，我是得到了您的真传。您在 80 年代这种温暖大气的人文环境中，吸收的精神营养，也让我们受益，您也以这种方式来培养我们。90 年代初，您郑州大学金水河边的家，好像是一个自由的客栈和沙龙，我们这些研究生，时常在那里吃饭、漫谈，会遇见各路人物和一些新鲜的思想。现在想来，那种非课堂教学所得，留下的记忆和影响，是正经的课堂教学无法替代的。

反观今日的人文学科教育，高校管理把许多精力用在管理教授上，管理人员要严格检查教授们的教案。也许教案很重要，但民国时期也有大师一级的教授上课并没有教案，只讲自己当下的所思、所得。况且每种学科都有自身的特性，不能以一种规则模式化地去管理，孔子向他的弟子们解释古代文化遗产，不也是漫谈的方式嘛。关键是师者有没有境界，有没有涵养大气，而这境界和大气又不是孤立的，和一个时代整体的精神氛围有关。

更重要的是您做学问的方式，您总是以朴拙、踏实、倾心的方式做学问，有很多细节让我感动。当年您搬家时，我帮您收拾书架，我看到厚厚的一大本方格纸手稿，翻到最后一页，整整洁洁，没一处涂改，我问怎么一个错字都没有？您说，已经誊写几遍了。包括现在，您的惜时和生活节奏，年轻人都难以企及。钱先生为您的《创作心理研究》再版写的序言，开篇引用尼采的一句话，“一切书籍中他最爱读的是用心血写的那一类”，还有一句，“作家总是把最美好的东西全部倾注到他的作品中”。这两句话，如果用来评价您的学术和创作，我觉得还是很贴切的。

鲁枢元：徐中玉、钱谷融、王元化、蒋孔阳，上海学界这几位德高望重的先生，他们在新中国成立前完成了大学的学业，传承了民国时期文化人的优良品质，对学问、对后学，有自己的操守与情怀。我本是个不擅交际的人，加上出身寒微，待人接物总有几分挥之不去的畏葸。说是胆怯或自卑也可以，更多是出于惧怕受到伤害的自我防御。但在上海这些“大牌”学者面前，我反倒没有了这些心理，我不但没有受到丝毫的歧视或轻视，反而总是得到真诚、细心的关爱与扶持。

一次在王元化先生家，他和我谈到治学态度，嘱我要系统地读一些基础理论书；要做笔记；要学好英语；要做长久打算，多看、少写、精写，把目标定在理论家上。谈话间，他为我寻找威廉·詹姆斯的《心理学原理》，在书架上东翻西找，乃至跽跪地板上，累出一头汗来。无论什么时候想到这一幕，我心头都会涌起一股热流。那时，王元化先生已经出任上海市委宣传部部长，因为我文章中的引文不确、用语不当，他直接把电话打到我在宾馆的住室，一字一句地更正，当得知我马上要赶火车时，才急忙打住。元化先生治学非常严谨，惭愧的是我自己根底太浅，治学散漫无章，我有些害怕他，不敢见他，多年来便有意避开他的目光。不料最后见元化先生一面，竟是在上海龙华殡仪馆灵堂的百花丛中！上海音乐学院的前辈学者戴鹏海先生告诉我，元化先生晚年还曾为我惋惜：人才不容易出来，可能一辈子就“捂”在一个地方了。像鲁枢元，学术上很有开拓精神，先是搞文艺心理学，后来搞生态文化批评，属交叉学科研究，完全可以到上海、北京发展，把事情做大。其实，到北京，到上海，也不是没有机会；情愿“捂”在一个地方，说到底还是由于我自己的“畏葸”。

如果说我对王元化先生是敬畏，对于钱谷融先生则是亲近。钱先生与我父亲同年，是一位散淡、随和、率性的老人，我在他面前不拘束，甚至还可以放任地胡拉乱扯。钱谷融先生在80年代中期邀请我和他一起主编《文学心理学教程》，意在扶持我。在他的《闲斋书简》里，就收集了先生给我的90多封信。我从钱先生那里学到的，更多是对待人生的态度、对待他人的情怀，其中不乏儒者的文雅，更有魏晋的风度。一次，我接到殷国明兄的信没有及时回复，钱先生就少有严厉地批评我，怎么可以这样！钱先生的老师是伍叔傥先生，如今百岁老人提起他的伍先生，脸上还会现出青衿学子的虔敬。我如今也已经年近古稀，发现自己一到钱先生面前，顿时就会变成一个鸿蒙未开的孩童！

80年代初期，我的文学心理学研究曾得到当时中国社科院文学研究所所长刘再复先生的赏识，并邀请我到文学所演讲，由他亲自主持。你想，内地一个名不见经传的年轻人，写了几篇文章，就被邀请到中国最高学术研究机构演讲，先进如此提携后学，这在今天，想都别想！然而，更加感人的是，在我讲课之后被邀请去诗人、评论家杨匡汉家吃饭，再复先生亲自扤着一个菜篮子过来，篮子里有黄瓜、茄子、豆角，说是怕人多菜不够。

此前、此后，我与再复先生直接的联系并不是很多。再复先生对我的看重，可能是因为我的文艺心理学研究恰恰呼应了他的"文学主体论"，并提供了某种意义上的补充。学术乃天下公器，除此无他。我的研究更多地钟情于文学艺术家的心灵世界与精神空间，钟情于文学的内在价值；再复先生的“主体论”更热心于国民性的忧虑与反思，更关注转型期的中国社会变革。于是，他很快就在中国社会变革的拦路石上撞破了自己在文学所的航船(倒也好，再复由此“乘桴浮于海”，遨游到浩瀚的大洋之中去了)，而我那从主体性出发的“向内转”虽然也遭遇到严厉警告，却随着时代潮流的迂回，侥幸渡过了险滩。

1986年初夏，由徐中玉、钱谷融、王元化三位先生推荐、郑州大学车得基校长亲自拍板，我由讲师破格直升为教授，可能是那时国内最年轻的文学教授。而我申报教授的科研成果，一半是在《上海文学》杂志发表的文章，当时没有什么“核心刊物”的说法，评委只看文章质量与学界影响，这在今天几乎已成天方夜谭了！

80年代，作者和刊物的关系也非常融洽。我给《上海文学》投稿时，还在一个中专学校教书。素昧平生的周介人先生说我文章写得好，就写长信邀我继续写，他也就连续发。接着便请我去上海参加笔会，往往是评论家与作家欢聚一堂。当时《上海文学》编辑部的负责人吴强、茹志鹃、李子云、张军都是资深的老一代作家、评论家，对我们这些刚出道的年轻人关心备至、礼遇有加。不只《上海文学》，北京的《文学评论》《文艺研究》《文艺报》也是如此，编辑部的王波云、陈丹晨、王信、贺兴安、陈骏涛、王行之都只有一门心思，那就是把刊物办出档次、办出影响，从他们身上我们还能够看到中国学术文化的优良传统。

刘海燕：当今学界，学人失去了本该有的治学乐趣，林语堂在《苏东坡传》序里讲，“我写苏东坡传并没有什么特别的理由，只是以此为乐而已”，这句话、这本书，让我读起来也特别开心，今天很少人能这么潇洒地、才情洋溢地著述。

当今盛行的文体属于模式化的生产型和复制型文体，在其中，很难看到学者的性情、创造性和思想性。原因之一，今天的研究基本是迎合政策规划的主导方向，只有这样才能拿到项目经费。然后，就是向项目管理层不停地总结、汇报，学术研究变成了在有限时间内赶任务。学者变得越来越没有个性，学术成果越来越模式化。20 世纪 80 年代，人文学者从事研究的热情，就您个人来说，动力何在？当时您立足于文艺心理学研究领域，并参与了新时期中国文艺心理学学科建设，出版了专著《创作心理研究》《文艺心理阐释》，主编了《文学心理学教程》《文艺心理学大辞典》《文艺心理学著译丛书》等，形成了文学盛世江海的一支重要脉流。当时好像不存在“项目”这一说？

鲁枢元：当年在我的心目中是不存在“项目”一说的，我研究的、撰写的，往往是兴之所至的选择，颇有些学者独立、学术自由的意味。实际上，那时也是有“项目”的，有国家管理的项目，不过给我的感觉似乎很宽松，不像如今处处把关，把研究者像“雇员”一样严格地管起来。1985 年，刘再复先生找到我，让我参加他主编的一套丛书的撰写，还给了我一个“编委”的名号。这套丛书就是在中国新时期文学运动中发挥了极大效力的“文艺新学科工程”，一项国家社科基金资助的重大项目。而我自己却没有一点做“项目”的感觉，一个心思就是把自己想要表达的东西写出来，最终的成果就是我的那本由中国社会科学出版社出版的《超越语言》，这还是后来更改的题目。这一成果似乎也没有经过什么严格的“结项”手续，把关的就是出版社的编辑。我的这本书的责编是比我年轻的白烨先生，他说，书写得好，他们的总编也说好。出版后，的确在学界引起较大的反响，后来还被不少大学作为博士生的必读书。80 年代我在上海文艺出版社出版的另一本书《文艺心理阐释》，是新时期产生重大影响的另一套丛书“文艺探索书系”的一种。现在想起来可能也是“项目”，至于什么项目，至今我也不清楚。直到 20 世纪末，我在海南大学教书，也完成过一些省级的社科项目，那时海南省的项目管理还是很简便的：成果出版了，送上几本样书，就已经是实绩，规划办就把规定的经费一把手给了你，买米买面随你，无须报销的票据。如果项目完不成，对不起，那就一分钱也没有。

刘海燕:90 年代初,西方的各种科学手段被移植到文艺批评中来,尤其是结构主义盛行,批评家们热衷于用符号学、叙事学等来阐释文本。1990 年,您的《超越语言》一书出版,在这本书中,您重申已经不再时髦的主体,重申已经走背运的直觉、顿悟、氤氲、神韵,你把结构主义热衷的模式、结构、元语言形容为乏味的"鱼的骨架",您的立场非常明确——语言不是心灵的表现还能是什么?与当时的学界,可谓逆向而行。此书在当时的文艺理论界引起强烈反响,王蒙、南帆、韩少功、白烨等都曾撰文首肯。韩少功写道,此书"足可以'西渐'入侵欧美";白烨写道,此书"在某种程度上还表明了当代文艺学研究将跨越对西方文论的横向借鉴的自我构建的开始"。当然,也有争议。北京的一些年轻博士传来话说,鲁枢元的语言研究根本就不入路数!

在学术之路上,您不仅不赶时髦,而且似乎总在任性地"后退",这"后退"的结果,却恰恰成了对时代学术风气的有效矫正和建构。您的这种学术信心、学术立场的根基在哪里?

鲁枢元:有人说,《超越语言》至今仍是我写得最好的一本书。我自己觉得,从书写风格上它的确拥有自己的个性与特色;从学术规范上,它又是青涩稚嫩、漏洞百出的。现在看来,有点"无知无畏""不知山有虎,敢在虎山行"的唐突与懵懂。

事发的表层原因或许竟出自"防守自卫"的心理。80 年代末，理论界的风向突然开始转变，结构主义的文学理论向“主体论”“心灵论”的文学理论展开猛烈攻势，直指我从事文学心理学研究的立足之地，对此我很难保持冷静镇定的态度，便仓促上阵，把矛头指向结构主义营盘的纵深——结构主义语言学。该书出版之际，那场漫卷中国知识界的风潮尚未完全平息，却还是获得一些诗人、作家的认同与赞扬，随即便又遭到几乎所有看过此书的语言学家的痛斥与批驳。之所以形成如此冷热相激、褒贬悬殊的局面，我想，除了我自己惹出的麻烦外，深层里面恐怕还是文学与语言学这对亲兄弟之间旷世日久的隔阂与偏见、猜忌与怨怼。

新世纪之初，复旦大学著名语言学家宗廷虎先生主编的《20 世纪中国修辞学》一书出版，其中设置专节对这场公案做出如此评价：“语言学界的人士读鲁枢元的《超越语言》，大都有云遮雾罩、扑朔迷离的感觉。其概念使用的模糊化、语言表述的文学化，尤其是研究方法的‘非科学化’乃至‘反科学化’，往往让人摸不着边际。”“鲁氏以文学评论起家，缺乏语言学的严格训练，但同时也少了些语言学研究中的清规戒律，鲁枢元不是修辞学家，也没有十分自觉地去研究文学修辞。然而，他对文学语言从‘未移为辞’到‘已移为辞’整个过程的悉心探讨，他对文学优化表达做出的满怀深情的阐释，却正是修辞学家要做的事情。”这些话充分体现了语言学家对一个文艺理论工作者友善、爱惜、理解、包容的态度，我更愿意把这看作语言学与文学的和解、沟通与相互体认。

对于现代人类而言，语言无疑就是一种强有力的统治，“普天之下莫非王土”，尽管如此，我相信也还存在着化外之地。语言与言语，语言与文学，语言与个体生命，语言与诗人、作家的独特心灵之间仍然存在着幽微莫测的空隙。立足于文学的经验，我相信“私人话语”的存在与价值，而不能接受笼统否定“私语言”的命题；从文学的经验出发，我更愿意继续坚守“心灵”的隐匿城堡，不相信结构主义的方法能够解析关于人的精神、人的灵性、人的情绪的所有底蕴。在语言之上、之下，是一个通向永恒奥秘的无限，一个中国道家意义上的“无”。

语言沙文主义的背后是逻辑中心主义、理性主义、科学主义、人类中心主义，这与人类的实际生存状况并不完全符合。曾经写下《逻辑哲学论》的维特根斯坦，在他的许多言论中倒是为“神秘事物”留下足够的余地。他以自己为例说：“我成功地表达的事物，从未超过我想要表达的一半。”“一个人对于不能谈的事情就应当沉默。”文学却不能甘于沉默，文学恰恰就是要在“语言不能表达之处”下功夫，诗歌的难能可贵就在于要“用语言表达那些用语言不能表达的东西”。我承认我骨子里是一个东方主义者，但在写《超越语言》时，我还是认真阅读了一些西方经典。其中，威廉·冯·洪堡特的《论人类语言结构的差异及其对人类精神发展的影响》、列维·布留尔的《原始思维》、迈克·杜夫海纳的《美学与哲学》给我许多深刻的启示，成为我书中的学理支柱。人类学的发现已经证明，在语言问题上，人与动物之间也并没有绝对的界限，人类在还不会说话的时候就已经会“唱歌”，在还不很会走路的时候就已经会“跳舞”，在没有文字的时候就已经会“画画”，文学艺术比语言与文字更原始，也更自然，更充盈，也更高蹈，那是人类存在的出发点与制高点，是人类精神的深渊与峰巅，因而也更具维特根斯坦意义上的“神秘”。在语言问题上，人类与其他生物之间并无绝对的界线，从动物到人类是一个有机过程，从内在的心灵悸动到书面的文字表达也是一个有机的过程，我们不能从中仅仅割裂出一段，给自己做一件“紧身衣”。以上这些，或许已经为我接下来的“生态批评”研究埋下伏笔。

刘海燕：我曾和我们共同的朋友、作家艾云讨论过，为什么您总是能超前地预感到时代生活的问题？我们一致认为，因为您能从敏感的心和思想着的头脑出发，不是从观念和知识出发，用您自己的话说，就是“性情先于知识”；您做人做文都厚道，看到问题，不愿绕过去，不管它对自己的学术命运意味着什么。

1989 年，在张家界召开的全国第二届文艺心理学研讨会上的总结发言中，您就谈到自己的忧虑：“近些年来中国人的精神生态正在恶化，这种恶化是由严重的生态失衡造成的。……有人说这是社会改革必然承受的痛苦、必然经过的阶段，我不完全相信。我更倾向于认为社会在价值导向上出了偏差……文学艺术及其研究不可能无视生活中的这些危机，不可能忽视当代中国人真实存在着的生存大背景。”我查到这段话是发表在当年的《文论报》上的。

1992年以来，您开始把研究重心转移到对当代精神生态的研究中来，从文艺学、心理学、生态学、社会学、人类学等多学科的角度，探讨人类精神性的存在，把自然生态、社会生态、精神生态作为一个有机的整体进行研究，为现代社会的健康发展提供新的理论依据。究竟是什么触动您去关注这一领域的？

鲁枢元：我对生态问题的开悟是90年代初在深圳的一条大街上：满眼是公司、银行、酒店、歌舞厅，音乐急促嘈杂，人群光怪陆离，身边弥漫着脂粉与烧烤的气息。我感到一种巨大的失落感。这边煞费心机地挣钱，那边玩儿命般消费，酒肉穿肠过，什么也不留，巨量的物资消耗，不出这条街就已经排泄出来！生命的价值和意义何在？是否还存在一种“低物质损耗的高品位生活”？一种消费不多却拥有丰富精神内涵、情感内涵的生活？人本可以互亲互爱，从爱中获取更多欢乐的。内在价值的开发比外在价值的开发，更有价值。可以看出，我并不是从概念和理论切入生态批评，而是从自己的经验、情绪渗透进来的。大约在1995年吧，我写了《开发人类的精神资源》一文，主张改变人的内在的精神价值取向以挽救日益深重的生态环境灾难，即开始了所谓“精神生态”的研究。

从20世纪90年代开始，我觉得国人在精神上下滑得特别快。粗放型的经济高速发展给自然造成了伤害，也给人心造成伤害，我对这样的社会进步充满怀疑与沮丧。

在这之前，我基本上没有接触过生态学的书，在学理上，我对于现代社会生态问题的关注，其实是从读A.N.怀特海的《科学与近代世界》、V.R.贝塔朗菲的《人的系统观》两本书开始的。怀特海指出“人类的审美直觉”与“科学机械论”之间充满矛盾与冲突，审美价值更多地依赖于自然，“艺术的创造性”与“环境的新鲜性”“灵魂的持续性”是一致的。贝塔朗菲的一句话更使我感到无比的警策：“我们已经征服了世界，但是却在征途的某个地方失去了灵魂！”一位佛教徒偶尔说出的一句话：生态解困在心而不在物。这使我又联想起海德格尔的说法：重整破碎的自然与重建衰败的人类精神是一致的，拯救人类社会的一线希望在于让诗意重归大地。也就是从这时开始，我将自然生态、人类精神、文学艺术一并纳入我的研究视野，并尝试着将“生态”观念注入文学理论的肌体，将“诗意”植入当代生态学的体系。这时我已经到了海南大学，从海南大学的图书馆里，我搜罗到几本生态学的基础理论书，如比利时学者P·迪维诺的《生态学概论》、马世骏主编的《现代生态学透视》、汉斯·萨克塞的《生态哲学》、余谋昌的《当代社会与环境科学》、刘国城等的《生物圈与人类社会》等，就靠这些不多的资料开始了我的研究工作。

刘海燕：我知道，这些年您从事生态文艺、精神生态和生态精神研究的心境，其实是很荒凉的。因为，到头来，发现研究归研究，留下的是一个虚无缥缈的梦；现实归现实，该怎么运行仍怎么运行。

两年前，我在《南方周末》上看到，题为“总理夫人的同行者　谁在研究自然”的整版文章，谈到程虹教授开辟了中国的自然文学研究，追溯这一领域的研究，把您写到了醒目的位置上：鲁枢元则更加悲观，他说：“生态文学走到了和生态困境一样的地步”，“自己几乎到了‘黔驴技穷’的地步，写了很多文章，做了很多分析，但就像是‘往大海里射箭’，很难再有反响。曾经被誉为天堂的苏州，雾霾越来越严重，他的学生对这一话题也越来越没有兴趣。”

记者也不由感叹：“总理夫人的同行者们，这些用文字来书写自然、呼吁环保的人们，实际上一直走在孤独、冷清的路上。”

在人类文明的进程中，总是伴随着一些可怕的衍生物，譬如，核能的应用和推广，存在的潜在的威胁；克隆和转基因技术，导致的对生命伦理秩序的破坏；工业化的进程和人类欲望的无限膨胀，导致的全球变暖等，将会给这个地球，给我们的星球带来难以预料的破坏性灾难。人类的自我中心主义，科技的无禁忌，使人类生活中出现了不少看似强势实则愚蠢的现象。事实是人需要自然，而不是自然一定需要人类。在文明的进程中，人文思想者应反省和制衡其中的问题。

鲁枢元：人类比其他物种拥有更多智慧，因此也会比其他物种犯更多的错误，聪明反被聪明误。从地球生物进化史看，人这一物种，很可怕。如今能够要求人类的，只是能否少犯些错误，少伤害些自然。从启蒙时代设计的发展进步的整体规划就有问题。20 年前，我曾在一篇文章中写道："人类社会已经到了该转弯的时候了。当代文化应当更多地关注人的心灵世界、人的内宇宙，开发人的精神资源，调集人的精神能量，高扬人的精神价值，促进人类健康良好的精神循环，帮助身处末世的人类完成划时代的转换。"今天，依然看不到这种转换的可能性。这也可以说是文明的代价吧，在文明的进程中，人类付出了太大的代价。

高科技的突飞猛进，已经使人类接近于传说中的"神"的地位，许多人为此乐观，为此陶醉。年轻的以色列历史学教授尤瓦尔·赫拉利（Yuval Noah Harari）却迎头泼来一瓢冷水，他说："变成神的人类是天地间的最大危险"，"在7万年前，智人还不过是一种微不足道的动物，在非洲的角落自顾自地生活。但就在接下来的几千年间，智人就成了整个地球的主人、也成了生态系统的梦魇。拥有神的能力，但是不负责任、贪得无厌，而且连想要什么都不知道。天下危险，恐怕莫此为甚。"[①]赫拉利这本名为《人类简史》的书如今正在世界各地热销，据说已经翻译成40多种文字。能够为自己狠狠地敲起警钟的物种，或许还有生路。

刘海燕：您的研究总是在探寻现代社会发展的失误，并对此提出警示，你曾经自嘲为"乌鸦嘴"。譬如您的陶渊明研究，对这个古代诗人做出了属于现代的和人类性的解读，把中国传统的文化精神和西方生态批评理论，和我们今天的现实，结合得非常自然。我觉得这个话题，至少最近几年很难有人能够超越。从方法论上看，这也是您坚持跨学科研究的范例。一个专搞古代文学或生态文学研究的学者，很难找到这样融贯中西古今的研究角度。

《陶渊明的幽灵》这本书，为您带来了"鲁奖"声誉，最重要的是，这本书流淌着80年代以来的人文理想。在这个利欲熏心的时代，您在文学研究中，把陶渊明作为一个"诗意地栖居

① 尤瓦尔·赫拉利：《人类简史：从动物到上帝》，中信出版社，2014年，第407-408页。

在大地上”的优美典范，置身简朴的日常，却享受着高贵的精神，希望他成为世人的青灯，重新照亮人类心头的自然和美好生活的本源。在90年代的著述中和课堂上，您多次讲过，一个学者虽然不能阻止社会无休止的物质追求，但要做出抗衡和牵制的努力。

1994年您和作家李佩甫的对话——“与李佩甫谈精神生态”，您说，自己对精神的推崇可能有点走极端，我们看着精神虚无缥缈，最后真正能够在人类社会留下来的还是精神。很多东西最后留下的是一个梦，是人类的梦想，一个永恒的梦想。90年代，您曾多次在课堂和私下让我们关注“乌托邦”学说。如今的社会与人心更加物质化、物欲化，再谈“梦想”这个词，感到很突兀，没有适合的语境和心境，甚至连“梦”也要变成一连串银行里的数字。这么多年，我感到您精神上一直很健旺，无论世事怎样变幻，始终守护着您的学理思想和人生选择，就像一棵大树，根系扎到了地下深层，不怎么受现实表层的影响。

鲁枢元：80年代我很看重的一个说法是：“从深渊到峰巅”，换个说法即“求索于天堂地狱间”，记得我们的朋友艾云还以此为标题写过文章。就“自然·社会·精神”的三分法而言，让我最为失望的是中间层面“人类社会”，令我神往的是深潜于自然中的渊薮与升腾于天光云影中的精神。而陶渊明就是一棵既扎根于自然的田野又开花于精神的天空的大树。因此当我在思考“人与自然”这个元问题时就找到了陶渊明。如今,惨痛的是陶渊明这棵参天大树在现代社会水泥硬化的地面上也已经枯萎凋零,只剩下一缕幽魂!

2012年出版的《陶渊明的幽灵》一书,算是我实施生态批评的一个具体案例,也是我努力将西方生态批评理论与中国传统生态文化精神相互沟通的一次实验。在撰写这本书的过程中,我发现海德格尔、利奥塔、德里达等西方哲人的“现象学还原”与古代中国老子、庄子、陶渊明的“回归哲学”“回归诗学”原本是声气相投的。要弄清文学与自然在现代社会的来路与前程,就不能不摆脱现行“文学理论”的框架,“返回隐而未见的事物本身”,“返回逻辑学、伦理学诞生之前的思的本真状态”。

有人说“生态学是一门颠覆性的学科”,但我生性怯懦,缺少颠覆的英勇气概,自从关注生态批评以来,焦虑、哀伤、无助乃至绝望的心情一天甚于一天。我不能理解,在生态环境如此险恶的情况下,我们的社会与时代为何还如此放纵物质主义、消费主义近乎疯狂地蔓延扩张?在如此嚣张的房地产开发与汽车生产面前,所谓“低碳”统统变成“扯淡”。

如今再谈“拯救”,往往引来的只是一片嘘声。

“科技”与“管理”,曾经最受人尊崇,也被认作最强大有力的拯救者，如今都成了有意无意的“合谋者”。剩下的只有潜隐在心灵幽深处的“憧憬”与“审美”，这也是文学与艺术的领域，且也已经遍体鳞伤。相对于坚实、强大、明朗、时尚的科技与管理，文学、艺术是如此的轻柔、虚飘、幽微、苍老，所谓“文学的拯救”，恐怕只能招来更多的嘘声。然而，我们就只剩下这些了！好在还有中国古代圣哲的言说：反者道之动，弱者道之用；明道若昧，进道若退；知其白而守其黑。柔弱有可能胜于刚强，二十四小时的通体明亮毕竟也不是人过的日子。

我在为《陶渊明的幽灵》一书所做的特别提示中写道：“本书尝试在后现代生态批评的语境中，运用德里达幽灵学的方法，对中华民族伟大诗人陶渊明做出深层阐释。祈盼陶渊明的诗魂在这个天空毒雾腾腾、大地污水漫漫、人类欲火炎炎的时代，为世人点燃青灯一盏，重新照亮人类心头的自然，重新发掘人间自由、美好生活的本源。”曾有文论界的朋友带着诧异的口吻对我说：“你怎么还是一个理想主义者？”我承认这一辈子怕是改不了啦。在我看来，古今中外的优秀文学总也离不开理想、幻想，甚至梦想、空想、痴想。你可以说这是人类的弱点，那恐怕也还是人类仅存的天真之所在。

刘海燕：《陶渊明的幽灵》这本书，据说要在西方享有盛誉的施普林格出版社出版英译本？西方人在怎样的文化前提下，会接受中国古代这位伟大的诗人？

鲁枢元：英译稿已经完成，在施普林格出版社出版的事还在进行之中。按照生态批评界的说法，我们居住的这个星球已经进入“人类纪”，面临共同的生态危机，已经成为东西方文化交流的新的时代背景。无论东方还是西方，其面对的核心问题即在于重新审视并调整人类与自然的关系，缓解地球生态系统的危机，促进人类社会的和平与和谐。在人类社会进入生态学时代之际，中国传统文化思想中素朴的现象学思想、先天的整体论与生成论思想、和谐的自然美学、自发的生态哲学思想，已经成为人们再也无法拒绝的学术资源和精神能源。与近百年来中国学术思想界总是“顺水西漂”不同，在新的世纪里，它将扮演更为积极主动的角色，而其凭借的不仅是时代潮流的“峰回路转”，还有它自身拥有的文化传统和学术精神的实力。G.普里斯特在《二十一世纪初的哲学走向何方》一文中指出：“21 世纪将第一次经历真正的全球化哲学”“21 世纪的哲学主角”将是“东方哲学”，尤其是中国的再生的传统哲学。

我很荣幸我的这本书能够得到一些西方学者的关注与认同。美国人文科学院院士、著名的过程哲学家小约翰·柯布(Dr.Cobb’s blurb)先生说：把陶渊明与西方思想家并而观之，便能够呈现出陶渊明思想的深刻价值。爱达荷大学教授、著名生态批评家斯科特·斯洛维克(Scott Slovic)先生指出：本书不仅展示了中国环境思想的独特洞察力，也阐明了东西方文化的深远交融。从根本上说，本书揭示了我们如何通过与自然的关系而探索“人类存在”的基本意义。耶鲁大学教授、“世界宗教与生态丛书”主编玛丽·伊芙琳·塔克（Mary Evelyn Tucker）女士认为，这本书通过陶渊明呼唤自然世界的美妙与无穷魅力，这对于塑造“人与地球”的新型关系无疑是一种贡献。

我本人的外语水平很差，不能与西方学者直接对话，在中西文化交流方面我有很大的局限性。今后能做的事情也是很有限的。

刘海燕：自 90 年代末，您在海南大学精神生态研究所筹办了一份内部交流的《精神生态通讯》，每月一期，在经费有限的条件下，这份通讯多年来延续办了下来，并在海内外传播。也可以说，这是一个学者式的生态实践。

这份通讯，受到国内学术界许多令人尊敬的人士的关注，也受到国际社会的关注，还收到一些普通读者的来信，引起他们对于生态问题、精神问题的关注。我也荣幸地收到过很多期，由此了解到不少和生态有关的理念和信息。借美国 Claremont 大学的“过程研究中心”学者来信所言，这份通讯为“推动中国生态事业做出了努力”，很具有引领性。

综观中国现代文学史，一代文学大家如鲁迅、叶圣陶、巴金、沈从文、林语堂、丁玲等，都曾为传播新思想，开启民智，培养新人，而涉足编辑出版事业。他们既创作，又开辟阵地，做大文化环境的改良和整合工作。由于编辑工作的耗散性、隐匿性，成就的不可数性，时光流转中，他们辉煌的作家身份往往遮蔽了他们默默的编辑家身份。但是，他们的编辑生涯或者有限的几年编辑实践，所呈现出的精神光芒，所创造的精神财富，对于中国现代以来的文学、文化和时代精神的渗透与影响，具有非常重要的意义。

这份《精神生态通讯》，平时很少人提及。因为和当今众人追逐的核心期刊比起来，它没有什么“用处”，甚至连公开出版物都不是，但您一直坚持印行。这些年下来，除了上述精神层面的，具体到社会生活中，有什么推动性的事情发生没有？

鲁枢元：“推动”是谈不上的。《精神生态通讯》（以下简称《通讯》）更多是起到一个桥梁的作用，我与国内不少学者都是通过《通讯》相识、相知走到一起，共同投入当代中国的生态运动的。像山东大学前任校长、中国生态美学的创建者曾繁仁先生，最初我们就是通过《通讯》建立联系并在共同的研究道路上成为知心朋友的。还有一批中青年朋友，如厦门大学的王诺、清华大学的宋丽丽、台湾淡江大学的黄逸民、山东师大的刘蓓、南京师大的韦清琦、四川师大的胡志红、深圳大学的王晓华等，这些卓有成就的生态批评家，几乎从起步开始我们就携手并进，至今仍保持着亲密的关系。诗人沈苇1988年由浙江出走新疆，在烟雨江南与戈壁大漠之间写出许多“绿色诗文”，我们也曾在《通讯》上互通款曲，如果没有记错的话，2000年的一期通讯里还曾发布过沈苇寄自乌鲁木齐的专稿。还有梁从诫先生，《通讯》创刊伊始，我就收到他的来函，对我们的这一举动表示支持。不仅是学界人士，在社会的基层，通过《通讯》我们也结交了一些热心诚恳的“自然盟友”。如黑龙江大兴安岭林区的王笃坤先生、甘肃金昌有色冶金学校的陈学仕先生、行吟在祖国大地上的佛教徒一觉先生……都成了我们营造良好精神生态的同道者！如今，由黄河科技学院创办的《生态文化研究通讯》继承了以往办《通讯》的精神，而且关注的范围更开阔了，相信将会团聚更多志同道合的朋友。

刘海燕：在“文学的跨界研究”中，您谈到两点体会：一是性情先于知识，二是观念重于方法，您还特别强调研究者的主观因素，这使得您的理论批评文章写得相当生动、鲜活。在《陶渊明的幽灵》后记中，您谈到这本书的文体，说是受到卢梭和德里达写作观念的启示，有些“放纵一下自己的文体，把书写当成自己人生留下的一点痕迹”。包括对他人研究成果的吸收，此书采用的也是自由、开放的方式。这种自由和性情的写作风格，一直贯穿在您的治学历程中，和今天晦涩的学院化、模式化的学术之风很不同。另外，可以说多年来您也是两套笔墨写作，除了理论研究，您还出版过令众多读者着迷的散文随笔集《蓝瓦松》《隐秘的城堡》《心中的旷野》等。这种感性生命的融入，使得您的理论之树常青，我觉得，这恐怕也是您这一页"一直没有翻过去"的原因吧。

鲁枢元：关于"性情先于知识"。我相信跨学科研究的前提是人的自由意志、自然情性，我所倾慕的哥本哈根学派的物理学大师们，一个个也都是具有真性情的人，都是些凭仗个人的天性与天赋在物理世界的天地间自由翱翔的人。在他们看来，所谓规律只是些在自然界某些特殊范围内才会生效的"处方""自然规律"的说法也不过是对于某些根本不存在的东西的一种颂扬或神化。物理学尚且如此，遑论文学。不少谈论跨学科的人都把专门的知识领域预设为可以跨越或不可以跨越的前提，认为你如果不具备另一门学科的充足的理论知识与严格的技能训练，你就不具备跨越的资格。这固然有一定道理。学科与学科之间的确存在一定的界面，但并非一堵冰冷坚硬的墙壁，而应是一片可以散步或漫游的谷地。文艺学学科与其他学科之间的这片谷地，比起其他学科来总还是要更开阔些。

回顾我的文学跨界研究历程，我发现我的所谓跨越差不多总是在缺乏专业系统知识与专门技术训练的时刻启动的。最初到手的往往只是些斑驳的知识碎片，我就凭了自己"裸露的生命”与“神往的心”，玩味这些碎片并将其拼接组合，就像一个孩子玩积木游戏，玩得心神激荡。我自己感觉，这种类似格式塔心理活动的拼接过程有时会使我豁然开朗地进入另一境界。我自诩它为“读杂书，开天眼”，天眼一开，界限全无；天眼一开，异径突现。所谓“开天眼”，其实不过是心理学中说的“直觉”与“顿悟”，是人的自然天性，是人人都具备的普遍心理机能。问题出在，我们的这一天性被从小接受的概念、形而上思维模式教育遮蔽了，只相信概念、逻辑，只相信专业知识，不肯相信自己的情感与直觉。

最近，美国的中美后现代发展研究院院长菲利普·克莱顿(Philip Clayton)一行来访，他们奉怀特海的有机过程哲学为圭臬，而我并不曾在过程哲学上下过功夫。我对美国客人讲：但是，我在 20 多年前就曾经读怀特海的《科学与近代世界》，读得如痴如醉！怀特海的确是一个汪洋恣意的大海，我没有能力“乘桴浮于海”，他的《过程与实在》至今我也读不进去。对于这个大海我只能“取一瓢饮”，这“一瓢”对我而言已经受用不尽！我把这个叫作“心有灵犀一点通”。这“灵犀”，或许还是个人天性、情性之中的东西吧。《文艺研究》杂志社的陈剑澜在一次学术会议的发言中评议我，说我读了不少理论，骨子里却是个诗人。其实，搞理论、做诗人，我都不够格，于是只能选择这个“文不成，武不就”的角色。

关于“观念重于方法”。文艺理论界与我同时代的许多学人，不少是从20世纪80年代初的“方法热”中起步的，似乎是那些由西方引进的各色“研究方法”成就了这些评论家、理论家。现在想来，并不完全如此。刘再复先生当时就曾明确指出，方法热源于思维空间的拓展，首先是对于某些思维定式的超越，对于诸多固有文化观念的突破，那也是知识分子对于自身“精神蜕变”的开悟。这就是说，为“方法热”提供能量的还应是观念的变更。以我为例，80年代我以自己是一个人道主义者而豪情满怀，相信人类中心，相信人类的利益至高无上。30年过去，随着经济高速发展、消费迅速升级，自然生态系统濒临崩溃，我发现人类作为天地间的一个物种太自私，太过于珍爱自己，总是把自己无度的欲望建立在对自然的攻掠上，以及对于同类、同族中弱势群体的盘剥上，有时竟显得那么鲜廉寡耻！对照饱受创伤的自然万物，人类在我心目中已不再显得那么可爱，反而有些可恨、可悲，其中也包括对我自己某些行为的懊恼。我突然明白，人类作为一个整体也是会犯错误的，而且犯下的是难以挽回的错误。正是这种观念的转变，使我不由自主地步入生态学的学科领域，试图运用生态学的知识、理论与方法阐释文学现象，分析当代文学面临的问题。要知道，20年前要想在国内书店找到一本生态学的书，30年前要想找一本心理学的书，全都一样困难。然而，我还是在知识准备、技能训练几乎一片空白的时候迈进了这些领域。因此，我敢说我的“跨学科”始于“转念间”，“转念”即“观念转变”，最初并不在于知识、方法、技能，而就在于那个“一念之差”。

一些饱学之士曾嘲笑我，说我的那点学问都是“拍脑袋”拍出来的，这并非没有道理。我知道自己的浅薄，但我们不能总是求告别人的脑袋，不管它是柏拉图、亚里士多德的脑袋，还是尼采、德里达的脑袋，做学问最终恐怕还是只能依赖自己的脑袋吧。

刘海燕：记得您曾说，自己这一辈子就是读书、写书、教书，而且很喜欢教书；我想请您总结一下，作为一个学者型、思想型教授，您在学术思想传承和教书育人方面的经验。还有，就是在这个瞬息万变的时代，您的学术路标在哪里。

鲁枢元：我这一辈子的所谓治学，其实近乎乱打乱撞，文章也写得不伦不类，搞一点创作，多半是些散文、随笔，远远成不了作家；大学教书，教了一辈子，写不出标准的学术论文，又算不上“学院派”，所以总是显得很尴尬。我自己觉得我就是一个“混进大学教师队伍中的阶级异己分子”。但有一点我可以毫无愧色地说：我是怀着对文学的真爱，对真正的诗人和作家的敬仰，把自己有限的生命投入自己的读书、思考、写作当中去了，从不敢怠慢，更不敢荒废。

80年代我带过的一些研究生，不少人都在文艺理论与文艺批评领域做出了自己的贡献，我常常以他（她）们为荣。但作为当前教育体制下的一名教师，我越来越感到自己是不称职的。我教书尽管一如先前一样认真，学生们虽然喜欢听我的课，却又觉得我往往不按常规出牌，讲的东西不够规范，不谙世事，不切实用，使他们在应付种种考试、竞赛中常常成为落败者，以至于影响了他们的仕途和生路，对此我不能不感到内疚。尽管如此，我教过的绝大多数学生仍然以坦诚与挚爱待我，我把这看作我人生积累下的最为宝贵的财富。

说到“教书育人”，我发现我似乎持有一些“保守主义”的东西。比如带研究生，我还是倾心于传统的“师傅带徒弟”那种手工业生产方式，如两千多年前孔子“教书育人”的做法，看不惯现代社会的车间生产流水线。对此我有自己的“理论”，那就是后现代社会如果要变得比现代社会更完善、更美好些，就一定要从前现代社会吸取更多的生存大智慧，而不能像现代性思潮对待以往时代那样，总是采取割裂、断绝的革命姿态。这也可以看作我对我们所处时代的精神走向的一己之见。

我给自己预设过这样几块“路标”。

1. 现代社会的前瞻与回顾。时代在变化，而且变化的速度越来越快。但“新”的并不一定都是好的，“后来的”并不一定总是比“先前的”进步或优越，我们的文学理论把“跟风”当作创新，慌里慌张跟了30年，如今也该停下来盘点一下了。当然，我还不至于嗜古成癖，认为以前的一切都好。我只是希望在文学的、审美的领域，将“现代”“后现代”与所谓的“前现代”之间多做些平心静气的比较研究，扣其两端，照前顾后，权衡利弊而有所取舍。

2. 文学研究空间的拓展与跨越。人类的文学活动是一个系统，文学理论研究也是一个系统，以往我是把这个系统置放在人类社会的框架内进行考察的，现在看来文学研究的空间还可以扩大，扩大到包括自然界在内的整个“地球生态系统”中来。文学研究不宜过分地专门化、专业化，历史上对文艺学学科做出重大贡献的学者往往并非专职的文艺学家，如哲学界的尼采与柏格森，心理学界的弗洛伊德和荣格，语言学界的洪堡德与索绪尔，以及生态学界的利奥波德与罗尔斯顿，我还是希望把文艺学的跨学科研究坚持下去。

3. 文学教育的天地境界。如果说近年来我们的国民教育出现了严重的塌方，文学教育该属于重灾区，其原因盖出于目光短浅、急功近利的实用主义。此类“实用”从来就是文学的棺材钉，诗歌变成了“应制诗”，散文变成了“八股文”，中小学语文课变成应试课，大学中文系一律向“文秘”看齐，文学的生命也就干涸了。从根本上讲，文学教育并非知识教育、技能教育，而是一种“性灵教育”，“性”是心性，“灵”是精神，那是一个人内在的地层和天空。我的同乡先贤冯友兰先生提倡哲学要进入“天地境界”，在天地间做人为文，“与天地参”，就可以“与天地比寿，与日月齐光”。文学如果能够走进这一境界，还会忧虑文学理论的终结、文学的消亡吗？

4. 学术研究的个性化表述。学术研究固然要以“人类知识的统一性”“自然界的协调性”为整体背景的，但也决不应排斥阐释者个人的“实际生存状态”和书写者“天然的言语技艺”。最近我在给《上海文化》主编夏锦乾先生的信里发了一通牢骚：如今的学术性刊物对于文章的体制、范例、格式，甚至风格的限制愈来愈严格，将作者的手足卡得死死的，这甚至已经成为一种全国一律的“法定制度”。我们的一些年轻编辑，似乎已经丧失了鉴别文章内涵的直觉，只是把对于体制、格式的审定当作全部本事，这给已经近乎沉寂的中国学术界更增添一片雾霾！放眼众多的学术成果，多是中规中矩、道貌岸然的大块文章，再仔细看看，骨子里却是庸常、荏弱的拼凑之作！人文学科，哲学、历史、文学、艺术以及其他各种各样的文化研究，其话语表达的体制、方式、风格应当是不同的。就像生活里不能要求人们都穿马褂、燕尾服一样。至于在生态研究领域，更应该有另一种符合生态的绿色“学术话语”。但实行起来也难，就像完全“硬化”了的地面，要想长出一棵青草也难！改革大潮，使所有的关系都变成了功利化的关系，学界的生机也已经被从根本上扼杀了！

刘海燕补记：这个对话从2015年暑假开始酝酿，到2016年酷暑完成，经历了三次往返修订补充，用了几乎整整一年时间……虽然这不能排除我的懒散，但更主要因素是，我们都想在有限的学术历程中做出一个新的对话来，不想重复以往。在这场对话中，鲁枢元先生对文字和世事依然罕见的认真、诚恳，以及他依然辽阔的才情，都留在了我心深处……

2016年6月30日·郑州

后　记

这本《归鸿集》，一共收录旧作、新作33篇。虽说编得匆忙，每一篇文章的写作，无论长短，倒是从不敢掉以轻心的。

遵循出版社的要求，这本集子选取的文章大体分为两类：一类是与河南文学艺术界有关的评论文章或随笔，如关于苏金伞先生、赵青勃先生、张长弓先生、赵以文先生、姚拓先生、周熠先生，以及几位中青年作家、评论家如张鲜明、何向阳、刘海燕、王小萍（青青）的一些文字，还有一些评论河南戏曲艺术、摄影艺术的文章。这类文章占了绝大部分。另有几篇虽未写到河南文坛，却是我回到河南受聘于黄河科技学院以来撰写的一些文章，如关于钱谷融先生、刘再复先生的回忆。

其实，我还有一些文章曾论及河南作家叶文玲、李佩甫、二月河等，因为已经收录在不久前出版的《创作心理研究》一书，这里就不再重复收录了。

由于常年来忙于教书以及我的那些不入流的理论研究，评论文章写得不多，心里总觉得亏欠许多作家朋友的情谊。好在我并不是一个很够格的评论家，即使评论，也往往说不到点子上。

这本集子中收录的文章，最早的一篇是 1979 年发表在《奔流》上评论青勃先生诗歌的文章，最近的一篇是写于 2018 年 8 月 16 日的关于何向阳诗歌的短评。其间跨度为 40 年，夏往冬来，可谓恍如隔世！

集子中的文章多曾发表在《莽原》《西部文学》《东方艺术》《文艺争鸣》《南方文坛》《中国摄影》《苏州杂志》《芳草地》《文艺报》《文论报》《文汇读书周报》《中华读书报》《中国艺术报》《河南日报》及《国际日报》(美国)诸报刊，这里一并致谢了！

远游归来，已是桑榆晚景。承蒙家乡文联、作协旧雨新知慨然接纳，让我倍感温暖。这里也让我由衷地道一声“谢谢”！

鲁枢元 2018 年 8 月 31 日

于郑州·紫荆山南